Barbara Voors (Zweden, 1967) groeide op in Iran, waar haar van origine Nederlandse vader werkzaam was op de Zweedse ambassade. Na de val van de sjah in 1979 ontvluchtte het gezin het land. Tegenwoordig woont ze in Stockholm.

Barbara Voors studeerde journalistiek en sociologie van de ontwikkelingslanden. Ze werkte als journaliste en maakte haar debuut als schrijfster in 1990. Daarna schreef ze verscheidene romans, een reisboek over Tanzania en een kinderboek. In Nederland brak ze in 1999 met *Zusje van me* meteen door. Van de gebonden editie werden meer dan 40.000 exemplaren verkocht. Daarna verschenen bij De Geus de romans *Vertrouwen in jou*, *Slapeloos*, *De aardbeibeet* en *De zussen van mijn dochters.*

'Ik wilde de goede en de slechte kanten van vrouwenvriendschappen beschrijven. Daar wordt altijd zo heilig over gedaan: vrouwenvriendschappen zijn harmonieus, liefdevol, ondersteunend, terwijl mannenvriendschappen meer zijn gericht op het samen dingen doen en dat is net ietsje minder. Ik wilde daarom ook de destructieve kanten van vrouwenvriendschappen laten zien, want die zijn er, dat weet iedere vrouw. Ik wilde meer weten over het feminisme en wat daar goed en niet goed aan is. (...) De enige antwoorden die ik heb gekregen, zijn die paar dingen die ik Saskia helemaal aan het slot van het boek aan haar dochter wil laten meegeven. Meer heb ik in vijf jaar schrijven (waarvan drie jaar denken en wandelen) niet kunnen bedenken.'
– *Barbara Voors* over de achtergrond van *Zusje van me*

Zusje van me

Barbara Voors

Zusje van me

Uit het Zweeds vertaald door
Janny Middelbeek-Oortgiesen

DE GEUS

Tweeëntwintigste druk

Oorspronkelijke titel *Syster min*, verschenen bij Gedins Förlag, Stockholm 1997

Omslagontwerp Mijke Wondergem
Omslagillustratie © Michael Jaeger
Foto auteur © Ulla Montan
Druk GGP Media GmbH, Pößneck
ISBN 90 445 0628 5
NUR 311

Dit boek draag ik op aan mijn dochter Alice en aan mijn nichtje Vera, die zich al in de moeilijke kunst bekwamen hun tanden te laten zien respectievelijk hun tanden op elkaar te bijten.

Nogmaals: heel veel dank aan mijn vrienden en familie in Stockholm, Londen en Nederland voor hun hulp en goede adviezen. Mijn dank gaat ook uit naar Henrik Westander van Svenska Freds- och Skiljedomsföreningen• en rechercheur Lars Richter van de politie in Stockholm voor hun hulp, die van onschatbare waarde is geweest. Dank ook aan mijn uitgeverij: aan Lotta Aquilonius die weer zo'n goede redactie heeft gevoerd en Per Gedin die mij opnieuw zo heeft aangemoedigd. Maar vooral dank aan André; zonder zijn onwankelbare vertrouwen in mijn kunnen zou ik waarschijnlijk ergens gestrand zijn tussen uitputting en zelfoverschatting, in mijn pogingen dit boek af te ronden dat me zo veel jaren van wandelen heeft gekost, voordat het vond dat het klaar was.

• Een onafhankelijk orgaan dat ongewapende bemiddeling bij conflicten tussen landen, beëindiging van wapenexport en het stoppen van kernproeven beoogt (noot v.d. vert.).

Het eerste boek

1

Dit moet niet gaan over mij, maar over mijn zuster. Wat kun je zeggen over zusterschap? Dat het verwoestend is? Verschrikkelijk? Verrukkelijk? Het zusterschap van Klara en mij is van het intense soort, je houdt zo veel van elkaar dat je er niet goed van wordt – het type zusterschap waaraan uiteindelijk iemand zal doodgaan. Ik weet niet waarom. Kan het ermee te maken hebben dat we nooit anders hebben kunnen doen dan in elkaar overvloeien, zoals goede vriendinnen ook doen, op zo'n manier dat er geen muren tussen ons overblijven? De grens waar jouw huid begint en de mijne eindigt, is tussen zussen allang uitgewist. Ik huil als jij huilt. Ik lijd als jij lijdt. Ik bloed als jij bloedt. Stort niet in, ik heb morgen iets belangrijks te doen en het duurt zo lang om ons allebei weer bij elkaar te vegen, lieve snoes.

Mijn tweelingzus is er niet meer. Ik heb wel mooi praten over dat zusterschap, maar ondertussen is mijn andere helft dood. Als grote zus – wel acht minuten ouder, maar geloof me, die minuten waren beslissend – ben ik altijd de sterkste van ons beiden geweest. Ik deelde de orders uit en nam het voortouw, met het vanzelfsprekende gezag dat een grote zus heeft. Ik gaf de opdrachten, zonder ooit te beginnen met: 'Alsjeblieft, zou je me willen helpen met...?' Ik zei altijd: 'Doe dit...!' Ik was de competente, gave, geslaagde grote zus die er altijd voor haar zou zijn om het over te nemen als het nodig was. En het was nodig. Ik nam het over. En Klara, zij verdween.

Dat is nu tien jaar geleden. Maar je went er nooit aan. Het verdriet houdt nooit op. Op sommige ochtenden is het gemakkelijker om wakker te worden, dat is alles. Er kunnen uren voorbijgaan zonder dat je eraan denkt. Maar het verdriet houdt nooit op. Het enige wat je krijgt zijn steeds langere ochtenden zonder noemenswaardige pijn. Klara was een zus van wie je zo gemakkelijk kon houden dat me dat verontrustte. Ze had zo veel liefde te geven dat ze mensen die gered moesten worden, aantrok tot haar onmiddellijke nabijheid. En als je dan iemand bent die anderen wil redden – daarvoor leeft – zoals Klara, is dat vernietigend. Het werd vernietigend. Ik geloof niet dat een mens het leven van een ander kan redden. Als je geluk hebt, vind je iemand die in staat is het beste uit jezelf te halen; meer zit er niet in. Als iemand de dood wil, is er niets wat we kunnen doen om de val te breken. Ik wilde dat ik dat duidelijker had gemaakt aan Klara. Maar in die tijd was ik als het ware braakliggend land, aarde die diep verborgen lag onder de grond die mijn zus op dat moment betrad. Ik was de zus die wachtte, Saskia die haar tijd beidde.

Klara heeft Desirée bijna haar hele leven gekend, van haar tiende tot aan haar dood in augustus 1984, toen ze dertig jaar oud was. Ik heb Desirée nooit goed gekend, ik behoorde niet tot degenen die ze wist te betoveren. Ik heb alleen de uitwerking gezien die ze had; ik ben degene die de gevolgen daarvan heeft moeten opruimen. Vanwege Desirée ben ik een half mens. Dat kan ik haar niet vergeven. Ik zou willen dat ik dat niet zou hoeven op te rakelen, maar ik heb geen keus. Of toch, natuurlijk heb ik wel een keus en dat realiseer ik me nu pas. Er zijn tien jaren voorbijgegaan en ik ben oud genoeg, zou dat althans moeten zijn, om bij kleinere tegenslagen in het leven stevig overeind te blijven. Tot mijn verwondering was dat niet zo. Door een valpartijtje kwamen er barsten in mijn wereld. Laat ik dat vertellen.

Ik heb een echtgenoot, Magnus, sinds bijna tien jaar – wij zijn een modern stel, ik heb mijn meisjesnaam Van Ammer gehouden, hij heet Ehrengren – en samen hebben we dat wonder geschapen dat 'kind' wordt genoemd, een dochter van bijna negen die Malin heet. We wonen in Amsterdam, de meest vrije en de mooiste van alle steden, geloof me. Een paar keer per week pendel ik naar de Universiteit van Groningen, waar ik Zweedse literatuur doceer. Ik word als een feministische literatuurwetenschapper beschouwd. Daar ben ik trots op, omdat ik daarvoor mijn hele leven al warmloop. Ik ben van mening dat als een mens tot iets is voorbestemd, dat het dan zijn absolute plicht is dat ook ten uitvoer te brengen. Tegen zwakte en luiheid kan ik niet, net zo min als tegen woorden zonder daden. Magnus zegt dat ik een cynische kijk op de mensen heb. Ik antwoord hem dan dat als dat zo is, mijn leven mij zo gemaakt heeft. Hij schudt zijn hoofd; dat is iets wat psychotherapeuten niet mogen doen in hun werk. Maar ik ben zijn patiënt niet. Dat maken we elkaar heel duidelijk.

Ik heb weinig vrienden, misschien moet ik zeggen dat ik er geen heb. Verdienen collega's met wie je na het werk een pilsje drinkt de noemer vrienden? Ik geloof het niet. Ze zouden het misschien wel kunnen worden, maar dat laat ik niet toe. Ik zorg er altijd voor dat ik nog een trein moet halen. Lang geleden speelde ik alleen maar open kaart en liet ik mensen verontrustend dichtbij komen. Ik wil niet dat dat weer gebeurt. Ik weet wat dat met iemand kan doen, weet precies wat fantastisch is en wat verschrikkelijk. Ik doe dat niet weer, ik doe dat niet weer.

Mijn vader is een Nederlander, mijn moeder een Zweedse, zelf heb ik gekozen voor de Nederlandse nationaliteit en de naam van mijn vader, terwijl Klara de Zweedse naam koos: Mårstedt. Dat is altijd zo geweest: ik was een papa's kindje, Klara een mama's kindje. Met Malin praten we Zweeds, maar verder zijn we een zeer Nederlands gezin in ons huis, een huis van het type dat hier 'twee onder een kap' wordt genoemd, twee gezinnen onder één dak. Hier leef ik, hier heb ik al die jaren overleefd, en ik vind dat ik ongelooflijk veel geluk heb gehad, want ik ben iets wat zeer zelden voorkomt: gelukkig. Wij drieën vormen samen een vrijplaats, en bij Magnus ben ik iets wat ik niet voor mogelijk had gehouden: mijn allerbeste ik. Wij waren ontkomen, de wereld had ons laten gaan. Tot een paar maanden geleden.

Iemand reed me van achteren aan met een fiets, op zich niets bijzonders. Amsterdam is voor fietsers de beloofde stad; de mensen rijden met overvolle bagagedragers hoe en waar ze willen, niemand draagt een helm, het is een oorverdovend gerammel van fietsen en ik waardeer dat enorm. Het was echt niets bijzonders, opeens lag ik daar op de Prinsengracht met een jongeman op mijn benen en een fiets met nog ronddraaiende wielen boven op ons. Maar toen ik met mijn hoofd achterover leunde, zag ik de wereld ronddraaien door gebroken spaken. Ze was niet langer hetzelfde. Door de spaken heen zag ik, heel langzaam – denkt niet iedereen dat het snel moet gaan? – al die jaren terugkomen die ik erop had zitten. Ik was absoluut niet vrij.

'Gaat het?' vroeg de jongeman tamelijk onbezorgd, zich bewust van wat mensen die hun trots hebben dan meestal antwoorden.

'Nee', hoorde ik mezelf zeggen. 'Nee, ik geloof niet dat het gaat.'

De man hield uit pure verwarring op zijn kleren schoon te slaan, en om mij heen vormde zich al snel een keurkorps van betrokken Amsterdamse dames die afwisselend de man opdrachten gaven en mijn hand vasthielden. Ik hoorde mezelf, vasthoudend, als een kind, herhalen: 'Nee, het gaat niet goed met me.'

Had ik pijn? Leed ik? Waren mijn benen gebroken? Nee. Ze belden mijn man op met de mobiele telefoon van de fietser – ook dat wekte beroering; waren er hier werkelijk mensen die zo'n ding bij zich hadden? – en Magnus kwam. Tot mijn verwondering moest ik huilen toen hij me aankeek. Misschien omdat ik al voelde wat er zou komen.

'Saskia', mompelde hij.

'Magnus', fluisterde ik. 'Lieve Magnus, vertel over ons.'

De mensenmassa verspreidde zich, de man verdween met onafgemaakte verontschuldigingen en alleen Magnus en ik bleven over, en we waren heel voorzichtig met elkaar, zoals we vroeger altijd waren, zoals het eigenlijk altijd had moeten zijn. En dat mis ik zo, nu mijn vermoeidheid en mijn slechte geheugen ons huwelijk hebben overgenomen.

'Vertel over ons', herhaalde ik, misschien in de wetenschap dat dit het begin van het einde van tien jaar gemoedsrust was, misschien omdat ik wist dat we helemaal niet waren ontkomen, terwijl ik vertwijfeld probeerde ons in die periode van geluk die onvermijdelijk voorbij was te laten voortleven.

'Ik beloof het', zei Magnus, alsof hij niets begreep van wat er zou gaan komen.

Ik ging de ziektewet in. Magnus zorgde daarvoor. Hij was altijd al degene die wist wanneer het tijd is om te vluchten. Ik wist ook waar ik naartoe moest gaan, waar ik schoonmaak moest gaan houden. Nu zijn we hier, in het huis van mijn moeder op een eiland van de scherenkust voor Stockholm. We noemen deze plaats het Eiland, het huis ligt immers op een eiland en als kind begrepen Klara en ik nooit waarom dingen een naam moesten hebben, waarom je ze van elkaar moest onderscheiden. De scherenkust was vol eilanden en wij verbleven op een daarvan. We wisten bovendien toch hoe de steiger eruitzag waar wij van de boot moesten. We kenden ons eiland, we kenden ons huis, dat was voldoende. Maar nu is elke herkenbaarheid van het eiland verdwenen. Hoewel, niet van het hele eiland, maar van het huis van mijn familie, waar Klara en Saskia enkele zomers van hun jeugd doorbrachten met papa Joop en mama Elisabeth. Dat was ver voor de scheiding die ons gezin letterlijk in tweeën splitste. Die mij in tweeën splitste.

'Saskia, het huis is nu lang genoeg in verval geraakt', merkte Magnus keer op keer op.

Mijn dochter Malin voegde daaraan toe, met die verbazingwekkende en af en toe valse stem – ik weet precies waar die vandaan komt, ze is net zo bang als ik – die ze de laatste maanden heeft: 'Precies. Lang genoeg, mama.'

Dus nu zijn we hier: voorjaar 1994.

Dit huis is van Klara. Ik weet het. Ik voel het aan het feit dat mijn voeten aarzelen aan het begin van de steile helling die voert naar het huis op de rots dat mijn vader samen met mijn grootvader gebouwd heeft. Het kost me enorm veel moeite om rechtop en soepel de helling op te lopen. Mijn armen worden naar beneden getrokken en onze tassen met etenswaren zijn loodzwaar. Magnus werpt mij een bezorgde blik toe. Ik houd er niet van hoe hij mij tegenwoordig bezorgde blikken toewerpt. Mijn gezin irriteert me. Ik heb moeite met vrijen. Het enige wat ik op dit moment wil, is dat ze me met rust laten. Als ik maar wist waarom. Ik weet heel goed waarom.

Voor de deur waarop aan de binnenkant streepjes staan die onze lengte en leeftijd aangeven, fluister ik: 'Klara.' Nu ben ik echt hier.

De buurman is op zijn veranda gaan staan om naar de nieuwkomers te gluren. Ik begin te zweten, hoewel ik weet dat de meeste mensen aan deze kant van het eiland hier later zijn komen wonen en eigenlijk niets kunnen weten van wat er tien jaar geleden is gebeurd. Ik krijg de deur met moeite in beweging, Magnus neemt het van me over en met een knarsend geluid gaat hij open. Dat irriteert me nog meer. Ik kijk Magnus niet langer aan. Malin is het eerst binnen. Haar ogen staan meer dan verrukt; zij ziet de drie jaar stof niet, de hopen vliegen in de hoeken, de veldmuis die dood in de gootsteen ligt, de na veertig jaar verbleekte en gebarsten meubels. Zij ziet mogelijkheden, net zoals ik ooit zou hebben gedaan, vóór mijn val en mijn enorme vermoeidheid, mijn onverschilligheid en mijn slechte geheugen.

'Het is te gek, mama', roept ze rondhuppelend van blijdschap.

Magnus rent achter haar aan en tilt haar ondersteboven, totdat ze rood aanloopt van het lachen en de opwinding. Ik mompel: 'Fantastisch.'

Hoe moet ik deze zomer ooit doorkomen?

De hele dag zijn we aan het schoonmaken. Op mijn aandringen. Ik installeer mijn computer in wat mijn werkkamer moet worden, en ik leg keurige stapels met onderzoek van mijzelf en anderen op het bureau. Ik ben een beetje een koel en ordelijk mens – ook al loop ik dan in de ziektewet –; die karaktereigenschappen hebben mij succes opgeleverd in de academische wereld. Er zijn zo veel vrouwelijke schrijvers die vergeten zijn en in wie niemand geïnteresseerd is. Het is mijn roeping aan de wereld te laten zien dat niet alleen mannen er patent op hebben die wereld te beschrijven. Ik weet dat wie de wereld beschrijft er de macht over heeft. Het is mijn doel om andere verklaringspatronen aan te reiken. Voor mij zijn deze vrouwen, voornamelijk schrijfsters uit de negentiende eeuw die op de achtergrond leefden, een goudmijn die mij titels, studiebeurzen en onderscheidingen heeft opgeleverd. Titels zijn dingen die mij aanspreken. Ik ben in mijn leven al zo veel mensen zonder etiket tegengekomen, ik ben mij bewust van de risico's en pas er wel voor op. Het is helemaal niet zo dat ik een cynisch mens ben, ik ben alleen moe en ik houd niet van bezorgde blikken. Ik houd van werken. Het enige wat ik wil, is me met mijn eigen zaken bemoeien en met rust gelaten worden. Daarom ben ik hier, heb ik tegen Magnus gezegd. En natuurlijk, ook om dit bouwvallige huis aan te pakken, mijn familie, mijn verhaal, de persoon die ik ben. Ik moet me door veel stof heen werken, ik doe dit niet voor mijn genoegen. Magnus moet maar voor de veldmuis zorgen. Ik heb genoeg van de dood, maar de dood lijkt nog niet genoeg van mij te hebben. Het is nu drie jaar geleden dat mijn moeder overleed, ik had hier drie jaar geleden al moeten opruimen, in dit huis waarvan ze hield, dit huis waarin ik geen voet meer heb gezet sinds Klara verdween.

Mijn moeder was een geëmancipeerde vrouw. Ze stierf aan een hartinfarct tijdens een bestuursvergadering, precies zoals mannelijke directeuren doen. Mijn moeder was succesvol en ze stierf een voor succesvolle mensen veel voorkomende dood. Ik had liever gezien dat ze de dood te slim af was geweest, dat ze haar plek als enige vrouw in het bestuur had behouden en hier nu in de deuropening stond om mij te begroeten. Dat ze deze kwestie met Klara niet aan mij had overgelaten om alleen op te knappen. Magnus ziet wat ik denk, aan wie ik denk. Hij weet meer van mij dan wat een man van zijn vrouw zou moeten weten. Hij stoort mij enorm.

'Het is niet wat jij denkt', zeg ik luchtig.

'Ik denk niks.'

'Maar je weet een heleboel.'

'Inderdaad.'

'Bijvoorbeeld?'

'Dat we hier moeten schoonmaken. En dat we hier de hele zomer moeten blijven, dat jij moet uitrusten en dat we niet naar Amsterdam kunnen terugkeren voordat dit klaar is.'

'Inderdaad.'

'Bijvoorbeeld?'

'Als jij nou bijvoorbeeld eens in jouw hoekjes ging vegen en ik in de mijne?'

Ik veeg de liefde uit ons leven en daar is weinig dialoog voor nodig, verschrikkelijk weinig. Voor de liefde zijn zachtheid en een goed geheugen nodig, zodat je de aanleiding voor je beloftes levend kunt houden. Ik heb de laatste maanden – of is het toch langer? – ons liefdesleven in de vergetelheid laten raken. Er ligt stof rond ons echtelijk bed en dat is mijn fout. Magnus zal dat niet zo laten doorgaan: hij heeft een glashelder geheugen. Maar hij weet ook de hele waarheid niet. Door Malins manier van bewegen, door het feit dat ze mij niet langer aanraakt, weet ik dat ik bits ben geworden, soms vals. Dat is niet iets waar ik trots op ben, maar het helpt je wel te overleven, vooral bij de geschiedenis die ik met mij meedraag. Maar vóór alles ben ik van plan ongelukken met fietsen te vermijden, ik geloof dat het niet goed voor me zou zijn als ik nog zo'n ongeluk kreeg.

Ik baan me al schoonmakend een weg in mijn moeders slaapkamer. Daar staat een eenzaam bed. Ik zie mijn moeder voor me, alleen buiten op de veranda, alleen in bed en wanneer ze bezig is eten te koken voor één persoon. 'Waarom zijn succesvolle vrouwen zo eenzaam?' vraag ik Magnus. 'Zo simpel is het niet', antwoordt hij dan. Natuurlijk is het niet zo simpel. Maar wat ik mij altijd heb afgevraagd is: waarom komt het dan toch zo vaak voor? Mama. Ik had hier vaker moeten komen, ik had hier moeten zijn. Naast haar bed staat het nachtkastje dat papa en ik een keer in een zomer in elkaar hebben gezet. Het is blauw met rozen erop, maar de rozen zien er meer uit als de uit elkaar gebarsten twijgen van een vossebessenstruik. Op het nachtkastje staat een foto van Klara en mij toen we klein waren, in identieke jurkjes met een lila rokje en een gestippeld lijfje, buiten bij ons huis in Arnhem waar we als kind woonden. Naast de foto van ons staat er een van papa, en opeens realiseer ik me hoe weinig ik van mijn moeder weet. Op het kastje ligt ook een brief. Hij is aan mij geadresseerd. Ik blijf er lang naar staren, schud het stof van de sprei en ga op het bed liggen. Daarna strek ik mij uit om de brief te pakken. Hij is niet afgemaakt, het is haast niet meer dan een eerste aanzet, en hij is een beetje vergeeld na drie jaar wachten. Drie jaar wachten op mij. Er staat:

> Lieve dochter van me,
> Ik weet wat je niet wilt, ook wat je denkt dat je niet kunt. Maar geloof me, ik ken jou door en door: ik weet als geen ander wat je moet doen. Jij weet het ook. Ik wil dat je de zolder op gaat. Daar zul je een groene doos vinden en je zult precies te weten komen wat daarin zit. De doos staat klaar. Ik wil dat je leest wat je daar vindt, en ik smeek je de consequenties daarvan te aanvaarden. Je moet de keuzes maken die van je gevraagd worden, voor Malin, voor Magnus en voor jezelf. Weet dat ik altijd van je houd. Ik weet niet of dat je voldoende kracht kan geven. Als moeder wil je dat je liefde je kinderen zal beschermen tegen alles wat pijn zal gaan doen. Maar dat kan niet. We weten dat maar al te goed. Ik schrijf dit omdat ik weet dat het allemaal niet eenvoudig zal worden, dat ik misschien…

Het lijkt alsof ze haar pen alleen maar heeft neergelegd om even na te denken. Maar iets moet haar terug naar de stad hebben getrokken, iets op haar werk dat niet kon wachten, en ze is vast van plan geweest om terug te keren hiernaartoe om haar brief af te maken, maar in plaats daarvan viel ze dood neer. Aan haar manier van schrijven te zien lijkt het alsof ze het gevoel had dat er iets zou gebeuren. Alsof ze wist dat ze dingen af moest maken, het huis opruimen, een brief aan mij schrijven, naar vergaderingen gaan. Dat allemaal, behalve rusten, uitblazen, zichzelf in acht nemen, in een van die ijdele maar nederige pogingen de dood buiten de deur te houden. Welk recht heb ik om te beoordelen hoe ze leefde? Alle recht. Ik beoordeel haar omdat ik weet dat ik zonder haar kansloos ben. Er zijn maar zo weinig mensen die de waarheid kennen en de een na de ander raak ik kwijt aan de dood. En binnenkort ben alleen ik nog over. Binnenkort alleen ik nog. Met een weergaloos leeg en echoënd geheugen.

Klara. Er is geen weg terug, nauwelijks een weg vooruit. Ik weet alles over jou, ik weet niets over jou. Ik weet hoe je altijd liefhad, maar ik ben niet meer in staat te voelen hoe dat was. Ik ben nu al zo lang een vrouw zonder verleden dat ik de warmte van een leven met herinneringen ben vergeten. Ik heb mijn volwassen leven gewijd aan onderzoek doen naar mensen die honderd jaar geleden zijn gestorven, zonder te beseffen dat er tien jaar van mijn eigen leven verstreken zijn. Van mijn eigen leven herinner ik me zo erbarmelijk weinig, terwijl ik alles weet over een paar vrouwen die de wereld in de negentiende eeuw beschreven. Wie ben ik geworden? Mijn moeder wil dat ik de zolder opga. Malin wil mij bij zich hebben. Magnus wil een vrouw die weer vrijt. Klara wil niet vergeten worden. Desirée wil opnieuw gered en bevestigd worden. En ik? Ik wil terugkeren naar Amsterdam waar ik een bestaan heb opgebouwd en waar niemand mij van vroeger kent. Door het leven van anderen probeer ik mijzelf te vinden, maar niet door mijn eigen leven. Mijn moeder wil mij echter op zolder hebben deze zomer. Zij wil, eist, dat ik iets doe aan wat daar ligt.

Heel de dag wacht ik op moed. Die komt niet. De avond breekt aan, de nacht breekt aan en daarmee de slapeloosheid. Ik weet dat ik niet zal kunnen rusten voordat ik dit gedaan heb. De hersenen knijpen nooit een oogje toe. Mijn hersenen zwijgen nooit. Dus wens ik dat ik ze zou kunnen uitzetten, al was het maar voor een paar uur 's nachts. Ik hoor Magnus ademhalen en Malin praten in haar slaap in de kamer naast ons. Voor Malin? Ik sta op uit bed en sluip naar de hal waar het luik naar de zolder zich bevindt. Voorzichtig trek ik de vouwtrap uit; hij valt verbazingwekkend gemakkelijk naar beneden in de richting van mijn voeten. Het ruikt naar olie. Ik ben niet bang; ik ben zo bang dat ik er koude rillingen van krijg. Het is een onoverkomelijke beslissing te moeten kiezen tussen mijn rechter- en mijn linkervoet. Ik doe mijn ogen dicht en probeer ze beide tegelijk. Het helpt niets. Eenzaam nu, alleen ik nog over, geen boeken als bescherming tegen de herinneringen, geen blikken om te ontwijken, geen vragen om vals op te antwoorden. Ik zou de trap weer zachtjes naar de hemel kunnen schuiven. Zou dat niet het beste zijn? Om geheimen begraven te laten liggen. Verdwenen mensen dood te laten blijven. Onze zonden vergeven te laten zijn. Wanneer ik boven kom, staat de groene doos precies naast de opening. Nee mama, ik had hem niet over het hoofd kunnen zien. Ik ga op mijn hurken zitten om ernaar te kijken, een oude doos met stalen hoekjes en een metalen ruitje aan de voorkant waarin je een briefje moet stoppen waarop staat wat er in de doos zit. Deze doos heeft geen inhoudsopgave. Mijn vingers tillen het deksel op en bovenin ligt een blanco vel papier. Ik til het op en dan ligt er nog een. Blad na blad is blanco en ik raak in paniek bij de gedachte dat werkelijk alle papieren in de hele doos blanco zullen zijn, hoewel dat natuurlijk wel het allergemakkelijkst zou wezen. Maar ten slotte ligt daar boven op een stapel schriften een vergeeld krantenknipsel. Het is een korte notitie, op een zakelijke toon gesteld, in een droge taal. Ik denk niet dat iemand kon vermoeden dat deze notitie in het midden van de jaren tachtig gevolgd zou worden door artikel na artikel, waarna de nieuwsstroom bij gebrek aan duidelijkheid zou opdrogen. Het knipsel is gedateerd 23 augustus 1984. Er staat:

> Gisteren werden in een huis even buiten Stockholm twee mensen dood aangetroffen. De vrouw, 33, was in het hoofd geschoten; de man, 51, in de borst. In verband met deze sterfgevallen wordt ook de verdwijning gemeld van een 30-jarige vrouw. De politie denkt in dit laatste geval aan zelfmoord, maar een lichaam is niet gevonden en de omstandigheden waaronder een en ander plaatshad, zijn onduidelijk. Onduidelijk is ook of en hoe deze verdwijning in verband staat met de beide sterfgevallen.

De doodgeschoten vrouw heette Desirée Cronenfelt. Ze was Klara's beste vriendin. De man heette Henrik von Rensen. Hij was een van Desirées speeltjes. De verdwenen vrouw was Klara Mårstedt. Ik merk dat ik huil. Het enige wat ik kan denken is, gek genoeg: als ze mij toch maar weer kon bereiken. Diep in mijn binnenste hoor ik een schreeuw. Degene die schreeuwt ben ik, keer op keer opnieuw. 'Grote God, iemand, help me.' Die iemand is Magnus.

Onder het knipsel liggen Klara's dagboeken. Ze zijn aan

mij gericht, dat weet ik. Mama heeft er een briefje bovenop gelegd om ze te dateren: herfst 1980 – zomer 1984. Ik heb het gevoel dat dit een lange zomer gaat worden. Ik weet niet wie ik zal zijn wanneer deze zomer voorbij is. Dat beangstigt me. Ik heb allerlei keuzes, maar ik heb het gevoel alsof ik helemaal geen keuze heb. Alleen deze: Klara, lieve Klara, zusje van me.

2

Stockholm, oktober 1980

Lieve Saskia,

Het is moeilijk om te weten waar ik moet beginnen, het is zo lang geleden dat ik een manier vond om je te bereiken. Ik denk dat dit er een kan zijn, schrijven bedoel ik. Ik ben me er volledig van bewust dat ik dit niet kan versturen, maar daardoor kan ik misschien toch de dingen precies beschrijven zoals ze gebeuren, zonder eerst te hoeven nadenken en weg te laten wat jou ongerust zou kunnen maken. Als iemand mij zou vragen wat het grote verschil is tussen Klara en Saskia, dan zou ik zeggen dat dat het dragen van verantwoordelijkheid is. Jij neemt je verantwoordelijkheid, ik loop er het liefst voor weg. Jij staat voor je daden, jij bent consequent, jij houdt precies genoeg van iemand, jij irriteert niemand en jij zou je gedrag nooit door een man – of vrouw – laten bepalen. Ik zou zeggen dat jij het type vrouw bent dat voor alle andere vrouwen als ideaalbeeld zou kunnen dienen. Jij zou natuurlijk moeten lachen, als je me kon horen.

En ik? Je kent me. Beter dan wie ook. Mijn beste eigenschap is misschien dat ik gedreven ben. Ik geloof echt dat ik mensen kan helpen die moeite hebben met veranderen. Ik geloof in de genezende kracht van mensen, in het uitstrekken van mijn hand om anderen aan te raken en te redden. Lach niet, Saskia. Ik geloof daarin. Voor de rest geloof ik eigenlijk dat ik niet serieus word genomen, op de een of andere manier als fladderig word beschouwd, en daar zullen mijn gebrek aan rijping en verantwoordelijkheidsgevoel wel om de hoek komen kijken. Ik heb moeite om me op iets te *focussen*, zoals jij wel doet, om structuur in mijn leven te vinden, zingeving, en die daarna te blijven volgen als een bloedhond op weg naar zijn doel. Als iemand mij voorstelt een kop koffie te gaan drinken en ik weet dat ik eigenlijk aan het werk moet, kies ik voor de koffie zonder er verder over na te denken. Ik schaam me er niet eens voor, weet je! Ik ben een beetje als een blaadje, ik kan me in iedere richting laten sturen, vooral door mensen die ik erg leuk vind. De waarheid is dat ik behoorlijk snel iemand leuk vind, of beter gezegd *heel erg* snel. Ik denk: ik leef nu zesentwintig jaar en wat heb ik gedaan met mijn leven? Ik heb liefgehad en andere mensen het leven willen redden. Soms denk ik echt dat ik daarin geslaagd ben.

Ik zet me op het politieke vlak flink in. Je zou trots op me zijn, ik weet dat dit iets is wat jij zou aanmoedigen. Wat er in Zuid-Afrika gebeurt heeft mij, en vele anderen met mij, wakker geschud en ik doe mee aan allerlei demonstraties en verzamel handtekeningen voor boycotacties. Ik werk ook mee om bevrijdingsbewegingen te steunen: SWAPO in Namibië, het ANC in Zuid-Afrika en Frelimo in zijn strijd tegen Renamo in Mozambique. Dat is iets waar ik me verantwoordelijk voor voel. Geloof me, Saskia, ik ben gedreven.

Maar mijn eigen leven. Ik zie er geen richting in. Ik wilde dat ik dit niet zou hoeven schrijven, maar daar ontkom ik niet aan. Soms denk ik: ik zou willen dat iemand het van me overnam en mijn leven wilde leiden. Dat is onvergeeflijk, dat weet ik. Wanneer ik mensen tegenkom die weten wat ze willen, word ik getroffen door een allesverterende afgunst. Waar komt die wetenschap vandaan waartoe je bent voorbestemd? Sinds ons gezin uiteenviel, met papa en jij die in Holland achterbleven en mama en ik hier in

Zweden, heb ik moeite gehad met *de richting* in mijn leven. Natuurlijk was het moeilijk voor mama, de ontrouw, en alles daar verder omheen, maar toch zou ik willen dat datgene wat ik als een vreselijke vergissing beschouw, nooit was gebeurd. Hoe moeten mama en papa ooit met iemand anders een gezinsgevoel scheppen, dat gevoel dat wij hadden zonder daar moeite voor te hoeven doen? Hoe moeten zij, hoe moeten wij, opnieuw kunnen beginnen? Ondertussen vraag ik mij af: waarom denken mensen altijd dat het ergens anders beter is? Je zou van degenen die echtscheidingen uitspreken een briefje mee moeten krijgen waarop staat: WAARSCHUWING: AAN DE ANDERE KANT VAN DIT HUWELIJK IS DE KANS OP TOTALE MISLUKKING EVEN GROOT. Soms denk ik weleens dat die scheidingen in de jaren zeventig een mode waren, net zoals de nieuwe spijkerbroeken die je toen had. Die spijkerbroeken zijn weer uit de mode geraakt. Hoe denk jij dat dat met echtscheidingen zal gaan?

Ik ben me maar al te bewust van het feit wie de schuld draagt voor dit alles, ook deze keer. Als ik me maar een beetje had kunnen herstellen – 'Je moet je focussen, Klara!', zoals jij zou zeggen – dan hadden we misschien nooit uit elkaar hoeven gaan. Ik mis jullie zo, Saskia, en het meest mis ik jou. Toch weet ik dat ik nu volwassen ben, dat ik een eigen leven moet scheppen met een man en kinderen en een beroep en een carrière en vriendinnen en hobby's en een bos bloemen op de salontafel en politieke meningen die het goed doen tijdens leuk bedachte etentjes bij mij thuis. Hoe moet ik dat allemaal voor elkaar krijgen? Ik denk vaak dat ik net zo wil worden als jij: een onafhankelijke vrouw met vanzelfsprekende doelen in het leven. Maar hoe moet je dat combineren met het beeld van het gezin als hoeksteen van de samenleving? Hoe moet ik mijn onafhankelijkheid bewaren met een kind, dat eerst mijn lichaam zal innemen en onherkenbaar zal laten opzwellen en dat daarna jarenlang een groot deel van mijn alerte betrokkenheid zal opeisen? En dat allemaal terwijl er ook van mij verwacht wordt dat ik fit en vol goede zin op mijn werk verschijn om mij naar een goed salaris en het liefst een managementfunctie toe te concurreren en dat ik ondertussen een goedlopend gezin heb samen met de man die toevallig op de juiste leeftijd op mijn pad is gekomen. Vertel me eens, Saskia, hoe moet je dat voor elkaar krijgen? Nee, laat maar, ik weet het al: 'Natuurlijk lukt dat, Klara, goeie genade, *tanden op elkaar*.' Ik wil helemaal niet negatief zijn, maar ik ben bang dat ik veel te chaotisch ben om mijn leven op orde te krijgen, zoals bij jou wel lukt. Bij jou, papa en mama was ik intact; instinctief wist ik dat jullie me altijd zouden opvangen als ik viel. Jullie hadden woorden voor het onbegrijpelijke in de buitenwereld, liefde als compensatie voor wat jullie niet konden uitleggen. Jullie legden je hand op mijn hoofd als het in brand stond, jullie wikkelden mijn lichaam in handdoeken wanneer ik blauw zag van de kou. Waar vind ik een man die nu voor mij hetzelfde zou doen?

Nee, ik ben gewoon niet zo veelzijdig als jij, mijn gedachten vliegen alle kanten op en bewegen zich altijd naar uitersten, ze slingeren heen en weer en rollen dan zachtjes naar de kern: wat kan ik doen om mijn vergissing ongedaan te maken? Niets. Het is zoals het is, en misschien is het te laat, maar ergens geloof ik dat als ik anderen kan redden, er ook een mogelijkheid bestaat om ons te redden. Geloof je me, Saskia? Ik moet in die overtuiging leven. Ik moet dit met mij meedragen en vervolgens mensen liefhebben, ze meer en intenser liefhebben dan waar iemand anders toe in staat is. Die richting moet ik inslaan, dat moet mijn doel worden, mijn poging tot verzoening.

Liefde is anders niet het eerste waaraan je denkt hier op de universiteit. Als schapen worden we van de collegezalen naar de bibliotheek, naar de tentamenzalen en weer terug naar de colleges gedreven. Het is een eindeloze kringloop. Ik heb mijn bibliotheekpasje, mijn collegekaart, ik ben een deel van het systeem, maar ik kan niet zeggen dat ik er erg gecharmeerd van ben. De taal hier stoort me. Onze professor in de literatuurwetenschap praat op een manier die voor mij haast onbegrijpelijk is, ik schaam me werkelijk dat ik het op deze manier moet uitdrukken. Je moet niet denken dat ik mijn best niet doe, hoor! Tijdens het eerste college probeerde ik terugkerende woorden steeds in mijn woordenboek op te zoeken, maar daar ben ik mee opgehouden. Ik dacht: is dit nu waar ik zo bezeten van was, zo naar verlangd heb? Het lijkt haast wel of het de bedoeling is dat ze ons onze passie voor een vak ontnemen om die te vervangen door een gecodeerde taal (analysegereedschap noemen ze dat, geloof ik). We moeten teksten in kleine stukjes ontleden en ze daarna weer in elkaar zetten volgens de nieuwste theorie. En de schoonheid, die verdwijnt, net als het plezier. Ook ik ben nu begonnen deze taal te leren – hoe moet ik me hier anders doorheen slaan? – en soms, wanneer ik abstracties ophoest en de professor goedkeurend knikt, schaam ik me. Ik denk: ik ben net zo geworden als hij. Ook ik ben veranderd om superieurder te kunnen klinken. Het gekke is dat als ik dit met mijn medestudenten bespreek, ze zeggen dat ik naïef ben.

'Welkom in de werkelijkheid', zeggen sommige van de ouderejaars lachend. 'Zo klinkt het, zo moet je praten als je iets wilt bereiken.'

Anderen lijken ook te genieten van de nieuw ontdekte taal, met die taal stellen ze wat voor, iets voornamers dan wat ze daarvoor waren. Deze mensen begrijpen helemaal niet wat ik bedoel. Maar als ik hun vraag om uit te leggen wat de professor nou *eigenlijk* zei, zijn er maar weinigen die mij een goed antwoord kunnen geven. Ze zuchten alleen maar en geven schoorvoetend toe dat het misschien wel een tikje onduidelijk was. Ik begrijp het niet. Ik begrijp alleen dat ik moet leren mijn opvattingen voor mezelf te houden, omdat ik anders impopulair zal worden. Maar ik zal er wel aan wennen. Ik vind het soms alleen moeilijk me voor te stellen dat ik aan de andere kant naar buiten kom, met mijn bul in handen. Zal ik dan nog dezelfde persoon zijn? Ik overdrijf, zoals altijd, Saskia, je kent me. Natuurlijk is het interessant, alles wat ik leer, die fantastische kennis die zich als een extra ruggengraat in mijn anders zo zwabberende lichaam vormt, dat ik nu het totaalbeeld en de structuur zie in de maatschappij en de literatuur van het Westen vanaf de oorsprong tot nu. Ik wist alleen niet welke prijs ik daarvoor zou moeten betalen.

Laat me nu vertellen over het meest fantastische dat me deze herfst is overkomen. Ik ben betoverd en bezeten, ik word bewonderd en vooral: iemand heeft mij *nodig*. Het is moeilijk om dit alleen vriendschap te noemen, want het is zo veel meer dan dat. Je weet hoe het zijn kan wanneer twee vrouwen – ik denk dat het vrouwen moeten zijn – elkaar zo nabij komen dat ze nauwelijks de tijd hebben om hun mond open te doen of ze beginnen allebei al te lachen, te huilen, hetzelfde te zeggen of hetzelfde te denken. Het is alsof we elkaar altijd al gekend hebben, wat in feite in één opzicht ook het geval blijkt te zijn. In de zomer dat ik tien was, huurde Desirées familie het enorme gele huis aan de andere kant van het eiland. Ik weet nog dat ik toen al dacht dat ik nooit eerder iemand was tegengekomen zoals zij. Iemand die zo aanwezig was, zo intens, met een blik waaruit blijkt dat ze alles al van je weet. We kunnen bijna niet zonder elkaar. Dat klinkt onverklaarbaar: we kunnen niet zonder elkaar. En dat gebeurt ook niet zo vaak, want we volgen dezelfde colleges. Maar toch, het heeft allemaal iets magisch. Ik zie mezelf als een begenadigd mens die bovendien ongelooflijk veel geluk heeft gehad. Weet je, Saskia, het is alsof ik jou terug heb. Een tweelingzus. Een mens voor wie ik al gauw geen geheimen meer zal hebben, en dat is een opluchting voor me. Daar zouden mannen ons om moeten benijden, vind ik, om die intimiteit waarmee wij vrouwen elkaar kunnen benaderen. Wij nemen geen omwegen via tennispartijtjes en eindeloze uren in de kroeg om na een heleboel bier elkaar aarzelend in vertrouwen te nemen. Op dezelfde avond dat Desirée en ik elkaar opnieuw ontmoetten, bleef ik bij haar slapen. Ik geloof dat we wel vierentwintig uur achter elkaar aan het praten zijn geweest. Bij haar doe je dat. Toen ik thuiskwam was ik door en door bezweet, schor en kortsig, en moest ik twee dagen uitrusten. En nu delen we alles. We delen onze tijd, ons geld, onze kleren, make-up, tasjes, vrienden, koffiekopjes, sigaretten, dromen, reizen en grapjes. Soms heb ik het gevoel dat ik lucht nodig heb, dat ik zelf moet ademhalen om te weten waar ik begin en zij eindigt. Maar als ik daarover begin, kijkt ze zo teleurgesteld, maakt ze een scène, en daardoor laat ik het idee meteen weer varen. Als het haar verdriet doet, is het het niet waard. Tijd voor mezelf weegt niet op tegen haar aanwezigheid.

Kort geleden herinnerde ze me ergens aan.

'Weet je, Klara, wat we altijd tegen elkaar zeiden toen we als kind uit elkaar werden gehaald, die zomer op het eiland?'

'Nee.'

'We pakten elkaars hand en ik vroeg altijd aan jou, dat was een ritueel waarover ik ergens had gelezen: "Zullen we altijd van elkaar blijven houden?"'

'En wat antwoordde ik?'

'Jij zei: "Altijd." Dat antwoordde jij.'

Ik voel me meer tot haar aangetrokken dan tot enig ander mens. Haar uitstraling raakt me, haar ogen. Het is moeilijk uit te leggen, het is moeilijk haar puur in woorden te vangen. Ik kan alleen maar zeggen dat ze uniek is en leuk, gul en bijzonder getalenteerd en dat we overal over praten. Vooral over hoe we twee vrije, onafhankelijke vrouwen kunnen worden. Zij is feministe. Vaak zegt ze, herinnert ze mij aan het feit, dat ze dat vóór alles is. We hebben besloten elkaar te steunen. Omdat we ons moeten begeven in een samenleving die in de loop van de geschiedenis altijd door mannen gedefinieerd en bestuurd werd, en waar vrouwen eigenlijk pas de laatste eeuw toegang hebben, moeten we bewust zijn en op onze hoede. Ze wijst erop dat wij vrouwen vooral solidair moeten zijn. Jij vindt misschien dat dat vanzelf spreekt, maar ik ben niet zo scherpzinnig als jij. Desirée ook niet, en dat verwondert mij een klein beetje, gezien de zelfverzekerdheid die ze uitstraalt. Ze klampt zich aan mij vast op een manier die me ook verwondert. Wat wonderlijk is, is het feit dat ze met al haar grootse gedachten toch zo klein en zo chaotisch is. Dat ze soms helemaal niemand wordt. Ze zegt dat ze zich nog nooit door iemand zo dicht heeft laten benaderen als door mij. Dat doet me wat. We hebben elkaar eeuwige trouw beloofd: wat er ook gebeurt, we zullen elkaar niet in de steek laten.

Haar gedrag ten opzichte van mannen is anders. Ze vindt dat die uitgebuit moeten worden, *geobjectiveerd* (ja, zo praat ze), zoals altijd met ons is gebeurd, terwijl ik juist vind dat we moeten proberen elkaar als gelijken te benaderen, dat een vrije vrouw een voorwaarde is voor een vrije man. Dat heb ik altijd als vanzelfsprekend aangenomen. Maar Desirée is het niet met me eens. Het verontrust me een beetje als ik zie hoe ze hen systematisch uitbuit. Je kunt niet om haar schoonheid heen, begrijp je.

’s Nachts. ’s Nachts liggen we op haar bank aan een stuk te praten, en ten slotte heb ik zo’n droge mond dat we weer een pot thee zetten, alleen maar om even op adem te kunnen komen en wat te drinken. Het is dodelijk vermoeiend, maar fantastisch. Ze kijkt me aan en ik weet dat in haar ogen de waarheid over mij rust, en dat ik alles zal doen wat ze van me vraagt. Als je me vraagt om het uit te leggen, dan geloof ik niet dat ik dat kan. Ze ligt met haar hoofd in mijn schoot en terwijl ik haar haren streel, fluister ik: ‘Beschrijf jezelf eens in één zin.’

Ze antwoordt, en dat verontrust me, weet je wat ze antwoordt? ‘Ik ben een klein meisje met heel grote behoeftes.’

Dat is misschien niet het antwoord dat ik zou geven. Het is ook niet wat jij zou hebben gezegd. Maar jij begrijpt dit niet. Als ik er niet voor haar zou zijn, dan weet ik het niet. Ik weet dat dit verward klinkt. Ik houd zo veel van haar.

Je Klara

3

Ergens binnen in mij zit een klein meisje te schreeuwen. Ik ben alleen maar groot geworden om haar het zwijgen op te kunnen leggen. Verstandig en capabel ben ik geworden, intact met integriteit, precies zoals Klara voorzag, precies zoals Klara het wilde. Ik meende dat al mijn keuzes de juiste waren: dat ik alleen maar een kind heb genomen om de vrijheid te krijgen met hart en ziel in mijn werk te investeren, dat ik mijzelf op die manier keihard dwong iemand te worden, net zo goed als een ander, of liever gezegd beter dan een andere vrouw, en absoluut beter dan een man. Zoals ik er nu tegenaan kijk, zijn er duidelijke aanleidingen dat ik geworden ben wie ik ben. Ik weet nog dat ik toen ik klein was, acht jaar misschien, iets aan mijn moeder vroeg waar ze nooit overheen is gekomen. En ikzelf ook niet. Ik had lang gezocht naar voorbeelden van vrouwen met een beroep: onder de vrienden van mijn ouders, in geschiedenisboeken, bij het nieuws op televisie, in lesboeken. Maar in welke richting ik het ook zocht, ik hoorde alleen de namen van mannen, mijn eigen sekse was een uitzondering. Wat ik dus vroeg was: 'Waar blijven alle vrouwen?'

We hebben het allemaal wel gehoord, het kan je nauwelijks ontgaan: de terugslag van de emancipatie. De lagere lonen van vrouwen, het geringe percentage machtsposities in de samenleving dat door vrouwen wordt ingenomen, de man als norm en de vrouw als uitzondering, hoe weinig mannen er thuis voor de kinderen zorgen, de vrouw als object, het geweld tegen vrouwen. Enzovoorts, enzovoorts. Hier heb ik mijn roeping van gemaakt, ik kan me niet beperken tot het constateren van de feiten en gewoon doorgaan. Het is mijn taak om het debat verder te voeren, feiten aan te dragen, in herinnering te brengen. Ik verg het uiterste van mijn studenten, van mijn medemensen en van mijzelf. Ik accepteer geen excuses, geen hoongelach, geen geringschattende discussies, geen botte grappen. Ik zie het als mijn taak onrechtvaardigheden kenbaar te maken, maar ook mogelijkheden. Volgens mij kun je daar niet omheen. Er zijn hopen theorieën over hoe het zo gekomen is, we hebben er allemaal wel een. We hebben stapels statistieken, plannen die klaarliggen, pogingen tot een antwoord die allemaal bevredigend zijn – maar ondanks dat alles lijkt het alsof we alleen maar aan het watertrappen zijn. Het vreet aan je wanneer je weet dat iets zo overduidelijk klopt en correct is en je toch zo veel weerstand ontmoet.

U hoeft het niet met me eens te zijn. De discussie duurt al eindeloos lang. Magnus en ik praatten er vroeger nachtenlang over. Ik weet ook dat het een gespreksonderwerp is dat alle gasten tijdens een dinertje zuchtend kan doen verlangen naar het dessert, geloof me, ook ik word er bij vlagen doodmoe van. Maar probeer mij toch eens een antwoord te geven: waar blijven de vrouwen? Dat is het enige wat ik wil weten, op het gevaar af dat ik een zeur lijk. Waar zijn alle vrouwelijke directeuren, professoren, onderzoekers, laureaten, dirigenten, componisten, voorzitters van raden van bestuur, bestuursleden, presidenten? Ik denk erover na, ik heb mijn vermoedens, maar ondanks het feit dat ik zo consequent mogelijk probeer te leven, heb ook ik hier geen antwoord op. Soms denk ik dat ik mijn leven besteed aan het zoeken naar een antwoord dat niet bestaat, al was het alleen maar voor Klara, zodat zij niet voor niets gestorven is.

Waarom wroet ik nu tussen deze papieren? Ik zit op zolder en het zachte licht, dat je op zomerochtenden in Zweden hebt, valt naar binnen door het stoffige en gebarsten zolderraampje. Het is alsof elke vogel die buiten kwinkeleert juist dit wil weten: wat doe je hier, Saskia? Als jouw leven zo volmaakt is – ook al kent het dan een tijdelijke terugslag – en je herinneringen je alleen maar hinderen, waarom wroet je dan tussen deze papieren?

Misschien om mijzelf terug te vinden. Ergens in de dagboeken van mijn zus bevindt zich de sleutel tot wie ik nu ben. Niemand zou eigenlijk de dagboeken uit zijn jeugd moeten hoeven lezen. Als je die van Klara leest, weet je wel waarom. Mijn voornemen om gewoon verder te leven, niet terug te kijken, mijn werk te zien als mijn grootste geluk en de verlossing in mijn leven – dat alles stortte op de een of andere manier in op de dag dat ik op de Prinsengracht door een fietser werd aangereden. Hij bedoelde er geen kwaad mee, het gebeurde gewoon. Ik zat niet goed meer in elkaar en toen Magnus zich over mij heen boog, was het alsof mijn stem tien jaar jonger werd; weg was de flinke Saskia en wat resteerde was alleen dat zachte stemmetje dat ik maar al te goed herken: 'Vertel over ons, Magnus.'

Het was alsof ik terugviel in een tijd waarin de liefde meer betekende dan wat ook, waarin ik met plezier elke doctorshoed van de wereld had ingeruild voor iemand die mij kon vasthouden en die het trillen van mijn handen zou laten stoppen. Jarenlang heb ik gedacht dat ik ongelooflijk veel geluk had gehad. Eerst een man die mij overeind hield, uitsluitend onder de voorwaarde dat ik hetzelfde voor hem deed. Een man die zowel mijn minnaar als mijn beste vriend werd, ik heb niemand anders nodig. Vervolgens dit werk dat mij richting geeft, waarde, het gevoel dat wat ik doe en zeg iets te betekenen heeft. En Malin. Ze houdt me bezig, ze kijkt me strak aan en ik kan niet ontkomen. Ik dacht dat ik dit allemaal had, ik moet zeggen dat ik het jarenlang ook echt heb gehad. Het was alsof ik in een cocon van geluk leefde, en iedere keer wanneer ik langs de drijvende bloemenmarkt van Amsterdam liep om tulpen te kopen om mijn huis mee te vullen, moest ik moeite doen om niet te glimlachen. Ik dacht echt dat ik ontkomen was, het gered had, de weg naar huis gevonden had. En nu: 'Vertel over ons.'

Ik wil echt dat hij gaat vertellen, want dan moet ik dat ook doen. Dat we samen draad na draad zullen ontrafelen om dat vreemde fenomeen dat de waarheid wordt genoemd, boven tafel te krijgen. Toch is het unieke ervan, dat waarschijnlijk geen van ons de waarheid zal kunnen verdragen, dat we misschien niet sterk genoeg zijn om haar te kunnen torsen. Misschien zijn we wel zo veel jaren op de vlucht, dat dat het enige is waarin we echt goed zijn. Ik heb wel een vermoeden van wat ik probeer te doen als ik Klara's dagboeken volg naar dat einde dat mijn begin werd. Mama had gelijk, het zal niet gemakkelijk worden. Magnus en ik waren allebei maar al te genegen om de leugens te verdringen waarmee we ons gezamenlijke leven zijn begonnen, in de overtuiging dat wij degenen waren die konden ontkomen. We werden overmoedig, zoals alle pasverliefden. Toch is er veel dat ook Magnus niet weet. Ik weet dat hij van plan is deze zomer te besteden aan het opvullen van de gaten, dat tien jaar als termijn van uitstel lang genoeg is, zelfs voor iemand als ik. Maar mijn geheugen is met de jaren verbleekt en alleen al de laatste maanden gillend leeg geworden. Ik ben net zo bang als Malin, dat weet ik. Ik heb ervoor gezorgd dat ik het zo druk had met het druk hebben, dat ik niet zag dat wat ooit een betoverende liefde was, nu veranderd is in droge zoenen en: 'Schat?'

'Mmm.'

'Welterusten.'
'Welterusten, schat.'
De bril op het nachtkastje, naast een glas water, een verstolen aai over jouw stoppelige wang en daarna: slapen. Ik wist niet dat je elkaar aan de liefde moet blijven herinneren, je moet blijven herinneren dat je bondgenoten bent, beste vrienden, dat je de ander moet vragen te vertellen hoe je elkaar hebt leren kennen, elkaar een aanleiding moet geven elkaar iedere dag te kussen. Ik wist niet dat voor de liefde, het leven, een goed geheugen een *vereiste* is.
'Welterusten, schat.'
'Welterusten.'
Daarom zit ik in deze papieren te wroeten: ik ben niet ontkomen. Mama wist het, Klara ook, misschien papa zelfs. Hoe hebben we zo naïef kunnen zijn, Magnus en ik? We wilden geloven dat het voorbij was, dat we veilig waren thuisgekomen. We hadden een verdwenen zus achter de rug, twee vermoorde mensen en een wespennest van leugens en onderzoeken, en we konden niet meer. Magnus vond mij in Amsterdam en daar bouwden we niet slechts een nestje, maar een kasteel waar ik in de toren zat te werken terwijl Magnus de ophaalbrug bewaakte, zodat geen onbevoegde toegang zou krijgen. Was dat verkeerd?
Nu ben ik hier. Ik ga de wiebelige zoldertrap af, vouw die weer terug en sluit daarna het zolderluik. Dat was dat. Ik wou dat dit alles was. Magnus komt de slaapkamer uit, hij heeft op mij gewacht. Hij kijkt omhoog naar het gesloten zolderluik. Er ligt vertwijfeling in zijn blik. Hij zegt met zachte stem, hij weet het al: 'Niemand zou oude dagboeken moeten hoeven lezen. Dat is onmenselijk.'
'Maar noodzakelijk.'
Hij knikt en kijkt bezorgd. Ik doe mijn best om de irritatie die hij bij me oproept van me af te schudden. Ik heb

het vermoeden dat niet hij er de oorzaak van is.

'Saskia?'

'Ja.'

'Je verdwijnt niet?'

'Nee, Magnus, ik verdwijn niet.'

Hij slaat zijn armen om me heen, hij bouwt een nestje waarin ik mijn ogen mag sluiten en een poosje van de wereld verdwijnen. Net zo veel plaats als vroeger de liefde innam, net zo veel plaats lijkt nu deze vermoeidheid in te nemen. Ik zou zo graag willen dat ik ervan overtuigd was dat ik de waarheid sprak en dat ik echt kon genieten van zijn aanraking, in plaats van deze rusteloosheid te voelen die maakt dat ik hier alleen maar weg wil. Ik ben immers zelf degene die hier de oorzaak van is! Het enige wat Magnus doet, is mij daaraan herinneren. Waarom dan die irritatie? Hoewel ik zo graag zou willen vrijen, alleen maar weer opnieuw met hem vrijen, hoor ik mezelf zeggen: 'Zullen we dan maar beginnen met schoonmaken?'

Een paar dagen later neem ik de boot naar de stad. Ik heb met mijn Zweedse collega Andrea Sjögren afgesproken om over ons aanstaande gezamenlijke project te praten. We hebben het plan om een populair-wetenschappelijk werk te schrijven over alle vrouwelijke auteurs die in het vergeetboek zijn geraakt. We gaan vertellen over alle schrijfsters die in hun eigen tijd beroemd waren, maar die daarna vergeten zijn of aan de kant geschoven, in de literatuurgeschiedenis en daarmee voor het nageslacht. We willen laten zien dat het niet zo is dat er geen vrouwen *zijn*, dat ze nooit geschreven hebben. We zijn er alleen niet van op de hoogte gebracht dat hun manier om de wereld te bekijken van betekenis is. Het boek moet *In de schaduw van* gaan heten. We hebben grote ambities, we hebben een grote uitgeverij achter ons staan, en ik weet dat dit is waar ik al die jaren al voor vecht: nu zal ook ik in de herinnering van het nageslacht voortleven, als degene die de zwarte gaten dichtte. Er komt 'Van Ammer/Sjögren' op het boek te staan, en ik heb geëist dat mijn naam als eerste vermeld wordt. Daar schaam ik me niet voor, waarom zou ik? Ik ken de regels van het spel en van wat ik me van mijn weinige, maar intensieve ontmoetingen met Andrea herinner, kent zij ze ook. Door de jaren heen hebben wij elkaar van materiaal, connecties en brieven voorzien. Zij is een paar keer in Groningen geweest en zelfs bij mij thuis in Amsterdam. Voor haar heb ik verscheidene treinen naar huis gemist. Ik weet niet of dat komt omdat we een klein beetje op elkaar lijken, met die integriteit van ons en een aura van 'laat me alsjeblieft met rust, er valt hier niets te halen'. Toch is ze bijzonder aanwezig; als zij een kamer binnenkomt, verandert er iets. Niet omdat ze mensen manipuleert, maar ze laat hen zich tevredener voelen. Ze is een vrouw die niets aan het toeval overlaat, er staat onder aan haar brieven nooit een PS. Ze is niet het type mens dat dingen vergeet, te laat komt, de richting verliest in wat ze doet. Andrea is een resolute en nuchtere vrouw, een perfecte partner bij een karwei als dit.

Ze haalt me op bij de aanlegplaats van de boot midden in de stad en weer word ik getroffen door haar schoonheid en haar aanwezigheid, en tegelijkertijd door die integriteit die ze onder alle omstandigheden uitstraalt. Ze steekt haar hand uit en terwijl ik die aanneem glimlacht ze even, ze pakt mijn tas en constateert kort, zonder een antwoord te verwachten: 'Goede reis gehad?'

Als ze al weet dat ik ingestort ben, verbergt ze dat goed. Zij is niet iemand die vragen stelt, ze is eerder iemand die actief luistert. Aan de andere kant is er niets in haar manier van doen dat uitnodigt tot intimiteit, tot zelfreflectie, niets wat ertoe uitnodigt dat je je hand op de hare zou willen leggen en uitbarsten: 'Vertel me alles!' Ik besef, opnieuw verwonderd, dat zij in heel veel dingen op mij lijkt. Competent, beminnelijk, geïnteresseerd, maar in wezen eenzaam. In een poging het onbehaaglijke van dit besef kwijt te raken, in een plotseling verlangen haar te bereiken, zeg ik: 'Vertel, hoe gaat het met je?'

'Goed. Het overleg met de uitgeverij is constructief, vind ik, en ik heb ook een goede, globale planning gemaakt. Je moet maar kijken of je het daarmee eens bent.'

'En verder?'

'Hoezo verder?'

'Met jezelf.'

Ze begint te lachen, een mooie lach met veel warmte.

'O, gewoon. Niets opwindends. Mijn kater en ik zijn tevreden over elkaars gezelschap, ook al levert dat weinig nieuws op. Hij heeft zijn terrein en ik het mijne.'

Ik glimlach naar haar. Ik weet niet eens waarom. Wat wil ik weten, horen, voelen? We moeten samenwerken, we hoeven geen intieme vriendinnen te worden. Bovendien wil ik helemaal geen vriendin, ik begrijp daar de bedoeling niet van. Als ik met iemand moet praten, dan heb ik, had ik, Magnus.

'Genoeg?' vraagt Andrea. 'Of wil je nog meer weten?'

'De rest komt later wel', zeg ik tot mijn eigen verbazing.

We zijn aangekomen bij de uitgeverij, waar we een afspraak hebben met een redacteur om te praten over de financiële voorwaarden.

'Laat dit maar aan mij over', zeg ik, terwijl er een jongeman op ons afkomt die probeert overrompelend te glimlachen.

Aan de manier waarop hij ons vraagt onze jassen weg te hangen en in de leren fauteuils plaats te nemen, weet ik dat hij denkt dat hij ons – zoals hij het vermoedelijk zal uitdrukken – in zijn zak heeft. Hij verwacht dat we dankbaar zullen zijn dat hij zo ruimdenkend is over ons project. Hij verwacht amateurs die denken dat het geld een soort bonus is, omdat we toch denken dat dit *enig* is. Dat irriteert me mateloos. Ik begin met te zeggen dat de voorwaarden onbevredigend zijn en dat we al hebben besloten verder te onderhandelen met een andere uitgeverij. De man vergeet helemaal de verplichte koffie in te schenken en na een aantal ingewikkelde toeren weet ik dat ik gewonnen heb. De enigszins uitgeputte redacteur schudt ons de hand, mompelt iets over het belang van een *open dialoog* en Andrea glimlacht, ik niet, en dan staan we weer op straat. Voordat hij zich omdraait zie ik het. Even, heel even maar, lees ik het in zijn ogen – toch probeert hij grootmoedig te zijn, ik zie hoe hij vecht met zichzelf – maar ik heb het al zo vaak gezien. 'Heks', staat er in zijn ogen te lezen, hij kan het nauwelijks verborgen houden. 'Wat een heks.'

'Je had gelijk', zegt Andrea.

'Waarin?'

'Dat ik dit wel aan jou kon overlaten.'

Ik bijt op mijn lip.

'Ik heb mijn redenen om ongevoelig te zijn', zeg ik.

'Ik zeg er toch niets van.'

'Dat weet ik. Maar ik wil het toch even gezegd hebben.'

'We hebben allemaal zo onze redenen', is het enige wat ze zegt.

Ze steekt haar hand weer uit, ditmaal ten afscheid, omdat zij op weg is naar huis en ik terug moet naar de boten. Ik kijk naar de hand die ik in de mijne houd alsof ik hem wil onderzoeken, en ik weet niet waardoor het komt; of het is door de eenzaamheid van ons beiden, of door het besef dat ik anders de hele zomer overgeleverd ben aan de betekenisvolle blikken van Magnus, of aan de angst voor het verlaten huis en mijn verblekende geheugen. Ik weet het niet, maar ik ben degene die zegt: 'Zou je zin hebben om bij Magnus, Malin en mij te komen logeren van de zomer? Zo nu en dan?'

Ze kijkt verbaasd.

'Om nu al aan het boek te kunnen werken', voeg ik eraan toe.

'Ik dacht dat je wilde uitrusten', zegt ze voorzichtig.

Geïrriteerd haal ik mijn schouders op.

'Dat kan wel wachten. Ik bedoel, dat doe ik toch wel. Dit werk wordt rustgevend, geloof me', zeg ik, terwijl ik besef dat ik liever dan wat ook haar deze zomer op het eiland wil hebben en dat ik me bijna aan haar opdring.

'Zeker', is het enige wat ze zegt. 'Ik kan af en toe naar jullie toe komen. Dat zou mooi zijn.'

We staan erbij als twee kleine meisjes die zich geen houding weten te geven en ik realiseer me dat ik zelfs met mijn sandaal sta te schrapen in een weggeworpen papiertje van een ijsje dat op het trottoir ligt, dat ik in verwarring ben en door iets in beslag word genomen, ik weet niet waardoor. En ook dat de situatie mij doet denken aan iets wat ik eerder heb meegemaakt, dat ik, hoewel ik hier sta, ook een leven ergens anders leid. Klara's leven. Als om alles af te ronden en een eind te maken aan de pijnlijke stilte die er tussen ons is gevallen, zeg ik: 'Dan houden we het daar op.'

We nemen afscheid en ik loop door de stad die van Klara en mijn moeder is geweest, en ik besluit niets te voelen, niets te denken, alleen maar te verzinnen welke inkopen ik moet doen, in mijn hoofd een lijstje te maken en dat punt voor punt af te strepen totdat ik onderaan ben, zodat ik kan terugkeren naar het eiland.

Ik hoor iemand roepen. Dat kan toch niet, dat er iemand

roept, over alle jaren heen, over alles wat er gebeurd is heen; hoe kan iemand in een gewone straat in een stad waarin ik een vreemdeling ben, roepen: 'Klara?'

Ik draai me om en daar staat een man die ik niet ken. Of toch, ik herken hem, vaag, ik moet hem zijn tegengekomen in een leven lang geleden. Hij zegt: 'Bent u niet Klara Mårstedt?'

Ik stap het huis op het eiland binnen. Magnus heeft al eten gekookt en Malin speelt met iemand in de tuin. Ik weet dat ik bleek ben, ik zie het aan zijn blik, en ik weet dat hij vragen zal stellen, dat ik ook hierop zal moeten antwoorden.

'Ik heb vandaag iets geks meegemaakt, Magnus.'

'Ja?'

'Iemand noemde mij Klara. Een man.'

'Wat heb je geantwoord?'

'De waarheid. Dat ze dood is.'

Hij schrikt op.

'Dood?'

'Magnus, wat moest ik dan zeggen? Er zijn tien jaren voorbij.'

'Ja. Wat heb je nog meer gezegd?'

'Ik heb gezegd dat we op elkaar lijken. Dat we tweelingzussen waren, dat we altijd op elkaar hebben geleken.'

'Heb je dat gezegd?'

'Dat heb ik gezegd.'

We weten ons geen houding te geven en staan elkaar aan te staren. Ik zou willen zeggen dat ik nu beter naar huis kan vertrekken, dat ik in Amsterdam de dingen beter aankon, dat ik er niet aan herinnerd wil worden, dat de dood van mama en Klara wel genoeg zijn, en om alleen al in dit huis te moeten zijn en dat ik liever vals en hol ben dan…

Hij legt zijn hand op mijn wang. Meer niet. Zijn blik is

niet eens bezorgd. Zijn hand rust daar alleen maar. Het is meer dan ik kan verdragen. En het feit dat hij fluistert, zoals hij vroeger altijd deed om te zorgen dat ik heel bleef: 'Lieve Saskia. Lieve schat. Zusje van me.'

4

Stockholm, januari 1981

Lieve Saskia,

Ik schrijf in het wilde weg, zonder op volgorde en regels te letten. Ik schrijf wanneer ik niet meer weet wie ik ben, wanneer ik voor een etalage blijf staan en de ogen van een vreemde mij aankijken en ik besef: dat krankzinnige mens, dat ben ik zelf. Ik denk dat ik de stukjes probeer samen te vatten, samen te voegen tot een geheel, om te kunnen zien wat er met mij gebeurt, hoe mijn leven dat van anderen beïnvloedt. Hoe ik er ondanks alles voor kies dit leven te leiden. Deze herfst en winter heb ik geleefd, misschien intenser dan ooit tevoren. Ik leef echt. Het is niet alleen maar simpel; ik heb dingen over mijzelf geleerd waar ik niet trots op ben – mijn ontoereikende moraal en verantwoordelijkheidsgevoel, mijn *medeplichtigheid* – en ik heb bij anderen dingen ontdekt die ik liever niet had geweten, als ik had kunnen kiezen. Maar die keuze had ik dus niet. Ik wen eraan, zo moet het gewoon zijn. Ik zal moeten wennen aan de eigenaardigheden van het volwassen leven, moeten proberen ook van die eigenaardigheden te houden net zoals ik van al het andere houd.

Desirée is degene die mijn leven en tijd bepaalt. Misschien moet ik zeggen dat zij *en* ik die bepalen, maar het voelt voornamelijk alsof zij dat doet. Het is moeilijk uit te leggen, maar ik word tot haar aangetrokken, vaak tegen mijn eigen belang in, ja, zelfs wanneer ik weet dat ik eigenlijk weg moet gaan, blijf ik altijd. Of het door haar kracht of haar zwakte komt dat ik blijf, weet ik niet. Er zijn geen expliciete eisen: ik weet wat ze van me wil. Ik wist niet dat iemand die zo'n sterke uitstraling heeft, zo'n magnetische kracht als Desirée, tegelijkertijd zo zwak kon zijn. En mij tegelijkertijd zo nodig kon hebben. Laat ik je een beeld schetsen: haar haar is koperkleurig en supersteil en zit als een helm om haar hoofd, als een gevechtsuitrusting, en het houdt vlak onder haar kin op. Soms verbergt ze haar gezicht met haar haar, soms stopt ze het achter haar oren met een gebaar waaruit blijkt dat het gauw weer terug zal vallen, dat ze gedwongen is om weer opnieuw te beginnen, maar dat dat niets uitmaakt, dat we alle tijd van de wereld hebben. Die hebben we toch? Haar lichaam is klein en erg mooi, alles wat ze draagt staat haar. Het eerste wat ik dacht toen ik haar opnieuw tegenkwam, was dat ik zou willen proberen haar op te tillen, alleen maar om te zien hoe het zou zijn om met haar weg te wandelen. Ik denk dat ze helemaal niets zou wegen, dat ze op de een of andere manier gewichtloos is. Ze heeft groene ogen, die enorm groot zijn en die ze gebruikt om mensen mee te fixeren. Ze heeft een manier om iemand aan te kijken die maakt dat je denkt dat je niet kunt ontkomen. Ze kijkt als het ware van onderen naar iemand op, zuigt je naar zich toe, hoewel ze eigenlijk niet eens zo veel kleiner is dan anderen. Maar het is alsof ze zich onder degene schuift met wie ze praat. En ze maakt dat ze zich naar voren buigen, naar haar toe, dat kunnen ze niet laten. Ze laat niemand onberoerd, mij niet onberoerd. Wanneer ze met iemand praat, is ze ingevoerd in elk onderwerp dat aan de orde komt. Ze slingert heen en weer tussen een vrouw van de wereld zijn, een uitgesproken feministe, een uitgaanstype, een vriendin, een simpele flirt, een meisje van goede komaf en een dame van een escortservice. Ik ken al haar rollen, ik weet alleen niet hoe ze het doet, waarom ze het doet. Ik heb alleen maar vermoedens.

Maar bij mij. Haar liefde en vriendschap voor mij. Ze zegt dat dat het geweldigste is dat haar is overkomen, onze intimiteit, onze vertrouwelijkheden, de wetenschap dat de ander *alles* weet. Dat we met elkaar verbonden zijn tot de dood ons scheidt. Ze lacht als ze dat zegt, ze lijkt dat een leuke zin te vinden: 'Tot de dood ons scheidt.' En ik? Ik kan niet ontkomen, ik wil dat ook niet. Wanneer ik bij haar ben wil ik nergens anders zijn, je verveelt je geen seconde. Wanneer ik er niet ben vraag ik me af wat ze met me doet, hoe ze ervoor zorgt dat ik toesta dat er zulke onaangename dingen gebeuren, dat het bijna lijkt alsof ik haar aanmoedig. Vaak denk ik: hoe kan iemand die mij zo totaal vervult, me nadien zo'n leeg gevoel geven? Je zou niet trots op mij zijn, Saskia. Je zou je schamen. Dat verontrust me.

We maken reizen, dure reizen. En zij betaalt. Ik zit als een gehoorzame hond aan de leiband, terwijl zij alsmaar winkelt en uiteindelijk ben ik degene die haar tassen loopt te dragen door een stad waarvan zij heeft gezegd dat we die voor de gelegenheid moeten bezoeken. Ik zeg dat ik me een dergelijke levensstijl niet kan veroorloven. Zij zegt dat zonder mij haar leven zinloos is, dus moet ik daar zijn, en als de enige manier voor mij om daar te zijn is dat zij betaalt, wat is dan het belangrijkste? Ik laat haar betalen, ik ga mee. Wat voor kwaad kan dat? Ik vraag me alleen af waar al haar geld vandaan komt. Ze zegt dat ze een toelage van haar vader krijgt, maar dat dat tijdelijk is, tot ze op eigen benen staat. Eigenlijk is het zo dat ze nog nooit zelf geld heeft verdiend, ze zegt dat ze niet weet hoe je dat moet doen. Lach niet, Saskia, ze is daar zelf ook niet trots op. Ze zegt dat dat gaat veranderen, dat ze tegelijkertijd houdt van haar ouders en boos op hen is dat ze haar op deze manier verwend hebben. Maar binnenkort is deze tijd voorbij. 'Kunnen we er niet van genieten zolang we het zo hebben, wat maakt het uit?' vraagt ze.

En dus reizen we, winkelen we, ontmoeten we mensen, gaan we 's avonds en 's nachts uit en Desirée vindt steeds nieuwe mensen waarmee we ons kunnen omringen, die haar bewonderen, die verleid worden, die aan haar trekken, die zich tot ons aangetrokken voelen. Soms voel ik me net een gezelschapsdame, omdat dit eigenlijk geen leven is dat bij mij past en omdat ik er voornamelijk bij ben om Desirée te beschermen. 'Zonder jou ben ik verloren', dat soort dingen zegt ze. Ik lach haar uit, maar ze zegt dat ze het meent. Ik ben degene die haar gezond en fris houdt. Ik moet er zijn om te zorgen dat haar geen kwaad overkomt, zegt ze. Ze zegt ook dat ze vreselijk naïef is, dat ze daarom in al die intriges met mannen en vrouwen belandt, vechtpartijen en woordenwisselingen, afrekeningen en tranen. Het is alsof ze altijd midden in dingen belandt, het middelpunt van de gebeurtenissen wordt, en eerst is dat vertederend en is iedereen blij met haar totale aanwezigheid, maar daarna neemt alles een wending en wordt er iemand op zijn teentjes getrapt, een ander belachelijk gemaakt, weer een ander verliefd, een vierde afgescheept, een vijfde bedrogen, een zesde belasterd, en te midden van dat alles staat Desirée en wordt gebruikt, verkeerd begrepen, op haar ziel getrapt. Ze zegt het zelf, het zal wel komen door haar goedgelovigheid en liefde voor mensen. Ze bedoelt het niet kwaad, Saskia, het is gewoon toevallig *het resultaat* van wat ze doet. Ze zegt dat het niet iets is wat ze opzoekt: 'Waarom ben ik altijd degene die...?' Dus ben ik er voor haar, bij mij kan ze uithuilen. Zonder mij, Saskia, zonder mij.

Ze leeft op een nonchalante manier die mij verbaast, omdat die helemaal niet past bij haar verdere betrokkenheid en in feite ook niet bij haar grote edelmoedigheid. Zij interesseert zich, net als ik, voor wat er in vooral Afrika gebeurt, en ze heeft gevraagd of ze met me mee mag naar mijn bijeenkomsten, maar ze heeft nog geen tijd gehad. Deze tijd van boemelen en onverantwoordelijk gedrag zal binnenkort voorbijgaan, dat zegt ze, ze moet het alleen grondig afsluiten, zodat ze het later niet zal missen. *Later*, dat is wanneer we werkelijk geëngageerde vrouwen zullen zijn en een voorbeeld voor anderen. Later, dat is de dag waarop ze tegen haar vader zegt dat hij zijn toelage mag stoppen. 'Help me om mezelf te redden, Klara', zegt ze altijd. Later, dat is wanneer we ons nuttig zullen maken en de wereld zullen veranderen, ja, de wereld zullen redden zelfs, ze zegt dat dat moet kunnen, wat heeft het anders voor zin dit leven te leven? Ik ben het met haar eens, ik zeg dat ik daarop wacht, me eindelijk nuttig te kunnen maken, erbij te kunnen zijn om te zorgen dat anderen niet ten onder gaan. Dus ga ik door met mijn solidariteitswerk en houd ik haar continu op de hoogte. Ondertussen zorg ik er ook voor dat haar niets gebeurt. Ik vind het nog niet zo slecht geregeld. Ik wilde dat ik niet wist wat jij zou zeggen, Saskia. Maar jij bent nu niet hier.

Er zijn nachten dat we praten zonder ophouden. Er zijn dagen dat we elkaar bij het ontbijt zien en dat ik pas etmalen later daarvandaan kom, hoewel we colleges en alle andere dingen missen. Ik weet niet waar de tijd blijft, vraag het me niet. Zij vraagt mij, genadeloos, keer op keer opnieuw, op de bank in haar appartement vlak onder de sterren, ze knipperen door de dakkapel naar ons zoals we daar als uitgestrooide zeesterren liggen: 'Vertel me alles.'

'Over Saskia?'

'Ik zei alles, Klara.'

'Saskia is wat ik niet ben. Zij blijft overeind, is geduldig en doelbewust. Ze stuurt haar eigen leven en ze heeft lief zonder daaraan onderdoor te gaan.'

'Een voorbeeld voor andere vrouwen?'

'Ja. Op een dag moet ik net zo worden als zij. Ik moet worden zoals zij.'

'En het gezin waaruit je komt, Klara, het gezin?'

'Ons gezin is uiteengevallen. Dat was mijn schuld. In twee stukken viel het uiteen, en mama en ik zijn hierheen gekomen.'

'En Saskia?'

'Die bleef in Nederland, bij papa. Ik kon het niet vergeven. Als ik maar goed in mijn vel had gezeten.'

'Wat vergeven, Klara?'

'We woonden in Arnhem. We vormden een gezin, een gezin dat intact was, en buiten dat gezin was je niet dezelfde persoon als erbinnen. Bij ons was er ruimte voor degene die ik wilde zijn. Ik begreep alleen niet dat het buiten ons gezin niet hetzelfde kon zijn.'

'Wat vergeven, Klara?'

'Ik kon het niet vergeven. Als dat niet zo was geweest, dan hadden we vandaag de dag nog steeds kunnen samenleven. Mijn moeder vroeg me om advies, begrijp je, ik neem aan dat ze wanhopig was, ik was pas dertien jaar. Ze zei dat ik mocht bepalen hoe het met ons allemaal verder zou gaan. Het is toch niet goed om aan iemand van dertien te vragen een volwassen vrouw advies te geven?'

'Nee, ze was wanhopig.'

'Ze was wanhopig. Het was namelijk zo dat mama wist dat papa een ander zag. Arnhem was geen kleine stad, maar wel zo klein dat iedereen het wist. Ik geloof niet dat zijn ontrouw al lang aan de gang was, misschien hadden ze elkaar maar een paar keer gezien, misschien stelde het wel helemaal niets voor. Misschien was hij gedeprimeerd en kon mijn moeder daar op dat moment niet goed mee omgaan en was die andere vrouw, Susanne, er toen wel voor hem, even, heel even maar en wendde hij zich tot haar. Het was een verschrikkelijke vergissing, dat was alles: een vergissing.'

'En toen?'

'Mijn moeder was in verwarring. En ik maakte het er niet beter op. Vijftien jaar hadden ze op elkaar vertrouwd, hoe snel kan dat vertrouwen met de grond gelijk worden gemaakt? Was het voorbij? Hoe zou je opnieuw moeten beginnen?'

'Hoe begonnen ze opnieuw?' vraagt Desirée, terwijl ze met haar dunne vingers in mijn haar zit te draaien.

'Ze begonnen niet opnieuw. Mijn moeder heeft het me gevraagd en ik zou zo graag willen dat ze dat niet had gedaan. Ze vroeg mij of ik dacht dat zij, dat ik, papa zou kunnen vergeven.'

'Wat heb je geantwoord?'

'Ik antwoordde nee. Ik heb gezegd dat het onvergeeflijk was. Ik herinner het me nog zo goed, ik stond bij de kofferbak van onze auto, die stond geparkeerd voor een winkel in Arnhem, en ik nam tassen met fruit van haar aan. Er zaten sinaasappels in en toen ik boos werd, rolden die over straat – en ik zei: "Nee." Leugens waren niet iets wat je vergaf, ik zou nooit toestaan dat ze weer bij hem ging wonen, de hele stad wist het immers, ik schaamde me zo verschrikkelijk. Ik zei dat ik daar weg wilde, dat we in Zweden opnieuw moesten beginnen, ver bij hem vandaan. Dat ik hem verafschuwde en dat ik hem nooit meer wilde zien.'

'Wat hebben jullie gedaan?'

'We zijn bij hen weggegaan. Ons gezin viel uiteen en we hebben Saskia en papa achtergelaten en sindsdien is niets meer hetzelfde. Ik neem de hele schuld daarvoor op me.'

'Zeg dat niet, Klara.'

'Ik had moeten zeggen: "Lieve mama, veroordeel hem niet. Kies er niet voor om weg te gaan, blijf, niemand kan wegvluchten. Jullie hebben ons, haal ons niet uit elkaar, haal jezelf niet uit elkaar. Wanneer je eenmaal iemand verloren hebt, kun je niet meer verder leven, je kunt nooit opnieuw beginnen." Als er iemand was die dat kon weten, dan was ik het toch wel?'

'En konden ze opnieuw beginnen?'

'Nee. Mama in ieder geval niet. Er zijn andere mannen geweest, maar nee. Papa woont nu samen met die Susanne, maar ik zie ze nooit. Saskia wel natuurlijk, zij is redelijk, zij kan die dingen. Maar ik kan het niet, wil het niet.'

'Maar er moet toch ook iets anders geweest zijn? Een andere reden waarom het gegaan is zoals het ging?'

Geïrriteerd beweeg ik mijn hoofd. Waarom ga ik niet weg? Waarom stel ik me hieraan bloot, telkens weer opnieuw, alles van me, binnenkort weet ze alles van me. Ze kijkt me aan, er staan tranen in haar ogen, ze strekt haar hand uit. Weet ze wat ze met me doet?

'Klara?'

'Mama zei dat het niet goed met me ging. Dat zij en ik voor onszelf een nieuw leven konden scheppen in Zweden, waar niemand er iets van wist. Dat ze dat het allerliefst wilde, dat ik me weer goed zou voelen.'

'Dan was het dus zo dat ze aan jou de meeste waarde hechtte.'

'Dat zal dan wel', zeg ik. 'Dat dat zo was.'

We lopen samen naar de keuken. Zij schenkt iets te drinken voor ons in en ik zit op het aanrecht tegen de keukenkastjes aangeleund en voel me nieuw, alsof alles voorbij is, de schuld verzoend, de vergissing opgehelderd – we kunnen allemaal opnieuw beginnen.

'Je laat elkaar niet in de steek, Desirée. Dat doe je niet. Hoor je me?'

'Dat weet ik', zegt ze, alsof ze me wil geruststellen. 'Dat

weet ik, waarom denk je dat ik hier ben? Ik laat je niet in de steek. We hebben elkaar toch een belofte gedaan, nietwaar? Nooit uit elkaar gaan, wat er ook gebeurt.'

Ik knik. Wat er ook gebeurt. Niet nog een keer, Saskia. Niet weer. En we eten en praten, de ochtend gaat over in de dag die overgaat in de avond, en aan haar manier van op de klok kijken zie ik dat ze eropuit wil, dat al gauw de telefoon zal rinkelen en haar intonatie en stem zullen veranderen, en ik zal er zijn, maar alleen in de periferie, als iemand bij wie je troost zoekt als het spel verkeerd mocht lopen. Dat ze moet doen wat ze altijd doet, dat ik haar eigenlijk niet mag tegenhouden.

'Vertel jij eens', zeg ik, als om haar aandacht af te leiden van de telefoon, de invitaties, de mannen die haar bellen, de oude vrienden, de tijdelijke. 'Vertel', zeg ik en ik weet dat ik alles nog een keer te horen zal krijgen, maar dat dat niets uitmaakt, als ze maar niet weggaat. Niet uitgaat.

'Mijn ouders', begint ze dromerig. 'Mijn jeugd. Het was de beste jeugd die je je kunt voorstellen, dat weet je?'

Ik knik.

'De beste die je je kunt voorstellen. Mijn moeders familie behoort tot de voornaamste in Zweden, en de familie van mijn vader was bevriend met de tsaar van Rusland. Mijn vader is ondernemer, een man van de toekomst. Ze hebben mij alles gegeven, het heeft mij aan niets ontbroken.'

'Dat weet ik. Vertel over Eleonora en Gustav, Desirée.'

'Mama is actief in verschillende liefdadigheidsorganisaties, hier in Zweden maar ook internationaal. Ze heeft een goede naam binnen de *fundraising*, geld inzamelen, voornamelijk bij de hogere klassen, voor de behoeftigen. Papa is nu met pensioen, maar hij zit als bestuursvoorzitter in een aantal belangrijke internationale ondernemingen.'

Ze praat mechanisch, bijna manisch, alsof het een les is

die ze heeft geleerd die er snel uit moet voordat ze hem heeft vergeten.

'Koffie', zegt ze. 'Met koffie heeft mijn vader een vermogen voor ons verdiend, naast het geld dat we geërfd hadden natuurlijk. Dat was in Kenia, waar mijn vader en moeder in het begin van de jaren veertig naartoe zijn gegaan. Het waren pioniers, de mensen die Afrika voor de multinationale handel hebben opengesteld.'

'Net als de Afrikanen zelf misschien?'

'Die ook, die ook. Natuurlijk. Als ik mijn ogen dichtknijp, zie ik onze grote villa, even buiten Nairobi, op de hoogvlakte met koffieplanten overal om ons heen. Onze bedienden noemden mama *bibi* en papa *bwana* Cronenfelt. Daar hield hij van, hij was erg geliefd bij de mensen daar. Ik zal de taal toen wel hebben gesproken, maar daar weet ik nu niets meer van. Ik woonde er immers niet de hele tijd, tijdens het schooljaar zat ik op een internaat, in Zwitserland, Engeland, Frankrijk. Maar Kenia was thuis, daar ben ik geboren, in 1951. Het was een magnifieke wereld die nu allang verdwenen is. Onbegrijpelijk jammer is dat. Daarna zijn ze hierheen verhuisd, in het begin van de jaren zeventig, en ik ook. Ik bedoel, ondanks alles was dit toch thuis. Ik heb alles gekregen wat mijn hartje begeerde. Dat herhaal ik nog eens. Mijn ouders hebben me aangemoedigd, me gesteund, gezegd dat ik alles kan worden wat ik wil, me aangemoedigd een vrije vrouw te worden die zelf nadenkt.'

'En liefde?'

'Dat ook en meer dan dat', zegt ze, terwijl ze haar blik naar het raam keert.

Ze kijkt me niet aan als ze aan het vertellen is, het lijkt alsof ze in haar eigen wereld verkeert, met de keukenlamp als een schijnwerper op haar kruin gericht terwijl zij staat te verkondigen. Ze blijft met gesloten ogen staan en ik ga afwassen.

'Laat me je vertellen over stijl', zegt ze opeens en ze kijkt me aan. 'Dat is belangrijk, je denkt misschien van niet, maar in mijn kringen is dat belangrijk. Ik ben met stijl opgevoed. Hoe je iemand begroet, waar je over praat en *niet* over praat, met wie je omgaat, hoe je een speech moet houden en hoe je bedankt nadat je ergens geweest bent. Door stijl onderscheiden wij ons van anderen. Ik zie het direct, iedereen van mijn soort ziet het direct. Stijl is niet aangeboren, die is ingesleten. Een gevoel voor wat juist is, wat passend is. Een enorm sociaal zelfvertrouwen, snap je. We hebben tradities, rituelen, en daar houden we keihard aan vast, die geven je houvast. Weten dat je altijd bent voorbereid op wat er gaat komen, maakt dat je nooit teleurgesteld hoeft te zijn. We houden vast aan stijl in onze familie, in families als de onze. Daar ben ik mee opgegroeid, dat is wat we leerden op de internaten overal in Europa: hoe je mensen onderscheidt. Dat is alles wat ik hoef te weten, zodat ik mijn eigen soort herken. We herkennen elkaar aan de reuk. Mensen met geld, geërfd geld dus, omgeven zichzelf met een bepaalde geur en zekerheid, ik herken dat meteen.'

'En ik? Hoe ruik ik, Desirée?' fluister ik.

Ze lacht en haalt mijn hand uit het afwaswater, draait mijn handpalm naar haar lippen en kust hem.

'Dat is toch allemaal allang achterhaald, begrijp je wel! Het is lang geleden dat we zo waren. Ik vertel het alleen maar, zodat je mijn achtergrond begrijpt.'

Ze zet haar glas weg en loopt naar de slaapkamer om zich te verkleden. Het afwaswater schuimt tot aan mijn ellebogen en ik blaas erin zodat de bellen de kamer in vliegen. De telefoon gaat. Ik hoor hoe ze met iemand praat, ik weet dat het begonnen is, dat het weer begint. Ze is opgemaakt, haar ogen omrand, haar lichaam gehuld in iets duns met een decolleté, ze heeft laarzen die tot haar dijen reiken, en het is niet de Desirée die ik in het begin heb leren kennen, het is niet de Desirée die haar ouders zien, het is niet de Desirée die vrienden met stijl zien. Ze ziet eruit als een klein meisje dat een verkeerde afslag heeft genomen, maar weigert dat te erkennen.

'Ga je mee?' vraagt ze, terwijl ze een sigaret aansteekt.

Ik schud mijn hoofd.

'Je moet mee', zegt ze.

Ik knik.

We zijn uit. Het is een wonderlijke wereld, mensen van dezelfde soort vinden elkaar meteen. Het is alsof er iemand een bel heeft geluid, waarna iedereen met dezelfde behoeftes zich verzamelt rond de drinkplaats waar waren aan de hoogste bieder worden verkocht. Desirée is duur, dat weet iedereen, er wordt slag om haar geleverd. Als we uit zijn, weet ik niet meer wie zij is. Ik bedoel, ik zie het, ik wilde alleen dat ik er niet met mijn neus op gedrukt werd. Ze biedt zich aan aan wie op haar pad komt. Net een man, zegt ze dat ze is, ze neemt wat ze op dat moment wil hebben, zonder enige scrupules, en daarna trekt ze weer verder. Ze zegt dat ze zo wil leven, dat dit de ultieme vrijheid voor een vrouw is, dat ik dit leven zonder bindingen, kinderen baren, trouw of beloftes ook eens zou moeten proberen. Ik zeg dat ik dat niet kan. Het enige wat ik doe is toekijken. Het is alsof iemand de loop van een pistool tegen mijn hoofd houdt en ik verlamd ben. In deze nachten betalen de mannen altijd alles, en zij zegt, met luide stem, dat ze daar ook voor zijn. Ik wend me af als ze dat zegt, maar ik blijf zitten. Ik keer mezelf binnenstebuiten voor haar.

Het wordt later en later in de nacht. Ik weet niet wie ze dit keer heeft uitgekozen. Ze kiest zelden jonge mannen, die haar aankijken en graag meer dan één nacht zouden willen, mannen die echt van haar zouden kunnen houden. Die zijn het nooit. Het zijn de oudere, vaak al bezette mannen die ze kiest, degenen die zich haar gewoontes kunnen veroorloven en die geen beloftes te bieden hebben. Ze gaat alleen naar huis met onmogelijke mannen. Soms gebeurt het weleens dat er echtgenotes opduiken, dat ze haar in haar gezicht slaan, maar naderhand zegt ze dat die het aan zichzelf te wijten hebben dat ze zo'n man hebben gekozen. Het enige wat zij heeft gedaan, is hun de ogen openen. Ik houd daar niet van. Maar ik ben er wel. Dat maakt mij medeplichtig, neem ik aan. Het is goed dat jij hier niet bij bent, Saskia. Ik sta op om weg te gaan, alleen, zoals altijd. Als ik maar wist hoe ik Desirée hier voorgoed vandaan zou kunnen krijgen. Desirée loopt op mij af, vlak achter haar staat de man die deze avond bekostigd heeft. Zijn blik bevalt me niet. Ze leunt naar voren en legt haar voorhoofd tegen het mijne. Geen uitweg. Haar lippen op mijn wang. Wat doet ze met me. Ze ziet mijn blik.

'Begrijp je het niet?' fluistert ze. 'Ik bind me niet. Ik wacht op je. Op een dag zullen we dit alles ontvluchten en ergens goed werk doen. Dat staat ons te wachten.'

Later in de nacht, veel later, wanneer ze bij me aanbelt en ik al haar kleren uittrek en haar haar uit de war haal, fluistert ze: 'Zorg voor me, Klara. Lieverd, zorg voor me. Ik weet soms niet wat ik doe.'

Ik zie wat ik al zag toen we klein waren, wat ik de hele tijd al vermoed heb, dat ze verloren is, dat ze geen kans maakt. Ik neem haar hoofd tussen mijn handen. Wat moet ik anders doen.

'Kom maar binnen', zeg ik. 'Kom thuis.'

Begrijp me Saskia. Veroordeel me niet. Niet zoals ik zelf heb gedaan. Begrijp me. Ik doe dat niet.

Klara

5

Er bestaat geen redding, geen uitweg. Dat weet ik nu. Ook Klara heeft dat al vroeg vermoed, en toch koos ze ervoor door te gaan. Is dat wat we liefde noemen? Doorgaan, hoewel de weg geblokkeerd is, de uitkomst al vaststaat? Ik wil niet dat dat zo is. Het zou beter zijn geweest als ze niets vermoed had, als ze nog naïever was geweest, een jong poesje dat tussen de wilde beesten terechtkomt en zich aanpast puur om te overleven. Maar ze wist wat ze deed; ze wilde levens redden, ze wilde nog meer vergissingen, catastrofes voorkomen, maar in plaats daarvan veroorzaakte ze ze juist. Ze dacht dat als ze zich in het centrum van de gebeurtenissen bevond, ze er tussen zou kunnen springen, het spel op tijd zou kunnen stoppen. Ze dacht dat ze daartoe in staat was.

Ik zit buiten op het zomereiland van mijn jeugd, aan de scherenkust van een land waarvan ik niet veel weet. Dit land is een deel van mij, mijn moeder ligt hier begraven, mijn zus is hier verdwenen. Ik wilde dat ik meer voor het land voelde. Ik heb een beetje moeite met de mensen, met de manier waarop ze hier op het eiland vanachter hun gordijnen staan te gluren, met hun gepraat over buitenlanders die huizen kopen, over het land dat zo verandert, hun begrijpelijke angst voor verandering die te maken lijkt te hebben met die enorme welvaart. Ik heb een gevoel alsof ik er niet tussen pas, alsof ik vloek met mijn omgeving, wat ik ook probeer te doen. Als ik iets zeg, dan doe ik dat te luid en op de verkeerde manier – zelfs Malin merkt het, ze begint te blozen en loopt om als ik erbij ben – en als ik ergens ben uitgenodigd vraag ik verward om een jenever. Wanneer ik in Zweden ben, weet ik niet meer wie ik ben. Dat ligt natuurlijk helemaal niet aan Zweden, dat weet ik, dat ligt aan mijn onvermogen. Het is alleen zo fijn om ergens de schuld op te kunnen schuiven. Sinds ik hier ben, weet ik niet wie ik ben.

Ik zit op een boomstronk in het bos. Ik speel dat ik een Zweedse ben en heb gezegd dat ik alleen wil zijn en met rust gelaten wil worden – iets wat bijna onmogelijk is in Nederland, waar je in colonne door aangeplante bossen wandelt –, dat ik bessen wil plukken (zijn die er nog?) en in het bos wil lopen en rust wil hebben. En hier zit ik nu op mijn boomstronk. Om mij heen vliegen vogels waarvan ik de naam niet ken, om mij heen staan planten die groen zijn, maar die ik niet nader zou kunnen definiëren, boven mijn hoofd zweven bomen van allerlei soort en kleur, maar ik weet niet hoe ze genoemd worden. Ik ben een arm mens, de natuur is iets waaraan ik een bezoek breng. Daar benijd ik de mensen hier op het land om: dat ze *de weg weten*. Ik ben ingesloten in het stille groen dat niets tegen mij zegt, maar ik weet dat ik binnen in mij al te veel stemmen heb om ooit met rust gelaten te kunnen worden.

Om aan die stemmen te ontkomen denk ik aan Malin. Ze heeft hier een nieuw vriendinnetje gevonden, dat zou de droom van iedere ouder moeten zijn. Ze nemen elkaars tijd volledig in beslag. Ze heet Desirée.

'Aparte naam, hè, mama?'

'Nou, inderdaad.'

Ze laten elkaar niet met rust, ze geven elkaar niet de gelegenheid om nog ergens over na te denken. Dat is ook niet de bedoeling. Als het vriendinnetje blijft slapen hoor ik ze 's avonds praten, hoor ik hoe ze bezig zijn om alle gaten te dichten, hoor ik dat ze alles van elkaar weten en dat ze elkaar binnenkort in de ogen zullen kijken en zullen zeggen:

'Blijven we altijd van elkaar houden?' Ze zullen sieraden van elkaar gaan dragen als bewijs van hun vriendschap, ze zullen de hele wereld laten zien dat ze uitverkoren zijn en als er een nieuw meisje op hun pad komt, zullen ze precies zo kieskeurig zijn als hun pasontdekte intimiteit van hen vraagt. Ze zullen de nieuwkomer de ogen uitsteken en die zal huilend naar huis rennen, naar haar moeder, die nog iemand is die is vergeten hoe gemeen kleine meisjes kunnen zijn en die haar zal terugsturen met bemoedigende woorden in plaats van met boosheid en moed. We vergeten. Ik vergeet niet, ik herinner me Klara. Ik zie het verdriet nog voor het er is, misschien zelfs wanneer het er niet is. Natuurlijk ben ik voor zusterschap, maar ik weet ook iets van de keerzijdes ervan. Ik weet dat ik Malin weer bij elkaar zal moeten vegen, dat ik dat eerder heb gedaan. Net zoals ik al eerder heb gedaan, zal ik haar ook nu aanmoedigen om aansluiting bij jongens te zoeken; niet dat die minder wreed zullen zijn, maar misschien zijn ze openlijker ruw, hun regels kunnen haar helpen in het leven. Want op een dag heeft haar vriendinnetje iemand anders gevonden en al Malins vertrouwelijkheden zullen onderwerp zijn van een grondig onderzoek door de twee die elkaar net ontdekt hebben. Halssieraden zullen teruggevorderd worden, net als beloftes en cadeautjes. We zullen getuige zijn van een bloedbad, en ik weet niet of Magnus zelfs wel in de gaten zal hebben wat er gebeurt.

Ik zal niet zeggen dat Magnus niets van vrouwen weet, want dat doet hij wel. Ik ben weinig andere mannen tegengekomen die instinctief zo goed aanvoelen hoe ze een vrouw gelukkig moeten maken, hoe ze een ander mens kunnen laten groeien. Magnus heeft altijd geluisterd naar mijn eindeloos, vaak zinloos, geklaag, en vervolgens naar mij geglimlacht, en dat is zo aanstekelijk dat zelfs ik wel moest toegeven: 'Het is waanzinnig, hè?'

'Een beetje.'

'Waanzinnig.'

'Ja.'

Hij verloochent mij niet, er zit niets neerbuigends in zijn manier van doen. Het is niet zo dat hij mij uitlacht. Hij maakt mij alleen aan het lachen om mijzelf. Hoe serieuzer iets is, des te meer moet je lachen. Hij zegt dat hij dat ooit in Zambia heeft geleerd. Hij heeft ervoor gezorgd dat ik mezelf van buitenaf bekijk, dat ik mezelf tegenhoud voor het te laat is, en in plaats van me bedreigd te voelen voelde ik me bevrijd. We hebben de ontzetting uit ons leven weggelachen. Dat hebben we jarenlang gedaan. We hebben betere mensen van elkaar gemaakt – ook ik, ik heb daar een even groot aandeel in –, hoe banaal het misschien ook klinkt. Met hem ben ik, was ik, het beste dat ik mogelijkerwijs kan zijn. Tien jaar lang ben ik gelukkig geweest en iedere ochtend heb ik ons huis in Amsterdam verlaten, ik ben in Groningen naar de universiteit gegaan om zelf te studeren of colleges te volgen, en ten slotte, na jarenlang werken, ben ik gepromoveerd. Met Magnus had ik een richting, een doel. Mijn privé-leven heeft me zo'n rust geschonken dat ik min of meer nooit mijn vrije tijd heb hoeven besteden aan speculaties of hij mij zal verlaten, of we wel genoeg van elkaar houden. Ik wist het gewoon, hij wist het gewoon. Dat was het mooiste dat ik bezat, mijn grootste trots. We hebben geleefd met iets zo geweldigs als een overtuiging: *wij zullen elkaar niet verraden.*

En nu? Ik zit in een bos terug te kijken op tien jaar, en ik weet dat die overtuiging niet langer zo vanzelfsprekend is. Mijn grote trots is een beetje beschadigd geraakt, aangevreten door mijn valsheid, mijn lelijke woorden, mijn erbarmelijk slechte geheugen. In korte tijd ben ik het onaangename soort mens geworden waar we ooit om moesten lachen: de martelares, zij die hatelijke opmerkingen maakt en woorden verdraait. Maar ik weet dat we daar allebei schuld aan hebben, ook al zie je het bij mij het ergste terug. Ik weet dat als Magnus en ik sterker waren geweest, we ook dit hadden kunnen doorstaan. Hij zou hebben gezegd dat hij niet in mijn gemenigheden geïnteresseerd is, dat ik zelf maar moest weggaan totdat ik me wist te gedragen, of dat we er samen eens voor zouden moeten gaan zitten om erachter te komen waarom mijn woorden altijd zo'n onaangename wending nemen. Zoals hij, zoals ik, vroeger altijd deden. Maar in plaats daarvan sluipt hij om mij heen met betekenisvolle blikken en een ongeruste oogopslag. Allebei hebben we daar schuld aan.

Ik denk dat ik wel weet hoe dit allemaal is begonnen. Ik heb mezelf voor de gek gehouden, het was al van vóór de fietser en mijn naderende val. Soms, even, heel even maar, meende ik de laatste jaren een glimp van ontzetting in zijn ogen te zien. Misschien is ontzetting te sterk uitgedrukt, want ik weet dat hij nog steeds van mij houdt, dat hij, net als ik, nooit ontkomt. Ik denk dat het angst is. Het is angst die ik, zoals je iets uit je ooghoeken waarneemt, in zijn gezichtsuitdrukking lees wanneer hij mij zit op te nemen. Angst en wantrouwen. Ik weet niet of hij in de gaten heeft dat ik dat zie. Maar vermoeden zal hij het wel. Waarom zou hij anders zo sluipen? Ik wilde alleen dat hij kon zeggen wat hij het meeste vreest, dat zou me helpen. Is hij vooral bang voor mij, of voor wat er met mij zou kunnen gebeuren? De graadmeter van onze liefde beweegt zich tussen deze twee dingen. 'Ben je bang voor mij, Magnus?' zou ik 's avonds willen vragen. Maar terwijl ik me over hem heen uitstrek om het bedlampje uit te doen, zeg ik in plaats daarvan: 'Welterusten, schat.'

'Welterusten.'

Zijn lippen raken de mijne even aan. Ze smaken nergens naar. Ik stel mezelf niet open voor hem, daarom smaakt hij ook nergens meer naar. 's Nachts fluistert hij soms, ik denk in zijn slaap: 'Klara?'

'Ik ben het, Saskia.'

'Saskia?'

'Hier ben ik.'

Het laat hem niet onberoerd dat ik 's nachts op zolder over Klara zit te lezen. Maar er is geen uitweg. Niet meer sinds ik de zoldertrap naar beneden trok en in herinneringen ben gedoken uit een verleden waar ik niets van wilde weten. Niet meer sinds die ochtend waarop een man de internationaal erkende grens van het privé-leven overstak en opeens in onze huiskamer stond; dat was gisteren. Toen hij zich kort voorstelde, vulde hij de kamer en hij heeft het huis voor altijd veranderd: 'Goedendag, ik ben John Adolfsson, ik ben gepensioneerd inspecteur van de recherche. 's Zomers woon ik hier op het eiland. Ik ben jarenlang verantwoordelijk geweest voor het onderzoek naar de dubbele moord en de verdwijning van uw zuster, Klara Mårstedt.'

'Neem me niet kwalijk?'

Ik fluister, ik ben alleen thuis, ik heb geen bescherming, Malin wisselt vertrouwelijkheden uit, Magnus wantrouwt mij, ik herhaal het nog eens: 'Neem me niet kwalijk?'

'Adolfsson. We hebben elkaar ooit jaren geleden over de telefoon gesproken. Ik heb u toen dingen gevraagd die uw zuster Klara betroffen, of u iets van haar gehoord had, of u wist waartoe ze in staat zou zijn.'

'Dat herinner ik me', zeg ik.

Ik wil deze man niet in mijn huis hebben.

Hij is grijzend en een beetje gedrongen. Hij spreekt met

een Skånse tongval op een manier die gezellig zou kunnen zijn. Het is huiveringwekkend. Zijn ogen zijn ongewoon nieuwsgierig en scherp. Ik zie dat hij nooit zomaar iets zal zeggen, hij weet wat hij doet, ook al kan het lijken alsof hij aarzelt. Deze man is iemand die alles minstens net zo onder controle wil houden als ik. Ik voel me bedreigd. Hij wil dingen van me en ik zal vechten om hem buiten mijn leven te houden. Maar ik ben hoffelijk, ik ben een Zweedse en een Nederlandse in een perfecte combinatie, dus zeg ik: 'Wilt u koffie?'

'Heel graag.'

Hij gaat op de veranda zitten, een van mijn rieten stoelen kraakt onder zijn gewicht en hij zucht, ogenschijnlijk tevreden, volmaakt zorgeloos. Ik weet dat hij mij om de tuin zal leiden, ik moet waakzaam zijn. Terwijl zijn hand in de richting van het water wuift, roept hij: 'Wat een fantastisch huis. Wat een uitzicht!'

Ik geef geen antwoord. Ik zet twee kopjes op een blad, het water kookt, de thermoskan vullen, koekjes erbij. Hij glimlacht als ik naar buiten stap.

'Daar had ik nou net zin in. Een lekker kopje koffie.'

Alsof dit een horecagelegenheid is waar hij toevallig langskwam en waar de koffie als extra lekker bekendstaat, de serveersters charmant zijn en het uitzicht adembenemend is. Ik laat de kopjes op storende wijze rammelen.

'Ik heb u hier nooit gezien. Het huis heeft een aantal jaren afgesloten gestaan.'

'Drie jaar. Sinds mijn moeder overleed.'

'Gecondoleerd.'

Ik zou willen zeggen: 'O?' Ik schenk de koffie in en reik hem een kopje aan.

'En daarvoor?' vraagt hij, als om de conversatie luchtigjes voort te zetten.

Mij houdt hij niet voor de gek.

'Toen was mijn moeder hier.'

Hij glimlacht.

'Dat begrijp ik. Ik bedoel u.'

'Ik heb de laatste jaren überhaupt geen tijd gehad om hier te zijn.'

'Tijd?'

'Geen zin.'

'Aha.'

'Ik heb nooit zo'n sterke binding met Zweden gehad. Klara had die wel.'

'Ik heb jaren in Engeland gewoond. Ik kan me hier soms ook een vreemdeling voelen.'

Hij is vertrouwelijk, hij is aftastend bezig, hij wil dat ik hem aardig vind. Ik geef geen antwoord.

'Maar uw zuster kwam hier wel vaak?' vraagt hij.

'Dat neem ik aan.'

'Ze bevond zich hier vlak voordat ze verdween, was het niet?'

'Voordat ze stierf, bedoelt u.'

'We weten niet of ze gestorven is.'

'We weten dat ze zelfmoord heeft gepleegd.'

'We *nemen aan* dat ze zelfmoord heeft gepleegd. Alles duidt daarop, die brief aan u, haar auto bij de reling van de brug, haar tas, haar paspoort. Maar als er geen lichaam gevonden wordt, weet je het immers nooit.'

Ik sta op en loop naar de reling van de veranda. Ik kijk naar de zee die beneden tegen de rotsen slaat.

'Inspecteur Adolfsson?'

'Zegt u maar John.'

'Meneer Adolfsson. Ik weet niet goed wat uw bedoeling is, wat u van mij wilt. U hebt natuurlijk het volste recht om op hetzelfde eiland te verblijven als ik, ook al vind ik dat de kans daarop, of het risico, eigenlijk minimaal had moeten zijn. Voor mij is dit gesprek niet bepaald aangenaam. Voor u is het misschien spannend, iets waar een gepensioneerde man lange middagen aan kan besteden om over na te denken. Hoe dan ook, ik zou graag willen weten wat u werkelijk wilt.'

Hij kijkt mij aan. Ik meen een glimlachje te zien in zijn ingevallen gezicht. Hij heeft mijn onzekerheid gemerkt, mijn angst geroken. Dat is precies wat hij nodig heeft om deze zomer nog meer informele bezoekjes aan mijn huis af te leggen. Ik kruis mijn armen voor mijn borsten, dezelfde borsten die ooit Malin hebben gevoed. Het is een onbetrouwbare verdediging. Ik ben net zo kwetsbaar als toen voor tocht, bedreigingen en storende gebeurtenissen.

'Ik wil u natuurlijk niet van streek maken. Dat was niet mijn bedoeling. Ik ben eigenlijk alleen nieuwsgierig naar u. Ik heb zo lang aan die zaak gewerkt, aan de moord op Desirée Cronenfelt en Henrik von Rensen, en het eindigde op zo'n smadelijke en nietszeggende manier dat ik het niet echt kon loslaten.'

'En?'

'U doet me denken aan Klara.'

'U hebt haar nooit ontmoet.'

'Nee, dat is waar. Maar ze beïnvloedde mij, interesseerde mij. In al haar afwezigheid. Als ik haar zou vinden, zou ik te weten komen wat er werkelijk gebeurd is.'

'Ze is dood.'

'Natuurlijk', zegt hij, waarna hij zijn koffie opdrinkt. 'Daarom kwam ik eigenlijk ook hier.'

'O?'

'Ik weet niet of u erbij heeft stilgestaan dat het binnenkort precies tien jaar geleden is dat ze verdween.'

'Dat weet ik.'

‘En dat u nu het recht heeft, of beter gezegd uw vader, om haar dood te laten verklaren, via de rechtbank. Misschien een herdenkingsdienst organiseren?’ zegt hij, terwijl hij meelevend glimlacht.

Onwillekeurig schrik ik op.

‘Dat zou voor mij niet van belang zijn.’

‘Om haar eindelijk formeel doodverklaard te krijgen?’

‘Dat had lang geleden ook al kunnen gebeuren.’

‘Ja, als de omstandigheden rond haar verdwijning, haar zelfmoord, eenvoudig en duidelijk waren geweest, zeker. Maar dat was niet zo. Maar omdat ze niet meer gesignaleerd is…’

‘Gesignaleerd is?’

‘…en er tien jaar verstreken zijn, zou eigenlijk alles wel in orde moeten zijn.’

Ik zeg niets. Het irriteert me dat hij ziet dat mijn blik troebel is, dat ik niet mag knipperen met mijn ogen, dat ik me goed moet houden om geen gezichtsverlies te lijden.

‘Ik moest maar eens gaan’, zegt hij terwijl hij opstaat. ‘Bedankt voor de koffie.’

Hij keert zich naar mij toe en is nu weer welwillend.

‘Weet u dat ik hier op het eiland een huis heb gekocht vlak nadat we ons gedwongen zagen het onderzoek naar de moord neer te leggen?’

Hij verwacht geen antwoord.

‘Ik was hier een keer om te zien of ik een andere verklaring voor de verdwijning van uw zuster kon vinden, en ik werd verliefd. Ik, een man uit Skåne, midden in de scherenkust van Stockholm! Daar moeten ze in Skåne om lachen, weet u.’

Ik kan een glimlach niet onderdrukken. Hij blijft lang lachen.

‘Ja, ik moest maar weer eens gaan. Het spijt me als ik u

van streek heb gemaakt. Ik wilde alleen dat u het wist.'

'Dat weet ik.'

'Ja. Goed. Tot ziens dan.'

'Tot ziens, inspecteur.'

Terwijl hij de helling afloopt, maakt hij een afwerend gebaar naar mij en roept iets wat klinkt als: 'Zeg maar John.' Ik weet dat hij zal terugkeren. Ik blijf op de veranda zitten. De wereld heb ik buitengesloten. Ik val in slaap, zoals ik altijd doe wanneer ik weet dat mijn hersenen iets willen herkauwen dat onoplosbaar is. Magnus maakt mij wakker met een kus op mijn voorhoofd. Hij knikt.

'Ik weet het. Ik kwam hem onderweg tegen.'

'Je wist wie hij was?'

'Ik heb toch met hem gepraat toen hij naar Nederland belde.' Hij aarzelt even.

'Hij heeft me ook een paar keer voor een gesprek opgezocht in Stockholm toen ik daar was.'

'Dat heb je nooit verteld.'

'Nee, dat vond ik niet nodig.'

'Niet nodig?'

'Lieverd, Saskia. Ik vond dat je al genoeg had doorgemaakt.'

Ik houd mijn mond dicht, moe van mijn valsheid. Breng het niet op zijn woorden te verdraaien om te kijken hoe hij reageert, zou zo graag alleen maar een hart willen hebben dat ervoor openstond om van hem te houden, hem mij opnieuw aan het lachen te laten brengen. Ik wil hem als de man die beloofde mij nooit te verraden.

'Vertel over ons', fluister ik daarom.

Hij legt zijn mond tegen mijn oor.

'Ik weet niet of ik dat nog kan, Saskia. Vertel jij maar.'

'Ik weet alleen dat er ooit een man was die grenzeloos liefhad. Die man was jij. Je veroordeelde niet, je sloop niet rond, je pleegde geen verraad, je redde haar niet, je vroeg haar zichzelf te redden.'

'Die vrouw was jij.'

'Ze hield van jou. Alleen van jou. Jij was degene die haar liet overleven, alleen jij.'

'Maar nu?' fluistert hij, en ik hoor dat de tranen hem hoog zitten, dat doet me pijn: te weten dat iemand die zo nabij is, niet nabij komt.

Ik hoor mijzelf zeggen, en het is het eerlijkste dat ik in lange tijd gezegd heb: 'Saskia weet niet meer wie ze is.'

Hij houdt mij in zijn armen en ik denk dat we ergens de weg naar huis nog wel kunnen vinden, niet dat we ontkomen zijn, daar is het te laat voor, maar dat we toch nog iets over hebben van het vertrouwen dat altijd werkte als een schild om ons lichaam. Hij houdt mij in zijn armen, hij houdt de wereld bij mij vandaan, hij omsluit mij. En toch. Het is niet genoeg.

Het bos geeft geen antwoord, zoals ik geen antwoord kan geven op de vraag wat zich in het bos bevindt. Het enige wat ik, gezeten op mijn boomstronk in het onbeschrijfelijke groen, kan denken is: kon ik maar vluchten. En daarna, glashelder: was Andrea maar hier.

6

mei 1981

Saskia,

Ik heb dit leven; ik weet niet waar ik het mee heb gevuld. Ik heb deze liefde die ik niet kan benoemen. Ook jou heb ik, al ben je heel ver weg en soms niet meer dan een vage herinnering, al ben je bijna, opnieuw, dood voor mij. Dat is meer dan ik kan verdragen. Ik denk dat Desirée en ik elkaar daarom zo na staan, het is dat eeuwige gemis van jou dat door iets gecompenseerd moet worden. Ik ben niet zoals jij: sterk genoeg in de wetenschap dat het voldoende is om mezelf te zijn. Maar ik ben er echt van overtuigd dat Desirée en ik ons wel zullen redden. Dat we twee zelfstandige mensen zullen worden die zich niet aan anderen hoeven te spiegelen om te weten wie ze zijn, dat we niet alleen onze weg in de wereld wel zullen vinden, maar dat we die ook zullen verbeteren. Ik moet geloven dat Desirée en ik het beste uit elkaar weten te halen, zoals echte vriendinnen doen.

We hebben er een gewoonte van gemaakt om na onze colleges op de universiteit te bespreken hoe we de wereld die wij gaan overnemen zullen veranderen. We nemen onszelf heel serieus, dat wordt van ons verlangd. We bezetten een van de cafés in de stad, zelfverzekerde, kettingrokende, mooie vrouwen, die zich door niets zullen laten dwarsbomen. Ik vertel dit aan je, Saskia, want ik wil geholpen worden om te begrijpen of we op de goede weg zijn, of ik ooit de persoon kan worden van wie ik droom. Desirée zegt dat we het systeem van binnenuit moeten opblazen, *de patriar-*

chale hiërarchie. Zulke woorden gebruikt ze, daarmee verblindt ze ons. Zoals zij het afschildert, is het simpel: de man als vijand en de vrouw die altijd aan het kortste eind trekt. Waar we ook kijken in de wereld, altijd is daar het glazen plafond, je kunt er niet omheen. Ze krijgt bijval van onze medestudenten, maar niet altijd van mij. Ik probeer te stellen dat we ook de mannen moeten meekrijgen, dat als een vrouw vastzit in een rolpatroon, dat voor de man ook geldt. Ik zeg: 'Draai het eens om. Er zijn terreinen die door vrouwen net zo streng worden bewaakt als door mannen, terreinen die ze misschien niet af *willen* staan. Welke man zou de eindverantwoordelijkheid willen dragen voor het verzorgen van het gezin, gedwongen willen zijn zich te worstelen door een systeem dat hem misschien net zo tegenstaat als de vrouw? Wie wil een man zijn die wordt uitgescholden omdat hij niet genoeg tijd aan de kinderen besteedt, maar wordt terechtgewezen als hij dat wel doet? Ervan beschuldigd worden dat je nooit thuis bent, door een vrouw die wel een zekere financiële levensstandaard verlangt, maar er zelf geen consequenties aan verbindt om die standaard te bereiken? Zou het niet toevallig zo kunnen zijn dat ze *allebei* de dupe van dat systeem zijn? Zijn wij daar misschien niet medeschuldig aan?' houd ik vol.

Ze zijn het niet met me eens, vooral Desirée niet. Ze protesteren luid. Deze gesprekken komen en gaan, middagen en avonden lang, het is verleidelijk en stimulerend, iedereen zou dit moeten meemaken. Maar toch, soms voel ik me een verrader, Saskia, en ik denk: waarom praten we zoveel, kunnen we niet iets radicaals doen met ons leven?

'Je verdedigt de mannen, Klara', zegt Desirée en ze praat op die onaangename toon die ze vaak tegen mij aanslaat wanneer er anderen bij zijn, alsof ze onze verbondenheid wil verbergen.

‘Wat ik bedoel is: hoe kunnen we nou werkelijk *alleen* veranderen?’ vraag ik vermoeid.

‘We moeten dezelfde plaats innemen als mannen, we moeten hen net zo geraffineerd onderdrukken als zij ons onderdrukken’, zegt een vrouw die Carolina heet – ze is klein en blond en zit altijd rechts van Desirée – en zich naar haar overbuigt om haar instemming te betuigen.

Ik schud langzaam mijn hoofd. Desirée wendt zich rechtstreeks tot mij.

‘Klara, denk je echt dat een systeem dat door mannen is opgebouwd, zeg de universitaire wereld, zou veranderen en *vrijwillig* zijn macht zou opgeven? Onderaan, ja, daar doen we mee om geld binnen te brengen, maar hogerop? Waar zijn dan de vrouwelijke professoren?’

‘Wij worden dat.’

‘Dat zal nooit gebeuren. Geloof je dat echt?’

‘Ik *moet* dat geloven. Een glazen plafond of niet.’

‘Het is niet genoeg’, zegt Desirée hoofdschuddend. ‘Goeie genade, we hebben zestig jaar geleden pas stemrecht gekregen, daarvoor waren we min of meer het bezit van de mannen.’

‘Dat zijn we nog’, knikt Carolina, maar dan verbijt ze zich, omdat ze geen bijval van Desirée krijgt.

‘Maar het hoeft toch niet te worden zoals jij het beschrijft? Er zijn goede voorbeelden.’

Carolina en Desirée glimlachen betekenisvol.

‘Noem ons dan eens een voorbeeld.’

‘Mijn moeder. Die kan zichzelf redden en is succesvol, op eigen kracht.’

‘Omdat ze gescheiden is, ja.’

‘Maar ook daarvoor was ze sterk, bij mijn vader. Ze maakten elkaar gelukkig, ze hielpen elkaar vooruit.’

Desirée kijkt naar het tafelblad, daarna slaat ze haar door

en door perfecte ogen naar mij op. Ze staan ijskoud. 'Tweemaal heb je mij nu verraden', zeggen die ogen.

'Maar lieve Klara, jij en ik weten toch dat je vader haar steeds bedroog.'

Zij is degene die mij verraadt. Alles wat ik in het donker vertel, komt in het daglicht weer te voorschijn. Wanneer ze discussieert is ze meedogenloos, ze wil altijd winnen. Ik weet dat ze me pijn doet, ik zie dat nu duidelijker, dat hoe meer we van elkaar houden, hoe valser zij moet zijn. Om zich te wapenen tegen deze liefde, moet ze bondgenoten vinden, en ze verwacht dat ik hetzelfde doe. Maar dat weiger ik. Ik ben iemand die meer liefheeft dan noodzakelijk is en ik houd mijn beloftes. Ik sta op om weg te gaan. Waarom is dit zo vermoeiend, hoewel ik me hier geborgen en begrepen voel? Hoe komt het dat ik het gevoel heb dat we geen duimbreed voor elkaar wijken, hoe eens we het ook zijn? Soms wil ik alles achter me laten: de eeuwige jacht op wederzijds begrip, de hoge stemmen wanneer er iemand gekwetst is, het ene moment er helemaal bij horen maar het volgende een buitenstaander zijn, de intriges. Soms wil ik gewoon alleen maar kunnen zeggen wat ik vind, in plaats van het met zachte stem diplomatiek te moeten verpakken. Soms heb ik het gevoel dat ik dit allemaal zat ben. Kun je me begrijpen, Saskia, hoewel ik me schaam voor deze gedachten?

'Ik ga naar huis', is alles wat ik zeg.

Ik doe mijn jas aan, loop naar de deur en voel geen verlangen terug te keren. Ik besef dat ik, als ik de kracht maar had, mijn koffers, boeken, herinneringen zou kunnen pakken, om terug te keren naar waar ik vandaan kom. Naar jou, Saskia.

Ze komt achter me aan. Natuurlijk komt ze achter me aan. Ze pakt me bij mijn kin en dwingt me om haar aan te kijken. Ze bestraalt me met haar glimlach, haar ogen, de manier waarop ze me aanraakt.

'Je verlaat me niet?' vraagt ze.

'Natuurlijk niet.'

'Zien we elkaar vanavond?'

'Natuurlijk.'

'Je bent niet verdrietig?'

'Nee.'

Zachtjes loop ik naar mijn appartement, dat klein is en tegenwoordig muf ruikt. Het kent geen open ruimtes of een geur van welbehagen, waarin Desirées hele leven gehuld is, en zoals ook ogenblikken van mijn leven zijn geworden sinds ik mij door haar voor geld in haar wereld heb laten binnenhalen. Mijn eigen leven heeft vroeger nooit zoiets gekend, ik heb alleen deze handen en dit hoofd, waarvan mijn moeder mij gevraagd heeft ze goed te gebruiken. Ze heeft me succes gewenst en gezegd dat ik zelf moet vechten, dat ik alleen in het uiterste geval van nood op haar kosten kan leven. Dit is geen noodgeval, dit is gewoon het leven. Misschien heb ik mezelf daarom toegestaan zo aangeschoten te raken.

Voor mijn portiek staat een vrouw, haar haar wappert voor haar roodbehuilde ogen heen en weer. Ik herken haar van de universiteit. Ik herken haar van eindeloze nachten in het gevolg van Desirée. Ik herken haar van al die keren dat ze van een afstand waarnam hoe Desirée met haar verloofde speelde.

'Ik moet met je praten', zegt de vrouw, die Maria heet.

'Ik begrijp het.'

De wind rukt aan onze kleren, en ze ziet er zo eenzaam en door de wind geplaagd uit, dat ik mijn hand wel moet uitsteken om haar schouder aan te raken, alleen maar om te voelen of ze er nog staat.

'Het is niet warm dit jaar', zegt ze alleen, alsof dat voldoende verklaart waarom ze haar kapotgehuilde lichaam voor mijn portiek heeft geposteerd.

'Dat komt nog wel', zeg ik, en ik laat het klinken als een belofte.

Ze kijkt me aan, er is iets ontvlamd in haar ogen.

'Kun jij met haar praten?'

Ik weet waarover. Ik wilde dat ik het niet wist.

'Wat wil je dat ik zeg?'

'Dat ze mijn verloofde met rust moet laten. Zeggen dat hij van mij houdt, maar dat hij de verleiding niet kan weerstaan. Ik weet het, het klinkt laf, alsof hij geen ruggengraat heeft, en ik ook niet.'

Ze voegt er, verwonderd, aan toe: 'Hij is bang voor haar, en dat ben ik ook.'

Ik knik. Ik wilde dat ik het kon opbrengen over onze nachten te vertellen, over haar tederheid, gulheid, goede wil, over haar dunne huid en haar kleine lichaam dat er is om weggevoerd te worden, als iemand daar maar de kracht voor had. De iemand die ik moet worden. Maar het waait vandaag zo en ik ben moe, Saskia, echt waar, ik ben afgemat en mis jouw daadkracht.

'Ik zal wel met haar praten', zeg ik alleen.

Ze knikt, ze schaamt zich dat ze zich aan mij blootgeeft, dat ze openlijk de schande draagt van het feit dat ze liefheeft en moet vechten voor een man die zegt dat hij ook van haar houdt. Ik sla mijn ogen neer.

'Hoe kun je?' vraagt ze.

'Wat?'

'Hoe kun je haar aanwezigheid verdragen?'

'We zijn vriendinnen', zeg ik onhandig.

'Dat heb ik begrepen. Ik vroeg het me gewoon af.'

Ze knikt, alsof ze wil laten zien dat ook ik nu ontmaskerd

ben, dat ik deel uitmaak van de schande, dat ze die absoluut niet alleen draagt. Dat heb ik de hele tijd al geweten: dat ik medeplichtig ben.

Desirée belt 's nachts. Het kan zijn dat we uit zijn geweest, ik ga naar huis, zij verdwijnt met iemand, maar later belt ze op ergens uit de stad, in het holst van de nacht doorklieft de bel mijn appartement. Zo ook deze nacht. Ik vraag haar een taxi te bellen en naar mij toe te komen. Ze is hysterisch, zegt dat ze niet weet waar ze is en met wie, en als ik haar niet gauw ophaal, weet ze niet wat... Ik vraag haar de straat op te gaan en net zo lang te lopen tot ze weet waar ze is, dat ik haar anders niet kan vinden. Ze is verloren zonder mij, zegt ze, verdwaald, zonder doel zonder mij. Ik vraag haar of ze wil beginnen te lopen. Ik word moe van haar. Ik waak 's nachts bij de telefoon, ze zuigt het leven uit me weg. Het is onbegrijpelijk dat ze doorgaat met dit leven terwijl ze zegt dat ze ermee wil ophouden. Ik begrijp niet waarom ik blijf wachten. Maar ik weet het wel. Een belofte is een belofte. Niet nog iemand die ondergaat. Als ik haar red, red ik mezelf. Ik weet het, Saskia, ik help het mezelf herinneren. Het is alleen zo vermoeiend.

Ten slotte komt ze. Ik borstel haar haar, geef haar een aspirientje, verwijder haar make-up, die al is uitgelopen en als een vlies van aquareltinten over haar vermoeide gezicht ligt. Ik haal een matras te voorschijn, lees haar voor, doe wat zij wil. Maar ik wil niet dat ze gaat vertellen. Ik weet dat ik medeplichtig ben, maar ik wil niet weten waaraan. Ze houdt mijn hand vast. Alleen dat al, hoe ze die vasthoudt. Niemand heeft mij ooit op die manier nodig gehad. Ze fluistert: 'We gaan naar mijn ouders.'

'Dat zullen we zeker doen.'

'Ik wil dat je ze leert kennen. Binnenkort. We gaan naar hun huis aan zee, dat is erg mooi, ze zijn fantastisch. Je moet ze leren kennen, pas dan zul je begrijpen wie ik echt ben.'

'Ja, Desirée.'

'Ik wil het. Ik denk dat je ze heel aardig zou vinden. Net als ik. Vind ze aardig, dat moet, Klara.'

'Ja. Ga nu maar slapen.'

Ze sluit haar ogen, omklemt mijn hand totdat het voelt alsof die begint te tintelen. Ik weet dat ik het moet doen.

'Maria was vandaag hier.'

'Wie?'

'De verloofde van Anders.'

'O, die.'

'Ze wil dat je hem met rust laat.'

'Ik heb hem niet aangeraakt. Ze liegt.'

Ik kijk naar het plafond, in het licht van mijn bedlamp bedekken onze schaduwen de halve kamer.

'Je gelooft haar toch zeker niet? Iedereen moet mij hebben. Niemand vindt mij aardig. Alleen jij.'

'Lieverd. Dit hoef je bij mij niet te doen. Ik heb jullie toch gezien.'

Ze kijkt me aan, verbijsterd. Dan begint ze te huilen. Dat kan ik niet verdragen. Haar blik: 'Zelfs jij.'

'Desirée? Je hoeft tegen mij niet te liegen. Ik zal je niet verlaten. Dat heb ik je beloofd.'

Ze blijft huilen, ligt ineengerold als een balletje op mijn matras en weer zou ik een pakketje van haar willen maken om samen met haar deze wonderlijke wereld te verlaten. Het is alsof ze in de verkeerde omgeving wortel heeft geschoten, als ik haar maar kon optrekken en als het ware kon overplanten, dan zou ze een ander mens worden.

'Blijf van hem af. Doe het voor mij', zeg ik.

'Hij interesseert me niet', mompelt ze.

'Maar laat hem dan ook met rust.'

'Hij maakt zijn eigen keuzes. Hij is een volwassen man.'

'Zo simpel ligt het niet.'

'Maar je weet toch dat ik geen interesse heb, dat ik nooit langere tijd met hem zou willen zijn. Dat moet zelfs zij begrijpen.'

'Laat het dan.'

'Wil jij dat zelfs *ik* ga huichelen, dat ik hem laat gaan, zodat hij kan terugkeren naar de verlaten Assepoester, die met een snotterige blik bij het echtelijk bed staat te wachten? Weet je, als ze *echt* van elkaar hielden, als ze echt... Is dat wat je wilt, Klara?'

'Ja.'

'Dan zal ik het doen. Voor jou. Alle romantiek die je maar wilt. Ik blijf alleen achter en zij wint hem terug?'

'Ja. Ik vind dat het zo moet gaan. Slaap nu maar.'

Ze knikt, kijkt naar mij op.

'Blijf naar me kijken. Zorg ervoor dat ik echt in slaap val. Waak over me.'

'Ik beloof het.'

Vlak voordat we allebei inslapen, fluister ik, hoewel ik weet dat ik haar eigenlijk niet kan beschermen en behoeden voor vergissingen: 'Geniet je van mannen?'

'Genieten?'

'Ja. Voel je warmte, liefde?'

'Ik weet niet echt zeker of ik weet wat dat is.'

Ik leer haar kennen, beter dan goed voor me is. Toch moet ik doorgaan, in de richting van dingen die ik het liefst helemaal niet zou willen weten.

'Bescherm je je wel?'

'Tegen wat, Klara?'

'De risico's.'

'Begrijp je het echt niet? Ik wil ze immers te pakken nemen.'

‘Ik begrijp je niet’, zeg ik, terwijl ik mijn ogen dichtknijp.

‘Dat hoeft ook niet. Als je maar van me houdt.’

We houden elkaars hand vast. Zo eindigt het altijd. Catastrofes… en daarna deze nachten van inzicht, intimiteit, beloftes.

‘Het moet ophouden, Desirée. Dat weet je.’

Ze fluistert, diep uit haar slaap.

‘Dat gevoel heb ik ook. Vanwege jou. We verhuizen naar Saskia, naar Amsterdam, dat gaan we doen. Zullen we net zo worden als zij, Klara?’

Ik geef haar geen antwoord. Wat moet ik zeggen? Zo veel leugens.

‘Zeker’, fluister ik. ‘Zeker.’

Je zus Klara

7

augustus 1981

Mijn Saskia,

Ik ben één brok onrust. Dat benauwt me, ik geloof dat ik tegenwoordig anders loop, iedere keer dat ik iemand hoor roepen, een kind hoor huilen, een auto hoor toeteren, draai ik me om. Dit brengt ons niet verder. Zij doet beloftes, ik houd haar hand vast: zij breekt haar beloftes. Ze zegt dat ze opnieuw zal beginnen, dat ze alleen eerst schoon schip met haar vader moet maken, daarna zal ze haar hele levensstijl omgooien. Ze beschrijft haar doel, ze doet dat zo beeldend. Ze zal al haar geld verzamelen en tegelijkertijd de mensen met wie ze omgaat van hun geld ontdoen, om daarna alles aan de solidariteitsbeweging te schenken. Daarna verhuizen we naar Amsterdam om daar bij Saskia te gaan wonen, en ten slotte zal ze mij helpen me met Joop te verzoenen. 'Zie je mij al voor je,' zegt ze, 'als vredestichter tussen jou en je vader?' Dat is het plan. Ze wordt mijn eigen *fundraiser* in milieus waar zulke mensen normaal niet verkeren, zegt ze. Maar het doel heiligt de middelen, dat is toch zo? Ze wordt een moderne Robin Hood. 'En wat word ik,' vraag ik voorzichtig, 'broeder Tuck?' Ze lacht.

Maar dan komt er iets tussen, er is nog één man die ze moet zien, een extra reis die ze wil maken. Haar leven kost veel geld, vraag me niet hoe het zo snel, zo vaak kan opraken: ik ben erbij. Ik zit naast haar, misschien zelfs aan haar voeten, en daar moet ik zijn, zegt ze, en wat kan ik anders doen dan blijven. Ik houd mijn beloftes. Als je eenmaal iemand verloren hebt, weet je. Toen ik jou verloor, Saskia... Ik weet wat je denkt, dat het waanzinnig is. Maar als ik niet blijf, gaan we allebei ten onder. Geloof me, de keren dat ik een ultimatum heb gesteld is ze ingestort. Kun je een blinde op een steile rotsrichel achterlaten, Saskia? Ze zegt: 'Ik heb theorieën over waarom ik zo ben, Klara. Ik doorzie het wel.'

'Vertel.'

'Ik denk dat er te veel van mij gehouden is toen ik klein was en dat ik daarom nu van niemand kan houden.'

'Hoe bedoel je?'

'Ja, dat al te veel ongeremde liefde van mijn ouders heeft gemaakt dat ik op de een of andere manier de liefde die nu op mijn pad komt, verstandelijk benader, en dat maakt dat ik blind word voor de mogelijkheden.'

'Ik begrijp je niet.'

'Ik maak de problemen misschien *groter* dan ze zijn, Klara. Misschien ben ik wel zo'n type.'

Al sinds we elkaar hebben ontmoet, heeft ze het over in therapie gaan; ik heb haar namen en telefoonnummers gegeven en afspraken voor haar gemaakt. Ik word er alleen zo moe van om steeds af te moeten bellen. Het is alsof ze haar problemen als een deken om haar dunne huid draagt, alsof het het enige is wat ze nog over heeft dat haar kan verwarmen. Haal ik de problemen weg, dan is er geen Desirée meer. Ze is een-vrouw-met-problemen-die-theorieën-heeft-maar-niet-weet-wat-ze-daarna-moet-doen geworden. Ik kijk toe. Ik troost haar. Ik vraag me af of ik haar überhaupt tot steun ben. Soms heb ik het gevoel dat ik haar alleen maar een slecht geweten bezorg, dat het beter zou zijn als ik zou zwijgen en haar zou accepteren zoals ze is. Maar dan komen die momenten, die nachten, dat ik weer hoop krijg, en zij ook. Vervolgens komen de glasheldere uren van de dag, waarop telefooncentrales bemand zijn, waarop problemen zouden kunnen worden opgelost – en er gebeurt niets. Maar ze heeft tenminste theorieën over hoe het zo gekomen is, Saskia, en ook al begrijp ik niet helemaal waar die op neerkomen, het is toch in elk geval een stap in de goede richting? Zeggen ze niet dat als je eenmaal tot inzicht bent gekomen, de helft al gewonnen is? Daar denk ik aan, dat haal ik me keer op keer voor de geest. Het is alsof we het eens zijn over de verandering, alleen niet over wie die moet doorvoeren. Als ik maar niet zo verlamd was. Jij zou anders gehandeld hebben. Op een dag word ik net zoals jij. Op een dag worden we allebei zoals jij.

We gaan de ouders van Desirée opzoeken. Dat is het belangrijkste puzzelstukje, de liefde tussen hen, zegt ze. Ik moet mee, ze heeft tegenwoordig moeite om iets zonder mij te doen. Ze kan niet alleen zijn, dan slaat de paniek toe, de angst en al die andere dingen waarvan ze de naam alleen weet omdat ze elke dag in psychologieboeken zit te bladeren, om een naam te vinden voor wat ze voelt, voor wat ze gaat voelen, voor waar ze op een dag door getroffen zal worden. Dus ga ik mee. We rijden door voorsteden van Stockholm, over bruggen, over eilanden, naar de scherenkust, die zo adembenemend mooi is dat we er voor de verandering het zwijgen toe doen. De auto rijdt door het zomerwarme landschap en hij heeft geen dak, voorname auto's hebben dat niet, en onze haren raken bijna in elkaar verstrengeld door de wind. We lachen tegen de wind in, zij strekt haar hand uit.

Het huis ligt in een kom tussen twee lage rotshellingen, aan een baai, en voor het huis strekt zich een lang, lichtgroen gazon uit in de richting van het water. Het ziet eruit als een geïmporteerde golfbaan in miniatuur die met een nagelschaar wordt bijgehouden. Aan de oever tussen het riet steekt een lange, witgeverfde steiger, bijna een pier, uit in het water. Het huis is gebouwd in een stijl die moet doen denken aan een klein Grieks paleis. We rijden een oprijlaantje in dat omzoomd wordt door beeldhouwwerkjes. Ik durf Desirée niet aan te kijken; ik had niet gedacht dat zulke huizen in Zweden bestonden. De luxe van het huis heeft iets gênants, alsof je alleen al wanneer je op het terrein betrapt werd, zou moeten blozen. Misschien is dat wat in de herinnering van mensen zal overblijven als het symbool van de jaren tachtig. Een totaal onvermogen om de dingen in proportie te zien. Ik vraag me alleen af hoe Desirée in zo'n huis als dit kan hebben gewoond: daar vriendjes heeft gehad, feestjes gegeven, eten gekookt. Ik zie niet hoe dat geweest kan zijn. Desirée glimlacht.

'Daar staan papa en mama.'

Ze staan opgesteld alsof ze een stoet ontvangen, een groep eminente gasten, een staatsbezoek. Desirées moeder houdt haar rechterhand omhoog in een vreemde groet, met haar handpalm naar binnen gekeerd en haar vingers tegen elkaar gedrukt. We stappen uit de auto. Desirées vader is er direct bij en kust haar op haar wangen. Dat doet haar moeder ook. Ik zie het meteen: ze raken elkaar niet aan. Ik bedoel, ze houden elkaars schouders vast, maar slechts met hun uiterste vingertoppen, en hun kussen blijven steken in de lucht. Daarna steken ze hun hand uit om mij te begroeten. De handdruk van haar moeder voel je niet, die van haar vader doet mijn hand tintelen.

'Welkom, Klara. Wat ben je groot geworden. Dat zeggen ze toch altijd? We hebben de laatste tijd zo veel over je gehoord. Ik ben Eleonora, maar dat weet je misschien nog wel van de zomer op het eiland?' zegt Desirées moeder met een toonloze stem die niet past bij wat ze zegt.

'Gustav', zegt haar vader. 'Je herinnert je mij zeker nog wel? Gezellig, gezellig.'

Alle vier ademen we tegelijk uit. Ik weet niet waar ik mijn handen moet laten.

'Zullen we wat drinken?' vraagt Eleonora en ik merk op dat haar bewegingen uitermate traag zijn, bijna voorzichtig, alsof ze bang is haar evenwicht te verliezen.

We nemen plaats op een grote veranda met uitzicht over het water en daar staan al dikke kristallen glazen klaar naast een ijsemmer en een paar flessen. Ik zie nog juist hoe een oude dame met een gebogen rug naar binnen verdwijnt.

'Mijn oude *nanny*! O, lieverd', roept Desirée en ze rent achter haar aan.

'Die twee zijn gek op elkaar', glimlacht Eleonora. 'Altijd geweest. Ze is al sinds Kenia bij ons, een prima artikel. Prima. Betrouwbaar.'

Ik knik. Ze schenkt voor ons allemaal iets te drinken in. Gustav steekt zijn pijp aan. Ik denk: er zou toch iets te verzinnen moeten zijn om over te praten, het zijn tenslotte Desirées ouders, het moet toch mogelijk zijn dat we elkaar aardig vinden? Ze maken geen aanstalten om een gesprek te beginnen. We zeggen geen woord. Desirée keert terug: 'Een schattebout is het, Ulla.'

'Een schattebout. Prima', herhaalt Eleonora.

'Alles goed, papa?'

'Kon niet beter. Kon niet beter. En met jou, Desirée? Heb je nog genoeg geld? Jullie moeten toch plezier maken, meisjes, dat deed ik ook toen ik zo oud was als jullie. Plezier maken. Jullie moeten kopen wat jullie hebben willen, doen wat jullie willen. Nietwaar?'

'Het is uitstekend, papa. Ik red me wel.'

'En je studie?'

'Heel goed, papa.'

'Het is belangrijk dat jullie iets hebben waar uitdaging in zit', knikt hij. 'Dat jullie leuke woorden leren voor dingen.'

Verward glimlach ik instemmend.

'Zodat jullie iets te melden hebben tijdens diners en ontvangsten, bedoel ik. Het is belangrijk dat jullie weten hoe je je moet gedragen, een conversatie moet voeren.'

Eleonora laat de ijsblokjes in haar glas rinkelen.

'Ja, zodat jullie over Rembrandt en die andere oude kerels kunnen praten. Om te laten zien dat jullie stijl hebben, of niet, Klara?'

'Rembrandt?' vraag ik, terwijl ik me realiseer dat dat het eerste is dat ik zeg.

'Ja, jullie bestuderen toch kunst, schilderijen?'

'Literatuur, papa.'

Eleonora glimlacht afgemeten.

'Dat heb ik toch verteld, Gustav, of niet soms? Of is het een van die dingen die ik vergeten ben, maar waarvan ik dacht dat ik dat wel gezegd had?'

'Je hebt het gezegd. Zeker wel. Ja, ja. Als jullie voorlopig maar iets te doen hebben.'

Ik weet dat ik het eigenlijk niet zou moeten doen. Ik vraag: 'Voorlopig... Wat bedoelt u?'

'Zeg maar Gustav.'

'Wat bedoel je daarmee, Gustav?'

Maar nu grijpt Eleonora met zachte stem in.

'Mijn lieve Gustav geeft er de voorkeur aan dat men hem niet rechtstreeks met u of jij aanspreekt.'

Desirée wendt zich af. Ik schraap mijn keel.

'Wat bedoelt Gustav daarmee?' verduidelijk ik.

'Ja, jullie zullen later je handen wel vol hebben aan je gezin en aan representatieve dingen en inzamelingen en zo. Net als jij, Eleonora.'

'Natuurlijk, papa. Papa heeft natuurlijk gelijk', zegt Desirée terwijl ze uitkijkt over de zee die wit ligt te glanzen in de zon.

'Altijd papa's kleine meisje', knikt hij.

'Altijd', zegt Eleonora en ik knik ook, ik weet niet waarom, en de stilte nestelt zich weer.

Eleonora drukt op een bel en precies tegelijkertijd staan ze op om naar de eetkamer te lopen. Ik loop achter hen aan. Ulla komt binnen met het eten. Haar rug is gebogen over de serveerschalen, alsof ze niet recht naar voren zou kunnen kijken zelfs als ze zich zo ver zou oprichten als ze kon. Het heeft allemaal iets lachwekkend triests over zich, uit nervositeit probeer ik te gapen om ongedwongen over te komen. Op licht trillende benen houdt ze zichzelf in evenwicht en iedere schaal waarmee ze binnenkomt rammelt. Ik sta op en strek mijn hand uit om haar te helpen. Eleonora schudt haar hoofd en fluistert, bijna theatraal: 'Ze is zo trots, onze Ulla. Wil alles zelf doen.'

Desirée en Gustav kijken recht voor zich uit, Gustav met een blik van afkeuring, Desirée met ik weet niet wat, en ik wil het ook niet weten. Er zou een onderwerp moeten zijn om over te praten en ik besef dat ik degene ben die dat uit mijn mouw moet schudden. Ik schraap mijn keel en wend me tot Gustav.

'Verlangt Gustav weleens terug naar Kenia?'

'Ja, naar het Kenia zoals het *was*, niet zoals het nu is. Totaal vervallen. Geen weg is nog goed, geen mens wil nog gewoon voor een billijk loon werken.'

'Hoe was het Kenia van Gustav?'

'Het was... subliem. Een land vol mogelijkheden. Dat was vóór de onafhankelijkheid. Ik was een van degenen die het land hebben helpen opbouwen. Voordat wij kwamen was er niets. Geen gezondheidszorg, geen wegen, geen ambtelijk apparaat – niets. Wij kolonisten, en de Engelsen, hebben wat van het land gemaakt. We zijn producten gaan verbouwen, hebben geïnvesteerd, we hebben orde gebracht en overvloed. Het was een fantastisch leven.'

'Ik begrijp het.'

'Ik heb daar een vermogen verdiend, voor ons. Dit', zegt hij, terwijl hij met zijn hand een weidse beweging in de richting van de pier, van Ulla, van Eleonora en Desirée maakt.

'Ik hield van Kenia. Dat deed ik echt. Maar dat verval later.'

Hij schudt zijn hoofd en neemt nog een hap van zijn eten.

'Er zat niets anders op dan weggaan. Het land zal nooit meer worden zoals het was. Kenia heeft op zijn onafhankelijkheidsdag alles verloren, alle fatsoenlijke en hardwerkende mannen verdwenen na verloop van tijd, de een na de ander. Met ons is de ontwikkeling, de vooruitgang verdwenen – de beschaving. Nu is er niets meer over, Klara. Het is alleen maar ellende, sloppenwijken die heel Nairobi beslaan, armoede, politici die niet werken voor hun land maar alleen voor hun familie, en die hun vijanden in de gevangenis zetten. Chaos, een economische puinhoop en ontwikkelingshulp die er met bakken tegelijk in wordt gepompt en die gebruikt wordt om de Mercedessen van de elite mee te betalen, is het enige wat er nog over is. Ontwikkelingshulp', zegt hij hoofdschuddend. 'Kenia kapotgemaakt, dat heeft die hulp gedaan. Als die hulp er niet was geweest, was het politieke systeem allang veranderd. Die regeringen leven immers goed van de ontwikkelingshulp. Maar de mensen? Niets krijgen ze.'

'En onder de Engelsen?' moet ik wel vragen, omdat niemand iets zegt.

'Toen heerste er orde. Orde en gezag, en de mensen hadden het naar hun zin, ze wisten hun plaats. Natuurlijk, er waren opstanden die een tikje te agressief zijn neergeslagen, en misschien had je toen ook wel onrecht. Maar in vergelijking met hoe het nu is...'

Hij zucht en drinkt zijn wijn op. Ik probeer mijn bord leeg te eten, ik geef het op. Ik kijk naar Eleonora, die nog steeds dezelfde glazige blik heeft. Desirée steekt een sigaret op nadat ze ons allemaal een vragende blik heeft toegeworpen.

'Klara, in deze familie hebben we een heilige koe, moet je weten', vervolgt Gustav, met zijn opvoedende stem. 'Dat is de strijd voor vrijheid, tegen het communisme. Ik heb mijn leven gewijd aan het bestrijden daarvan. Ik meen het serieus, geloof me. Het communisme heeft mijn moeder de kop gekost toen ik klein was en we na de val van de tsaar, na die zogenaamde revolutie, probeerden het land te ontvluchten. Sindsdien verafschuw ik het communisme en alles waar het voor staat in de vorm van onderdrukking, intolerantie en dictatuur. Ik ben mijn leven lang bezig geweest het in Afrika tegen te houden, ik heb in elk geval gedaan wat ik kon. Kijk maar naar Mozambique, naar Angola, Ethiopië, Tanzania en nu Zimbabwe, ik huiver als ik eraan denk wat daar kan gebeuren. Land na land raakt onder onbegrijpelijke slogans in verval, de regimes worden bijgestaan door communistische wapens. Ik houd mijn hart vast voor Zuid-Afrika. Het ANC', hij schudt zijn hoofd, 'wordt door de communisten gesteund, zoals alles daar in het zuiden. Het zal het land doen ineenstorten net als de andere. Bloeiende landen, die tegenwoordig bestaan uit vluchtelingen en puinhopen. Ik heb er mijn leven aan gewijd dit te bestrijden. Maar tot welk nut?'

Hij kijkt me aan, blikt over de zee en slaakt een diepe zucht.

'Welnu, alles is nog niet verloren, we gaan door met de strijd.'

'Welke we?' durf ik te vragen.

'Mannen met verstand, mannen zoals ik die van Afrika houden en die alles zullen doen wat in hun macht ligt om ervoor te zorgen dat niet alle landen in totalitaire staten veranderen. We hebben onze kanalen, onze mogelijkheden. We moeten ze alleen goed gebruiken. Zuid-Afrika', zegt hij weer. 'Ik sta doodsangsten uit voor wat er kan gebeuren. Het is daar een kruitvat, begrijpen jullie. Ik hoop werkelijk dat jullie generatie zich niet laat verleiden door die bewegingen die hier in Zweden steun proberen te krijgen. Charmante bedelaars', briest hij.

Ik weet dat er dingen zijn die ik zou kunnen zeggen. Maar om daarmee deze diepe stilte te doorbreken? Ik denk aan mijn bijeenkomsten, aan de onderdrukking en het geweld waartegen wij protesteren, aan mijn eigen betrokkenheid en hoop op verandering. Waarom zeg ik nooit iets wanneer het er echt op aankomt? Het is gemakkelijk om ideeën te hebben onder gelijkgestemden, onder de vaandels, maar wanneer je alleen bent? Ben ik niet meer dan iemand die zich als een kameleon aanpast aan zijn omgeving? Ik denk aan de reizen met Desirée, aan het geld dat we hebben gebruikt, aan waar datzelfde geld voor wordt gebruikt, mee wordt verdiend. Ik heb het gevoel dat ik een brok in mijn keel krijg. Ik moet toch op zijn minst een beetje kunnen protesteren. Een beetje?

Het eten wordt afgeruimd, er wordt koffie geserveerd op de veranda waar we ook wat gedronken hebben. Desirée blijft roken, het lijkt alsof ze ergens anders is, iemand anders, alsof dit een gesprek is dat zich afspeelt op een filmdoek en van haar kant geen inbreng vraagt. We drinken koffie, ik doe wat mij gezegd wordt. Dat doe ik altijd. Gustav lijkt in de wolken over het feit dat hij iemand heeft gevonden die luistert, hij gaat maar door. Over idioten en samenzweringen, over valkuilen en dreigingen, over conspiraties en guerrillagroeperingen. Over rooie rakkers en echte mannen, over de schuldencrisis en waanzinnige buitenlandse leningen, over dictators en agitators. Het is waanzin en het is werkelijkheid, het is verzinsel en het is oprecht afgrijzen. Maar midden in dat alles zegt hij iets wat toch zinnig klinkt, en ik bespeur een verdriet dat zo groot is, dat hij het achter al die verachting en haat moet verbergen. Een gevoel van verlies, van een wereld die een geslaagd man heeft ingehaald en daarna een mislukte man voorbij is gerend, en dat hij nu alleen over is, met veel geld maar zonder invloed, met een gezin maar zonder liefde. Een man wiens capaciteiten niet worden benut. Ik weet dat ik dat niet zou moeten hebben, Saskia, maar ik heb medelijden met hem. Voorbij mijn angst.

'Die negers...' zegt hij en terwijl de augustusnacht invalt, neemt hij weer een aanloop.

'Papa?' onderbreekt Desirée hem eindelijk.

'Ja, schat van me?'

'We zijn een beetje moe. Je snapt het wel. Lang gereisd.'

'Natuurlijk, schattebout', zegt hij een tikje verontschuldigend.

'Is de logeerkamer in orde, mama? Mama?'

Eleonora schrikt op en werpt een glazige blik in onze richting.

'Zeker. Ulla heeft alles geregeld. Zoals altijd.'

'Zoals altijd', knikt Gustav. 'Gezellig dat je er bent, Klara. Echt gezellig.'

Ik probeer te glimlachen, dat wordt van mij verlangd.

'Dank u voor het etentje', zegt iemand, en ik hoor dat ik het ben.

Desirée legt een hand op mijn rug en neemt me mee de spiraalvormige eikenhouten trap op. Onder de trap bevindt zich een deur naar de keuken, waar ik Ulla over een paar pannen gebogen zie staan. Achter haar staat een man met een koksmuts op te roken. Hij werpt mij een vreemde blik toe. Desirée leidt mij verder de gebogen trap op. We bereiken een lange gang met aan weerskanten verschillende deuren. Ze opent er een van: 'Hier slaap jij. En ik slaap hier', zegt ze, terwijl ze een deur naast de mijne aanwijst. 'Voor het geval je iets nodig mocht hebben.'

Ik weet niet wat ik moet zeggen. Ze kust me op mijn wang, kijkt me in mijn ogen.

'Ik wist wel dat jullie het goed met elkaar zouden kunnen vinden.'

Ik glimlach zwakjes. Er lopen tranen uit mijn ogen. Hoe zou ik haar met mijn liefde uit deze kilte kunnen weghalen? Zwijgend staan we elkaar aan te kijken.

'Ze zijn het enige wat ik heb', zegt ze, alsof ze door een plotseling besef wordt overvallen. 'Ik leef van hen. Huil niet, Klara. Dat doe ik ook niet.'

Daarna sluit ze haar deur. Ik loop de slaapkamer in, ga zonder mij uit te kleden op bed liggen en denk dat het het beste zou zijn als ik geen vin verroerde, niet denken, niet redeneren. Dat dit meer is dan ik kan bevatten.

Ik word wakker van een bonzend geluid. Vervolgens een zacht gemompel. Dan weer een bons. Het klinkt alsof iemand iets zwaars door de gang langs mijn slaapkamer trekt. Ik sta op van het bed, loop naar de deur en open die zachtjes op een kier. Aan het eind van de gang zie ik Gustav die iemand achter zich aan sleept. Die persoon is Eleonora, haar hoofd hangt zwaar op haar borst. Het klinkt alsof ze iets mompelt. Gustav blijft staan en buigt zich over haar heen, terwijl hij een hand in haar nek houdt. Hij tilt zijn andere hand op en begint haar in haar gezicht te slaan. Ik hoor haar onsamenhangend wauwelen. Hij blijft haar slaan.

Er staat iemand in de schaduw achter hen. Ze komt niet naar voren, maar ze ziet wat er gebeurt. Het is Desirée. Ze blijft onbeweeglijk staan. Ik merk dat ik mijn adem inhoud, dat ik op de grond zak, terwijl ik mijn armen om mijn hoofd houd. De deur gaat achter mij dicht. Ik leun er tegenaan, ik weet niet hoelang. Langzaam verplaats ik me naar het bed, ik ga op mijn buik liggen met mijn handen in mijn kruis en mijn ogen wijdopen. Ik denk, keer op keer: ik ben een bang mens. En daarna: ik kan niets doen. En ten slotte: hoe krijg ik haar hier vandaan?

Ik weet dat jij anders gehandeld zou hebben, Saskia. Dat je erheen zou zijn gegaan, ingegrepen zou hebben, er wat van gezegd zou hebben. Ik ben niet zo. Het enige wat ik heb is deze liefde voor Desirée. Zelfs die kan ik niet in stand houden. Ik zal weer mislukken: jij weet het al.

Je zusje

8

De vriendin van mijn zus beschouwde zichzelf als een groot feministe. Ze leefde van het vermogen van haar ouders, ze kon het zich veroorloven te praten, ze kon met theorieën komen zonder er een van te hoeven bewijzen. Ze kon mannen gebruiken, een man worden, zoals ze zelf zei, maar er kwam altijd iemand tussen. Iedere man heeft een vrouw. Klara wist dat, Desirée wist dat. Achter ieder drankje, achter iedere betaalde rekening, zat een bedrogen echtgenote of vriendin. Ik weet dat het hart van Desirée niet groot genoeg was om dat allemaal te bevatten – maar Klara? Klara wist ervan, Klara wiste het bloed af, verzamelde de tranen. Maar ze nam ook geschenken aan, ging mee op reis, leidde een lekker leventje in het schijnsel van Desirées uitstraling, soms ook in haar schaduw. Ze handelde zelf misschien niet zo, maar dat maakt de zaak alleen maar erger. Ik wou dat ik het niet had hoeven weten. Klara is nooit onschuldig geweest. Misschien was ze ook niet direct schuldig, misschien was ze alleen maar niet tot handelen in staat. Maar ook dat is geen excuus. Ze was niet zoals ik, ze wilde nooit inzien dat het je eigen keus is, dat ze weg had kunnen gaan. Maar misschien was ze wel gefascineerd door wat mensen zo weinig overkomt, het gevoel *in het volle leven* te staan; dat was een karakteristiek element van het leven met Desirée. En ook door de kokette luxe van dat geloof, van die lastige leugen: zonder mij redt ze het nooit. Een redder in de nood, dat ben ik. Ze had sterker moeten zijn. Ondanks alles wat ze heeft gezegd, ondanks haar smeekbede om genade, veroordeel ik haar.

Ik ben een harde vrouw, ik eis van anderen dat ze sterk

zijn, zoals ik dat ook van mezelf eis. Geen hulpeloosheid, geen *jeempie, ik wist het niet.* Ik wil niet omgaan met mensen die op hun nagels bijten terwijl anderen openlijk ten onder gaan. Ik houd niet van luiheid, zwakheid, ijdelheid, onkunde, vooral niet bij vrouwen. Het is alsof ze de boel voor de rest van ons bederven. Ik zou Desirée mateloos verafschuwd hebben. Ze trok mijn zus mee in haar val en ze aarzelde geen seconde. Desirée heeft het leven nooit gewild, als ze de kans had gehad zou ze het bij de eerste de beste gelegenheid hebben laten vallen. En die kans kreeg ze.

De trap vanaf de zolder is steil, en opeens heb ik zin om te vallen, gewoon de eerste treden te missen en mij pardoes naar beneden te laten vallen, de duisternis, de bewusteloosheid in. Vervolgens zou ik weer bijkomen en iemand, misschien Magnus, misschien een in het wit geklede, onberispelijke arts, zou fluisteren: 'Het is goed nu. Alles is vergeven. Je hoeft geen beslissingen te nemen, ook geen verantwoordelijkheid voor je daden. Alles ligt nu in onze handen. Je bent ziek, wij nemen het over. Zeg maar niets.' Ik zou in mama's kamer mogen liggen en zij zou levend, almachtig en Mama zijn. Ze zou met poffertjes binnenkomen en waken bij mijn kapotte lichaam, dat zou zijn gewikkeld in verbandgaas, alleen mijn neus zou naar buiten steken, als bij een melaatse. Zelf zou ik fluisteren: 'Ik heb het niet gered, ook ik ben ten onder gegaan. Noch Klara, noch Saskia heeft het overleefd. We zijn geen sterke vrouwen geworden, we hebben ons best gedaan, en dat zelfs nauwelijks, het spijt me zo, mama.' Maar mama zou antwoorden – dat zou ze toch wel doen? – 'Saskia, lieverd, lig stil. Het maakt niet uit. *Ik houd toch wel van je.*'

Ik daal heel voorzichtig de treden een voor een af. Ik kan het me niet permitteren mezelf in dromen te verliezen. Niet nu, niet op een moment dat ik van zo veel verschillende kanten bedreigingen voel. Magnus praat in de keuken, hij lacht. Met wie praat hij? Ik loop naar hem toe, hij gebaart met zijn hand dat ik dichterbij moet komen, dat het voor mij is. Ik schud mijn hoofd, ik besef dat ik geen stem heb. Niemand mag mij zien, niemand mag mij horen als ik ben zoals nu. Je moet jezelf niet blootgeven. Ik vind het voordeel van een privé-leven dat het juist dat is: privé. Niemand uit mijn leven in Amsterdam weet iets over Klara. Dat is maar het beste. We praten niet over haar. En binnenkort is ze echt dood, op papier. Het is om die reden dat ik mijn stem verlies. Magnus beëindigt het gesprek en loopt naar me toe.

'Ze komt', zegt hij. 'Ze neemt de boot van drie uur.'

'Wie?' zeg ik, opeens verschrikt.

Is het Klara die komt, is het mama? Het kan Desirée toch niet zijn, ik...

'Andrea, lieverd. Ze komt. Dat wilde je toch.'

Hij slaat zijn armen om me heen. Hij ruikt naar gist, want hij is bezig een beslag te maken dat langzaam staat te rijzen op het aanrecht achter ons, en het ruikt naar rust, naar thuis, naar Magnus. Hij houdt mij bijeen. Dat ik dat niet duidelijker heb gezien, dat ik niet meer heb gewaardeerd wat hij allemaal voor mij doet. Dat hij ons bijeenhoudt: Malin, zichzelf, mij. Een heilige drie-eenheid.

'Waar is Malin?'

'Ze is buiten met haar nieuwe vriendinnetje Desirée. Het lijkt wel alsof ze *alles* delen.'

Hij slaat zijn ogen ten hemel. Ik fluister: 'Zorg jij voor mij?'

'Altijd, Saskia. Zoals jij voor mij.'

'Je houdt zo veel van mij.'

'Ja.'

'Je bent mijn beste vriend.'

'Ik weet het.'
'Vergeef me, Magnus.'
'Dat ook.'

We lopen samen naar de steiger. Hij heeft zijn arm om mijn schouders geslagen, ik heb het gevoel dat dat de enige reden is waarom ik nog niet ben ingestort. Iemand binnen in mij sist: 'Waakzaam blijven, Saskia. Je kunt het je niet veroorloven, hebt geen tijd om zo kwetsbaar te zijn.' In de verte op het water nadert een boot. Het is geen passagiersboot. Het is Adolfsson. Hij staat in de boot te wuiven, alsof we oude vrienden zijn en hij van de zeven wereldzeeën terugkeert met schatten en verhalen. Magnus steekt zijn hand op om hem te groeten. Ik bal de mijne krampachtig. Adolfsson draait naast de steiger, legt de boot aan en roept naar ons: 'Ik heb vanochtend veel vis gevangen. Dacht dat jullie misschien wel wat zouden willen hebben.'

Hij wendt zich tot mij. Ik heb geen stem. Magnus antwoordt: 'Ik koop graag wat.'

Adolfsson reikt een paar baarzen aan, ze bewegen nog een beetje. Wanneer Magnus wil betalen, maakt hij een afwerend gebaar met zijn hand.

'Als dank voor de koffie laatst', mompelt hij.

Hij koopt vertrouwen. Ik bal mijn vuisten, ik wil hier weg. Adolfsson vaart achteruit, de grote passagiersboot komt eraan. De golfslag doet zijn boot onrustbarend deinen. Sla dan om, denk ik, ga onder. Laat mijn leven met rust. Ontleed het niet. Maar voor iemand uit Skåne weet hij het gevaar toch handig af te wenden en hij begeeft zich weer de zee op om plaats te maken voor de passagiersboot.

Helemaal vooraan op het dek staat Andrea te wuiven. Ze heeft erg weinig bagage bij zich, ze is een praktische vrouw. Ik voel dat ik tranen in mijn ogen krijg. Ze klimt van boord, begroet Magnus met een glimlach, ze heeft hem een paar keer in Amsterdam ontmoet, en keert zich dan tot mij. Ze kijkt me recht in de ogen. Het is niet alsof ze iets van me wil, ze verlangt geen vertrouwelijkheden in ruil voor haar vriendelijkheid. Ze kijkt me alleen aan met een voorzichtige mate van tederheid.

'Saskia?'

'Ja.'

'Je ziet er moe uit.'

'Ik ben moe', hoor ik mezelf antwoorden.

'Goed. Dan zullen Magnus en ik wel voor je zorgen. Hij is een goede kok, dat weet ik, en ik ben een erg discrete en, naar ik hoop, behulpzame gast die zichzelf wel met een boek op de bank kan vermaken. Doe waar je zin in hebt. Ik zal je niet storen.'

Ik knijp in haar hand. Wat vermoedt ze eigenlijk? Ik blijf haar hand vasthouden. We lopen de helling op, Magnus met zijn arm om mij heen geslagen, Andrea's hand in de mijne. Voor het eerst in lange tijd bespeur ik een gevoel van geluk. Dat doet me denken aan de eerste jaren van Magnus en mij samen, de jaren dat we waren ontkomen. Andrea laat ons het eerst los. Ze verslindt geen intimiteit. Ze zou nooit vragen waarom, ook al zou ik instorten, ze zou me nooit tot vertellen dwingen.

Wanneer we boven bij het huis aankomen, staat Malin daar. Alleen. Ze heeft gehuild, er lopen rode strepen over haar wangen. Ze wil getroost worden, maar niet waar Andrea bij is. Ze groeten elkaar met een verlegen knikje, waarop Andrea zegt: 'Ik denk dat ik maar ga uitpakken.'

Magnus laat haar de logeerkamer zien. Malin komt naar mij toe. We raken elkaar uiterst zelden aan, ik vermoed dat dat mijn fout is. Ik heb haar sterk willen maken, haar aangemoedigd onafhankelijk en onkreukbaar te zijn. Maar kracht hoeft tederheid niet uit te sluiten, dat weet ik. Het is vanwege mijn tekortkomingen dat het hierin geresulteerd heeft. Ik strijk haar voorzichtig over haar haar. Het is onvoorstelbaar zacht. Haar ogen lijken op de mijne, haar gezicht is zacht, een kinderlijke, ongeretoucheerde afdruk van hoe ik er misschien ooit heb uitgezien. Ik houd grenzeloos veel van haar. Ik kan niet ontkomen.

'Wat is er gebeurd, Malin?'

Ze haalt haar schouders op. Ze zou tegen mijn borst willen rusten, dat is zo lang geleden.

'Het komt door haar, hè? Desirée weer. Er is iets gebeurd. Hebben jullie ruzie?' is het enige wat ik zeg.

Ze knikt vaag.

'Doet ze gemeen tegen je?'

Ze haalt haar schouders op, kijkt naar de muur. Ze zou Desirée nooit verraden, dat hebben ze elkaar toch beloofd. Ik trek haar voorzichtig tegen me aan. We blijven roerloos staan, haar armen slaat ze zachtjes om mijn middel. Ze maakt mijn jurk nat met haar tranen. Mijn lichaam doet pijn, mijn buik is gevoelig, dezelfde buik die ooit haar lichaam omsloot. Net zoals toen bokst ze tegen me aan met gebalde vuisten en gesloten ogen. Ze fluistert: 'Ik heb niets verkeerds gedaan.'

'Dat hoeft ook niet, Malin. Vergeet haar maar. Je hoeft niet terug te gaan.'

'Maar dat moet!'

'Blijf toch bij papa en mij.'

Ik hoor de vertwijfeling in mijn eigen stem. Ze laat me los, veegt haar snot af aan mijn jurk, kijkt naar haar handen.

'Maar mama, ze is mijn vriendin, ik moet toch', zegt ze, en ik hoor de teleurstelling in haar stem.

'Maar Malin...'

'Nee', zegt ze en ze kijkt me aan, plotseling vlammen haar ogen van woede. 'Dat doe ik niet. Ik wil niet net zo worden als jij, niet zo eenzaam als jij.'

Ze draait zich om, rent de helling af, weg van mij, naar haar vriendin. Ik kan haar niet tegenhouden, niet beschermen. Dat ik het nou nooit leer. Draai je om, denk ik. Kijk naar mij, weet dat ik je niet loslaat. Ze blijft rennen. Keer je nou om. Ik hoor Magnus en Andrea praten in de logeerkamer. Verraad mij niet. Malin rent. Precies in de bocht van de weg werpt ze een blik over haar schouder, ziet mij tegen de reling van de veranda gedrukt staan. Ze zegt niets, zwaait niet, maar ze ziet mij. Ze zag mij.

Magnus is na het eten naar bed gegaan. Andrea en ik zitten cognac te drinken op de veranda. Ik praat nu luider, moet voor het eerst in lange tijd weer lachen. Ik geniet ervan dat ze hier is. Andrea heeft het vermogen anderen zich trots te laten voelen op wie ze zijn. Wanneer ik bij haar ben, ben ik een intelligente, harmonieuze vrouw die weet wat ze wil en die gemakkelijk van gespreksonderwerp verandert. We bespreken ons komende project, het onderzoek dat daaraan ten grondslag ligt, hoe we het iedereen weleens even zullen laten zien. Ze inspireert me, doet mijn wangen blozen van opwinding, samen zijn we onweerstaanbaar. We zwijgen en zitten ademloos in de zomernacht. De sterren schitteren heel zwak aan de zomerhemel. De enige lichten die branden zijn een petroleumlampje en de tl-buizen achter ons, als bescherming tegen de vochtigheid van de nacht. Andrea steekt een van haar vele dunne sigaartjes op. Ik neem er ook een. Het maalt in mijn hoofd.

'Je hebt een leuke man', zegt ze.

'Dat weet ik', glimlach ik onnozel.

'Dat komt niet vaak voor.'

'Hoe bedoel je?'

'Dat getrouwde stellen het zo leuk hebben als jullie. Zo echt. Weinig pieken. Twee goede vrienden die toevallig getrouwd zijn. En die nog steeds van elkaar lijken te houden.'

'Misschien komt het inderdaad niet zo vaak voor.'

'Nee, dat weet ik zeker. Geloof me, als gescheiden vrouw meen ik de tijd te hebben om getrouwde paren te observeren. Soms heb ik het gevoel dat ik als bliksemafleider fungeer voor beledigingen, een *time-out* geef tijdens een echtelijke crisis, andermans dromen over vrijheid belichaam', zegt ze, terwijl ze zachtjes lacht. 'Maar jullie lijken echt het beste uit elkaar te halen.'

'O, niet altijd.'

'Dat zou misschien ook onverdraaglijk zijn.'

'Ja. Ik vind dat ik geluk heb gehad.'

Ik sluit mijn ogen, de cognac heeft me aangenaam zwaar in mijn hoofd gemaakt, verliefd op de wereld. Het is alsof ik niet goed weet waar ik ben, wie ik ben. Ik voel me omsloten door liefde en vriendschap, door Magnus en Andrea. Ze hebben een cocon rond mijn lichaam geweven en daarin rust ik stil. Ze zijn hier om mij te beschermen, en ik hen.

'Waar woont jouw familie?' vraag ik opeens.

'Ik heb een vader die ik nooit zie, en een moeder die jaren geleden is overleden.'

'Ik weet dat je geen kinderen hebt, maar heb je ook broers of zussen?'

'Helaas. Dat mis ik wel, als je tenminste iets kunt missen wat je niet kent.'

Ik zwijg. Zij lacht.

'Ja, ik neem aan dat ik een eenzaam mens ben. Maar geloof me: ik ben zeer content met mijn leven, uiteindelijk heb ik voor de meeste dingen zelf gekozen. Ik voel me niet vaak eenzaam. Ik heb een paar vrienden bij wie ik me voldoende betrokken voel, zoals zij dat ook bij mij zijn. Ik heb ontdekt dat al te hechte, beangstigend intieme vriendschap nooit stand kan houden. Wat je verliest aan absolute intimiteit en vertrouwen, win je terug in de lengte en de innigheid van een vriendschap. Denk je ook niet?'

'Zo heb ik het nooit geformuleerd.'

'Iemand die alles blootgeeft, is iemand die niet langer vrij is om richting aan zijn eigen leven te geven. Hij legt het in handen van anderen, verliest zijn waardigheid. Hij wordt bang en vraagt een ander zijn leven te redden.'

Ze schudt haar hoofd.

'En voor die arme vriend wordt het een hel.'

Ik merk dat mijn hand trilt, dat ik mijn glas niet neer kan zetten zonder het bijna om te gooien. Andrea ziet dat. Ze zegt niets. De sterren stralen. De pit van de petroleumlamp flakkert even op wanneer binnenin een nachtvlinder verbrandt. Ik haal adem, doe mijn mond open, en ik – ben ik het echt? – zeg: 'Ik heb een zusje gehad. Een tweelingzus.'

Als ze nu wat zegt, dan sluit ik dit af, verder niets. Andrea zegt niets.

'Mijn tweelingzus heette Klara. Zij had zo'n vriendin, Desirée. Die maakte het leven van mijn zus tot een hel. Klara liet dat toe. Dat is nog het ergste. Ik weet niet hoe je een liefde moet noemen die zoiets toestaat. Zij maakte Klara's leven kapot, zij maakte dat ze verdween.'

Andrea kijkt recht voor zich uit. Ik weet niet of ze luistert. Ze steekt nog een sigaartje op, geeft mij er een, maar ik schud mijn hoofd. Ze luistert.

'Klara verdween tien jaar geleden op een vroege zomerochtend. In augustus is het tien jaar geleden. Ze had bijna twee dagen hier in huis op Desirée zitten wachten, ze verwachtte dat Desirée weer een belofte zou nakomen. Desirée hield haar beloftes niet. Maar Klara wachtte. De tweede nacht hield ze het niet meer uit; ze ging met ons motorbootje naar het vasteland en reed toen met haar auto naar een van Desirées meer permanente minnaars, een getrouwde man met een zomerhuis even buiten Stockholm, een man met de naam Henrik von Rensen. Toen ze in de ochtendschemering het huis binnenkwam, ontdekte ze dat Henrik Desirée in het hoofd had geschoten en daarna zichzelf had doodgeschoten.'

'Dat herinner ik me', zegt Andrea in de duisternis. 'Ik heb erover gelezen in de kranten. Ik kan me dat herinneren.'

Haar woorden maken mij rustig. Hier kun je over praten, dit is iets waar volwassen vrouwen die sigaartjes roken over hebben gelezen in de krant.

'Klara vond ze daar. Ik neem aan dat ze in paniek raakte, hysterisch werd. Hoe zou je zelf reageren? Ze verliet het huis, pakte haar auto, reed naar een hoge brug daar niet ver vandaan, parkeerde haar auto op de brug, trok haar kleren uit, schreef een brief aan mij, en sprong.'

Ik zwijg. Stil zitten we in het donker. Andrea fluistert: 'Klara is daar gestorven.'

'Ze hebben haar lichaam niet gevonden. Maar inderdaad, Klara is daar gestorven. Daarna was er geen Klara meer. Alleen ik. Alleen Saskia.'

'Je mist haar.'

'Als je je tweelingzus verliest, weet je niet langer wie je bent; zonder haar kan ik mezelf niet zien. Ik zou meer dan wat ook willen dat ze het had overleefd. Ze kon niet leven met wat ze zag, met de leegte, het schuldgevoel. Ik wou dat ik sterker was geweest. Weet je, ze hield echt van Desirée. Het is onbegrijpelijk.'

'Wat deed jij?'

'Ik?'

Ik zwijg. Waar was ik? bedoelt ze. De cognac maakt mij traag, mijn gedachten blijven in elkaar haken.

'Ik woonde toen in Nederland. We zagen elkaar niet vaak, Klara en ik. Ons gezin was door een scheiding in tweeën gesplitst, en het was niet gemakkelijk elkaar te ontmoeten. Maar ik was er wel. Klara was degene die leefde, als je dat tenminste een leven kunt noemen. Ik sloeg dat gade. Ik kon niets doen om haar te redden.'

'Nee, dat kun je niet.'

'Ik denk het ook niet.'

We zwijgen. Ik sta op, rusteloos opeens. Andrea staat ook op. Ze strekt haar hand uit, met de handpalm naar boven, ze heeft een heldere blik.

'Je hoeft niet bang te zijn.'

'Ik heb hier nooit met iemand over gesproken, afgezien van Magnus.'

'Ik weet het. Je bent net als ik. Ik herhaal: wees niet bang. Ik zal je niet verraden.'

Andrea gaat naar binnen, ik hoor hoe ze naar het toilet gaat, doorspoelt, haar tanden poetst. Ze komt de veranda op om welterusten te zeggen. Ze zegt: 'Dank je voor deze avond.'

Ik bloos, glimlach een beetje.

'Slaap lekker. Wees niet bang', zeg ik op mijn beurt.

'Ik slaap goed, het verleden maakt mij niet bang. Welterusten.'

Ze draait zich om en gaat naar de logeerkamer. Ik ruim de cognacglazen op en gooi de as over de reling van de veranda in zee. Zachtjes loop ik achter haar aan het huis in. Haar slaapkamerdeur is dicht. Ik vermoed dat ze een boek leest. Ik weet dat ik het eigenlijk niet zou moeten doen, maar toch klop ik op haar deur.

'Ja?'
'Mag ik je iets geks vragen?'
'Dat denk ik wel.'
'Beschrijf jezelf eens in één zin.'
Het blijft lang stil. Ik denk: ik ben te ver gegaan, ik vraag te veel van iets wat zo broos is. Wat doe ik hier eigenlijk, midden in de nacht voor de gesloten deur van iemand anders? Maar Andrea geeft toch antwoord. Ze zegt het, zo door de deur, zo door de tijd: 'Ik ben een grote meid met heel bescheiden behoeftes.'

9

november 1981

Lief zusje van me,

Ik maak me zorgen over haar. Misschien zou ik me ook zorgen moeten maken over mezelf, als je nagaat dat onze levens zo intiem met elkaar verweven zijn. Ik weet dat ze liegt, ik geloof dat ik de meeste van haar leugens wel ken. Toch houd ik van haar, misschien nog wel meer dan vroeger. Want ik heb eindelijk richting in mijn leven gevonden, Saskia. Door haar te redden, red ik ook mezelf, jou, mama en papa. De fouten zullen zich nooit meer herhalen. Ik ben degene die ons bij elkaar houdt, niet meer degene die ons uit elkaar haalt.

Desirées probleem is, dat ze het zich niet bewust is. Zo moet het wel zijn, anders zou ze toch wel verandering willen? Ze zou toch niet doorgaan met het leiden van dit leven – waarvan ik deel uitmaak – als ze zou inzien wat voor schade ze anderen toebrengt door zich al experimenterend een weg te banen naar de grootst mogelijke vrijheid? Soms denk ik: als ze zich werkelijk wil losmaken van de mannen, wat doet ze dan bij hen, behaagziek als een schoothondje, ook al is het dan uit vrije wil? Ze zegt dat ze hen wil gebruiken, dat zij degene wil zijn die de baas en onderdrukker is. Dat het haar amuseert om te zien hoe ze hen met gelijke munt terugbetaalt. Ik probeer te begrijpen wat ze nou wil; ik zou zelf nooit zo kunnen handelen. Ergens heb ik ook het gevoel dat zij niet de enige is die een ander vernedert. Dat in feite *zij* degenen zijn die in haar een omhulsel zien en haar ook als zodanig achterlaten. Dat ze haar achter haar rug uitlachen.

Ik geloof dat het de leugens zijn, en de gevolgen van die leugens, waar ik nog het meest mee zit. Na ons bezoek aan haar ouders heb ik haar gevraagd wat er die nacht gebeurd was, wat er aan de hand is in haar familie. Ze zei dat ze me niet begreep, we hadden toch een gezellige avond gehad, of niet soms? Ze keek me zo oprecht verbaasd aan dat ik me werkelijk begon af te vragen of ik het verkeerd had gezien, verkeerd had gehoord. Ze kan dat, Saskia: mensen alles in twijfel laten trekken waarvan ze eerst dachten dat het klopte. Maar als ik haar aan jou herinner, Saskia, aan de mogelijkheden om *iemand te worden* – dan fleurt ze op. Ze begint plannen te maken hoe ze iemand kan worden op wie anderen trots zijn, iemand op wiens integriteit en onschendbare moraal anderen jaloers zijn. Ze richt in Amsterdam een eenvoudige kamer in waar we gaan wonen, ze schetst het leven dat zal komen en ik word meegetrokken, ik zie alle mogelijkheden die ze in zich heeft. Dat ze in feite nodig is in deze wereld. Lach me niet uit. Als we hier nu maar weg konden komen.

Ik loop door de stad en de opstekende winterwind is meedogenloos voor mijn lichaam. Ik heb mijn armen om mijn borst geslagen, ik probeer de warmte binnen te houden, ik voel hoe die uit mij wegsijpelt bij iedere intrige waar ik getuige van ben en een valse getuigenis over moet afleggen. Dat ook ik mijn levenslust verlies, dat ik steeds meer ingekapseld raak, en binnen in mij is het koud en galmend leeg, als het ware leeggezogen. Uit de monden van de mensen komen kleine wolkjes. Ze dampen door de straten, als schoorstenen die hun eigen leven leiden. Moe ontwijken we elkaars blik. Dat is een van de redenen waarom we ervoor kiezen in een grote stad te wonen: hier hoeven we elkaar niet tegemoet te treden. Dat is de zegen van de stad, maar soms ook de vloek.

Mama heeft zich al geposteerd voor het restaurant midden in de stad dat ik voor ons heb uitgekozen. Ze ziet er abnormaal klein uit in haar lange, groene, pasgekochte, getailleerde mantel, ze lijkt wel gekrompen. Ze staat een beetje nerveus te draaien, als een schoolmeisje. Ook zij is zo geweest als ik, denk ik, en het gekke is dat ze zich waarschijnlijk nog steeds net zo *voelt* als ik, alleen beseft ze dat haar lichaam van haar is weggezakt, als een zandschacht, dat de jaren zich hebben opgestapeld en haar krommer hebben gemaakt, haar huid slapper, een beetje verwelkter. Als ze me aan ziet komen, glimlacht ze. Zoals ik al zo vaak heb gedaan, probeer ik in mijn binnenste de tijd terug te draaien om te zien hoe ik ooit een speldenknopje binnen in haar was, dat ik uit haar geboren ben, dat ik verschoond werd, dat zij mij overeind hield als ik wilde rennen, dat zij mij een voor een de woorden gaf, dat zij mijn pijn opving, en mijn rebellie, om mij vervolgens te laten gaan. Dat dat alles ons verbindt en dat ze alleen door het verstrijken van de tijd tegenwoordig een volwassen dochter heeft die haar best doet om ook als zodanig te handelen. Ze vertelde mij een keer waarom ze dacht dat er in oorlogen jonge mannen worden gebruikt – die realiseren zich nog niet de omvang van wat ervoor nodig is, niet alleen om een mens te scheppen, maar ook om een mens *in leven* te houden.

Mama. Deze vrouw heeft me meegenomen naar Zweden en me gevraagd of ik ook dit land als een thuis wilde proberen te beschouwen, omdat we geen ander thuis hadden. Het verleden was gewoon niets anders dan een plaats waar we niet welkom waren. En ik was daar verantwoordelijk voor. Ik geloof dat ze er beter in is geslaagd dan ik, dat het haar hier door haar afkomst beter beviel. Ondanks het feit dat ik haar Zweedse naam aannam, en ondanks het feit dat ik mijn leeftijdgenoten zo veel mogelijk imiteerde, totdat ook ik op een dag zogenaamd gezond was – ik ben er nooit echt in geslaagd om dit land als mijn thuis te zien. Maar geloof me, Saskia, ik probeer het.

'Mama.'

'Klara.'

We slaan onze armen om elkaar heen. Ik ben veel langer dan zij. Waar blijven wij mensen, we worden steeds langer, waar zal dat eindigen? Moeten ze alle treinen aanpassen, deurkozijnen, vliegtuigen, als elke generatie langer wordt dan de vorige? Er is totaal geen ordening in mijn gedachten, ik weet het. Het is altijd hetzelfde: geen doel, geen richting. We gaan aan een tafel zitten, mama bestelt wat, zij weet altijd wat ik wel zal willen hebben. Ze is het gewend om moeder te zijn. Ze kijkt me aan met van die oplettende ogen die moeders lijken te krijgen wanneer ze zich zorgen maken over hun kinderen.

'Je ziet er moe uit, Klara.'

'Dat mag geen naam hebben.'

'Je ziet er moe uit', constateert ze.

'Ja.'

'Wat is er zo vermoeiend?'

'Alles.'

'Dat weet ik, dat *alles* ken ik. Kun je iets duidelijker zijn?'

Ik trek een gezicht. Ze laat me niet ontkomen. Ik kijk door het raam naar buiten en in het spiegelbeeld zie ik een volwassen vrouw die haar leven laat waaien, met maar één vage richting: naar de rotsrichel van een blinde.

'Het is Desirée.'

'Ik weet het.'

'Ze liegt.'

'Dat heeft ze altijd gedaan. Ik weet nog dat jullie klein

waren en op het eiland speelden. Ze verzon dingen over haar ouders, hoe die kindertehuizen in heel Afrika hadden gebouwd, dat haar moeder het leven van de mensen op hun *farm* had gered, dat haar vader de grootste koffieplanter van heel Afrika was. Weet je dat niet meer?'

Ik schud mijn hoofd en kijk in mijn glas.

'Het absurde is dat Gustav en Eleonora Cronenfelt in die tijd tot de minst geliefde buitenlanders in Kenia behoorden. Bovendien waren ze het minst geslaagd. Ik ken een paar mensen die daar tegelijk met hen hebben gewoond.'

'Hij is afschuwelijk. Ze ziet dat niet.'

'Het schijnt dat zij het ergste was.'

De kelner komt het eten brengen; het raam naast ons beslaat. Ik teken met mijn vinger in het vocht op de ruit, probeer een hart te maken, maar het lukt niet.

'Zij?' vraag ik.

'Ja, zoals ze de mensen behandelde, scènes maakte. De ene dag neurotisch en hysterisch, de andere dag rustig en meelevend. De geboren martelares.'

'Desirée zegt dat ze hun fortuin hebben verdiend met koffie. Misschien was dat zwaar werk dat haar uitputte?'

Mama zegt niets. Ik zie dat ze aarzelt of ze op dit onderwerp zal doorgaan. Ze neemt een beslissing, drinkt eerst wat en kijkt opzij.

'Wat, mama? Wat is er?'

'Dat vraag ik me af. Ik vraag me af hoe hij zo'n vermogen kan hebben verdiend met koffie. Dat lijkt niet aannemelijk. Misschien dat het in het begin nog wel ging, maar later zijn de prijzen alleen maar gedaald. Hij moet wel een begenadigd zakenman zijn', zegt ze hoofdschuddend. 'Nee, het moet iets anders zijn.'

Ik doe net alsof het me niet interesseert en haal mijn schouders op, maar ik krijg een onaangenaam gevoel vanbinnen. Ik denk aan het huis aan zee, aan de reizen, aan de luxe waaraan ook ik me tegoed heb gedaan.

'Ik dacht dat het je misschien zou interesseren, zo betrokken als jij bent bij Afrika en zo, ik bedoel...'

'Het interesseert me niet', onderbreek ik haar.

Ik had net zo goed kunnen zeggen: 'Het maakt me zo bang, mama.' We zwijgen. Ze zit aan een oorbel te friemelen, ze kijkt gekwetst en in de steek gelaten, zoals altijd wanneer ze bekritiseerd wordt. Ik wil haar geen pijn doen, ik steek mijn hand uit.

'Ik moet haar redden, weghalen daar. Ik geef haar raad. Ze vindt ook dat ze moet veranderen.'

'Maar vervolgens?'

'Doet ze precies het omgekeerde. Ik weet het, mama, maar zonder mij gaat ze ten onder, begrijp je', zeg ik, plechtig.

Mama glimlacht vaag.

'Dat is echt zo.'

'Natuurlijk, schat.'

'Misschien zou ik haar eens met iemand moeten laten praten?'

'Maar waarom?'

'Ik ben niet van plan nog een zus te zien verdwijnen.'

'Het was allemaal jouw fout niet.'

'Het is allemaal mijn fout. Saskia. Dat ik niet kon verdragen wat papa had gedaan. Dat ik hem te sterk veroordeeld heb. En nu is er geen weg terug meer.'

'Nee, Klara, zeg dat niet!'

Ze kan het niet verdragen mij zo te zien, dat moest ze al zo vaak.

'Het leek wel een mode', probeert ze. 'Iedereen ging in die tijd scheiden. Ik deed ook mee. Ik heb altijd graag met de mode meegedaan, dat weet je toch', zegt ze en ze begint te lachen.

Ik vertrek geen spier. Ze haalt diep adem.

'Natuurlijk, Klara. Nu zou ik misschien niet zo handelen als ik toen deed, zo hals over kop op de vlucht slaan. Ik zou hebben geprobeerd iets verder te kijken. Maar dat kan ik *nu* zeggen, zo voelde ik het toen niet. En dan was jij er, zoals jij eraan toe was.'

'En Saskia.'

'Lieverd. We praten niet meer over haar. Niet weer.'

De kelner komt terug en haalt onze half leeggegeten borden weg. Buiten is de novembernacht ondoordringbaar zwart. Ik houd mijn hand tegen de ruit, hij wordt koud.

'Ik weet niet hoe ik het je duidelijk moet maken. Je denkt toch niet dat ik zulke belangrijke beslissingen alleen nam op basis van wat jij zei, of hoe jij deed? Als ik echt had gedacht dat het voor ons allemaal het beste was, zou ik wel zijn gebleven. Hoe moet ik het uitleggen? Het is jouw schuld niet, het is niemands schuld. Natuurlijk hielden je vader en ik van elkaar, ondanks wat er was gebeurd, maar wie zegt dat dat genoeg was? Het zou geweldig zijn geweest, maar zo is het leven niet. Je vader en ik voelden een grote passie voor elkaar, maar we waren niet in staat elkaar de vrijheid te geven om twee zelfstandige levens te scheppen. Ik wilde, net zoals veel andere vrouwen in die tijd, een perfect, klassiek huwelijk. Ik was bereid mijn leven daarvoor op te offeren. Maar ik begreep niet dat ik daardoor zowel dat leven als mijzelf kwijtraakte. Je vader was scherpzinniger, hij wist concessies te doen. Maar ik stelde hem een ultimatum. En je moet geen ultimatum stellen aan een gepassioneerd mens.'

Ze haalt haar schouders op.

'Het liep zoals het liep. Maar zonder hem heb ik toch mijn eigen leven geschapen. Het is gek, maar het lijkt me dat veel vrouwen van mijn generatie zich pas hebben kunnen bevrijden nadat ze uit hun huwelijk waren gestapt; helaas lukte het bijna nooit binnen het huwelijk. En dan is je vader toch een heel prettig mens, wat jij ook van hem wilt denken. Ik ben dankbaar dat ik niet hetzelfde heb hoeven doormaken als zo vele van mijn vriendinnen. Ze zijn door hun man in de steek gelaten, vaak voor een jongere uitgave van zichzelf, en vervolgens realiseren ze zich verbluft dat ze niets over hebben. Sommigen hebben zich gedwongen gezien een nieuwe man te vinden om hun oude dag financieel veilig te stellen. Ik heb het geluk gehad een eigen leven te kunnen scheppen, ook al was het dan soms eenzaam, maar ik heb jou, ik ben absoluut niet verbitterd. Maar praat alsjeblieft niet meer over vreselijke fouten en over schuld, Klara. Zoiets bestaat niet. Ja, in dat geval zouden het al *mijn* fouten moeten zijn, dat ik er nooit in geslaagd ben jou en je vader met elkaar te verzoenen.'

'Ik heb jullie uit elkaar gehaald. En Saskia', houd ik vol.

'Ik wou dat ik je kon helpen', is het enige wat ze zegt.

Ik wil geen absolutie. Door mij zijn mensen gescheiden, ten onder gegaan. Daar leef ik mee, daar doelde papa op. Ik wil niet onder die schuld uitkomen; ik heb die jarenlang in mijn hart gevoed. Ik moet boete doen voor mijn misdaad, mijn vader had gelijk. Daarom heb ik Desirée leren kennen, om eindelijk boete te kunnen doen. Maar ik wil niet meer naar mama luisteren. Er is nog maar één ding. Dat is wat ik heb besloten. Een uitweg.

'Ik ben van plan Desirée te redden, mama. Dat is alles wat ik weet.'

'Maar doe dat dan', zegt ze gelaten. 'Denk jij maar dat je alle vergissingen ongedaan kunt maken, dat iedereen opnieuw kan beginnen, alsof er niets gebeurd is.'

'Zeg dat niet, mama.'

'Maar red haar dan, als je denkt dat je daarmee rust

vindt. Als je dat kunt. Ik wou alleen dat ik je de teleurstelling kon besparen.'

'Ik ben haar enige vriend.'

'Dat weet ik. Ik wou alleen dat dat niet zo was, want ik denk dat ze niet aan zo'n liefde kan beantwoorden. Ja, Klara, ik zal niet zeggen wat fout is of goed. Maar ik vind wel dat je moet oppassen voor mensen die niet in staat zijn om lief te hebben.'

'Denk je dat ze niet van mij kan houden?' fluister ik.

'Na wat je me over haar verteld hebt: nee.'

'Maar ze zegt van wel.'

'Ze heeft bevestiging nodig. Dat is niet hetzelfde.'

We betalen en lopen naar de garderobe. We trekken onze mantels aan, doen op precies dezelfde manier onze sjaal om de hals. Ze pakt mijn hand stevig vast, haar ogen glinsterend van ongerustheid: 'Ik verlies je toch niet weer?'

Ik vind Desirée op de benedenverdieping van een nachtclub waarvan ik weet dat ze daar vaak naartoe gaat. Het is een min of meer besloten feest waar een of andere ster die in de stad is wordt gefêteerd, het kan ook zijn dat iemand met te veel geld de brandende behoefte voelt daar vanaf te komen. Hier verzamelen zich altijd hetzelfde type mensen en Desirée is hun middelpunt. Ze is aangeschoten, door de alcohol kijkt ze een beetje gemeen, alsof ze eropuit is iemand te vernietigen. In het voorbijgaan fluistert ze, bedwelmd door rook, parfum en aandacht, in mijn oor: 'Je weet dat ik alleen van jou houd.'

Ik probeer te glimlachen. Nou, red haar dan, zoals mama zei, haal haar hier dan weg.

Alle vrouwen in deze gelegenheid zijn mooi, maar Desirée is toch degene die het meest is opgedoft. Dit keer blijft haar veeleisende blik rusten op een man van wie ik weet dat hij getrouwd is met een van haar vriendinnen. Alle anderen weten dat ook. We observeren, we likken onze lippen af, we laten het gebeuren. Midden in deze slangenkuil van mensen staat een man die is verkleed als vrouw. Hij is nog uitbundiger gekleed dan Desirée. Hij zit vol vrouwelijke attributen: hij is pas naar de kapper geweest, zit onder lagen make-up, heeft glinsterende oorbellen, een push-upboezem, een glanzende panty, hoge hakken. Het moet uren gekost hebben. Maar midden in dat alles zijn een paar iets te stevige jukbeenderen en een zweem van baardgroei zichtbaar. Ik zie hoe de vrouwen verstijven als ze hem zien en ik voel hoe ik zelf begin te blozen. Het is alsof hij de rol van vrouwen parodieert, alsof hij een lachspiegel presenteert. Onaangenaam getroffen ril ik. Desirée lacht alleen maar, ik voel haar windstoot wanneer ze opnieuw haar wil weet door te drijven, haar schoonheid en jeugd geven haar dat privilege. Iedere keer vind ik dat weer even banaal.

'Desirée', fluister ik.

Ik pak haar bij de arm en neem haar mee door een gang die zwak groenverlicht is door de nooduitgang.

'Klara?'

'Lieve Desirée, nu is het genoeg. Dit moet afgelopen zijn. Als je dat wilt, help ik je. We moeten hier weg.'

Ze kijkt verbaasd, alsof ik een grappig verhaal vertel en zij de pointe mist. Ik voel hoe mijn handen trillen, dat ik koude rillingen krijg van alles waarvan ik weet dat we het nu samen moeten doormaken. Begrijpt ze dan niet dat ik dit niet gewend ben, dat ook ik er slecht in ben om de leiding te nemen, kan ze haar hand niet uitstrekken? Ze moet toch weten waarom we hier staan, dat woorden eindelijk in daden moeten worden omgezet?

'Wil je mij hier weghalen?'

'Uit dit leven, bij je ouders, deze mensen vandaan', dreun

ik op, en ik vind dat ik een irritant iel stemmetje heb. 'Je onafhankelijk maken, zoals je zei. Dat is toch wat je wilde? Opnieuw beginnen, in Amsterdam. Wat je wilt, Desirée.'

Ze schudt haar hoofd, ze ziet er perplex uit, als een vrouw tot wie het net is doorgedrongen dat iemand anders de hoofdrol heeft gekregen en dat ze niets kan doen om die terug te krijgen.

'Waar heb je het over?'

'Hou op. Niet tegen mij.'

Ze friemelt aan haar jurk, daarna pulkt ze een paar schilfers van de muur los.

'Je begrijpt het niet. Ik ben bang', zegt ze, alsof ze van koers wil veranderen.

'Waarvoor? Voor Gustav?' probeer ik vertwijfeld.

'Je bedoelt of hij mij sloeg toen ik klein was, of hij incestueuze neigingen had?'

Geschokt kijk ik haar aan.

'Ik maakte maar een grapje, Klara. Goeie genade.'

Ze laat haar haar voor haar gezicht vallen, daarachter zie je een glimp van haar ogen, net kleine fonkelende reflectoren.

'Maar misschien was dat wel beter geweest, puur hypothetisch gezien natuurlijk. Misschien had ik dan *echt* reden gehad om weg te gaan, als het zoiets was geweest', mompelt ze en vervolgens lacht ze een beetje.

'Ik snap niets van jou.'

'Maar ik kan niet met hen breken, of met dit leven waar jij zo'n hekel aan hebt', zegt ze, terwijl ze een gebaar maakt in de richting van de zaal. 'Dat is wat je van me verlangt, hè? Maar wie zou ik dan worden, zeg me dat eens. Ik ben immers bang voor mezelf, niet voor die anderen. Dit leven en mijn ouders geven mij zekerheid.'

'Maar hun kilte dan, Desirée?'

'Die *ken* ik tenminste; het is juist de liefde waar ik geen ervaring mee heb.'

'Toch zeg je dat je van mij houdt.'

'Ja, dat zeg ik.'

'Waarom?'

'Omdat jij de enige bent die gezegd heeft dat je in me gelooft. Omdat ik in jouw ogen een ander mens ben. Weet ik veel. Misschien omdat ik in jou iemand zie die net zo gespleten is als ik, net zo verscheurd als ik. Ik weet alleen niet waarom.'

Ik tril. Het groene licht kleurt de ene kant van haar kapsel en op de achtergrond hoor ik mensen schreeuwen en lachen. Het enige wat ik weet, is dat ik hier weg moet, met of zonder haar.

'Ik kan niet ergens met je mee naartoe gaan en opnieuw beginnen, Klara. Wat wij samen hadden waren niet meer dan woorden die we wendden en keerden, we vonden het prachtig zoals ze klonken. Plannen die leuk waren om mee te spelen. Meer niet.'

Ze ziet mijn niet begrijpende blik, ziet hoe ik mijn vuisten keer op keer bal.

'Jij bent gewend aan een eenvoudig leven. Zonder de toelage van mijn vader zou ik me nooit lang kunnen redden. Ik heb mezelf nog nooit hoeven bedruipen, heb nooit zonder geld gezeten, ik weet niet hoe zulke mensen leven. Ik ben iemand die onmiddellijke bevrediging van haar behoeftes zoekt. Dat heb ik ook altijd kunnen doen. Zeg mij, Klara: hoe gaat zoiets over?'

'Ik kan ons onderhouden', mompel ik.

'O, wees toch niet zo naïef.'

Ze moet toch zien dat ik haar veroordeel, dat ik op het punt sta haar aan haar lot over te laten, ondanks onze beloftes. Dat deze fantastische vriendschap, *tot de dood ons scheidt*, voorbij is. Ze voegt er, een beetje treiterig, aan toe: 'Bovendien: wat moet een vrouw als ik doen wanneer ze niet meer mag behagen?'

'Iemand worden.'

'En als ze dan niet weet wie ze is?'

'Dan moet je dat uitzoeken.'

'Je vraagt nogal wat.'

Ze bijt op haar lip. Ik verlang dingen van haar, ik wind er geen doekjes om.

'Je vraagt mij te leven. Op de manier die *jij* wilt.'

Ik draai me om en begin naar de nooduitgang te lopen die ik heel vaag kan onderscheiden aan het eind van de gang.

'Lieverd, alsjeblieft', roept ze. 'Er is zoveel dat jij niet begrijpt. Ik kan nu niet zomaar weglopen. Geef me tenminste de tijd om aan de gedachte te wennen, tijd om geld te regelen. Tijd om een ander mens te worden, een beter mens, zoals jij wilt. Klara?'

Ik laat haar daar staan, en voor het eerst van mijn leven voel ik niets anders voor haar dan kilte. Ik weet niet of die kilte van haar of van mij afkomstig is. Of we even glibberige en onverantwoordelijke personen zijn, eigenlijk allebei evenmin in staat om lief te hebben. Of het ondanks alles zo is dat we beiden gespleten zijn, en dat we geen van beiden de kracht hebben om iets van ons leven te maken.

Het zou jou niet bevallen hoe ik nu ben, Saskia. Je zou, net als mama, niet begrijpen hoe ik de tijd en de energie door mijn vingers heb kunnen laten glippen. Het enige wat ik kan zeggen is dat deze liefde – mijn zoenoffer – niets anders is dan een onherroepelijk gevoel van zwakte en minachting. Dat Desirée niet tot meer in staat was, en ik ook niet.

Je zus Klara

10

Desirée was een vrouw die problemen zocht, geen oplossingen. Wanneer iemand haar op mogelijkheden wees – zoals Klara probeerde te doen – stribbelde ze tegen. Ze heeft nooit een ander leven willen hebben dan het leven dat ze had. Ze voelde zich gevleid dat Klara dacht dat ze in staat was tot het leiden van een ander leven, maar meer was het niet. Ze wilde niets voorstellen: ze vond het genoeg dat ze eruitzag alsof ze wat voorstelde. Met haar ogen smeekte ze om genade en hulp, maar toen de gelegenheid zich eenmaal voordeed, was ze verlamd van schrik. Wanneer iemand *haar* echt nodig had, wat zeer zelden voorkwam omdat ze er wel voor zorgde dat anderen zich over haar ontfermden, gaf ze niet thuis. Er zijn ontelbare mensen zoals zij. Ik zou alleen willen dat Klara zich er buiten had gehouden. Waarom dat niet het geval was, weet ik niet. Ik ben niet langer bereid te proberen mensen te begrijpen die hun eigen ondergang zoeken. Wanneer je hen begrijpt, word je meegezogen. Ik heb besloten te leven; ik heb mensen voor wie ik moet zorgen, voor wie ik verantwoordelijk ben. Ik kan het me niet veroorloven om te worden verblind, zoals Klara.

'sNachts droom ik. Ik droom dat ik twee pasgeboren kinderen draag, op elke arm een. Ik moet ervoor zorgen dat ze overleven. Ik moet ze door een doorwaadbare plaats voeren, de ondiepste weg door een verder diepe rivier. Wat verderop langs de rivier staat een veerman te wachten. Hij kan ons meenemen als passagiers, maar ik weet dat als ik naar hem toe ga, we verloren zijn: hij zal betaling eisen. De stenen waar ik overheen klauter zijn glibberig van het water dat er al eeuwenlang overheen spoelt. Ik glij erop uit, ik heb blote voeten, ik voel hoe ik ze openhaal en mijn bloed kleurt het water rood. Eerst opent het ene kind de ogen, dan het andere. Ze hebben precies dezelfde gelaatstrekken, lippen en haren – het zijn tweelingzusjes. Iemand heeft tegen mij gezegd dat beide kinderen dit moeten overleven – of geen. De veerman geeft het sein van vertrek. Zachtjes waad ik door de rivier, mijn armen beginnen te trillen onder het gewicht en door mijn concentratie. De meisjes zijn warm, eentje beweegt zich wat onrustig, ze wil zich uit mijn greep bevrijden, naar mijn borst toe. Ik zweet, mijn voeten doen zeer. Iemand heeft een sluis opengezet en het water begint plotseling te stijgen, het komt nu al tot mijn middel, tot mijn borst en ik voel hoe mijn voeten zachtjes van de bodem loskomen. Ik weet dat ik niet tegelijkertijd kan zwemmen en deze twee kinderen dragen. Eentje moet ik loslaten, maar ik houd ze allebei krampachtig vast. De boot van de veerman is te ver weg om mij te kunnen helpen. Het ene kind begint uit mijn arm weg te glijden, ik moet huilen. Het andere kind houdt haar blik op mij gericht – het vraagt te mogen overleven. Ik probeer uit te leggen dat de prijs te hoog is, dat het iedereen of niemand is. Dan is de boot er, het ene meisje wordt opgetild, ik word opgetild. Ik zie hoe het andere meisje door de stroom omlaag wordt gezogen. De veerman is oud, hij kijkt mij aan en zegt: 'Je kunt ze niet allebei redden. Ik wilde er een hebben.'

Het kleine meisje dat over is, ligt te ademen in het ruim van de boot, een lichte ademhaling, en vervolgens opent ze haar mond in een schreeuw, zij heeft het overleefd, ze herinnert zich haar zusje niet. Het is voorbij, de dood heeft zijn portie gekregen, het leven ook, er is geen terugweg meer. In die zekerheid leef ik.

Badend in het koude zweet word ik wakker. Zoekend tast ik naar Magnus' hand die zwaar naast me ligt, en ik houd hem tegen mijn borst, zodat hij ervoor kan zorgen dat mijn hart zichzelf niet uit mijn lichaam bonkt. Ik moet overleven, alleen ik ben nu nog over. Ik houd Magnus' hand zo stevig vast dat hij er wakker van wordt. Zoals altijd gaat hij dicht tegen me aan liggen, hij mompelt dingen die ik me naderhand nooit goed meer herinner, maar die er altijd over gaan dat we zijn ontkomen, dat we elkaar hebben. Hij wordt nog wat wakkerder, doet het licht aan en haalt in de keuken een glas water voor mij, en hoewel hij dat doet met bijna gesloten ogen, als bedwelmd door de slaap, is hij er. Hij draagt mijn onuitgesproken woorden in zijn hart. Ik begrijp niet hoe ik mijn geheugen heb toegestaan me zo in de steek te laten.

'Nooit weggaan, Magnus, nooit weggaan.'

Hij schudt zijn hoofd.

'Alleen wij zijn nu nog over.'

Hij zet een raam open, mijn zweet droogt op, ik haal rustig adem, begin het koud te krijgen, hij stopt mij in met een koel dekbed, kruipt eronder, vlijt zijn lichaam naast het mijne, en alles is weer rustig. Magnus fluistert tegen mijn borst, zoals hij alle nachten als deze doet: 'Vertel over ons, Saskia. Zoals we altijd deden.'

En ik fluister terug: 'Ik kwam deze man tegen, die anderen hun eigen leven kon laten redden. Dat was zijn talent. Dat hij alleen maar de weg wees.'

'Deed hij dat bij jou ook?'

'Dat deed je bij mij ook. Je hebt me laten zien dat ik op eigen kracht kon veranderen. Daar herinner je me keer op keer aan.'

Hij schurkt zich tegen mij aan.

'Je hebt me de beste jaren van mijn leven gegeven, je hebt me Malin gegeven, samen hebben we een leven geschapen waar ik de tranen van in mijn ogen kreeg wanneer ik voor onze deur stond. Het was lachwekkend: ik had niet gedacht dat geluk zo zou kunnen zijn.'

'Maar er is iets gebeurd?'

'Ik ben niet ontkomen, Magnus. Zo simpel is het. We zijn nooit ontkomen.'

'Klara?'

'Ja.'

We zwijgen. Buiten voor het raam hoor je het gezang van de ochtendvogels, in de vanzelfsprekende zekerheid van een nieuwe dag, dat er niets is gebeurd waardoor we niet door kunnen gaan.

'Dat hindert je?'

Ik knik.

'Moeten we daar wat aan doen?'

'Daar ben ik bang voor', fluister ik.

'Dat had ik moeten snappen. Ik had veel meer moeten doen. Maar ik geloof dat ik ook gegrepen was door ons geluk, en het leek immers net alsof we in staat waren om te vergeten, ogenschijnlijk zonder al te veel inspanning.'

'Ik weet het. Het is niet jouw fout. Het gaat alleen zo niet langer.'

Dat ik me nu zo kwetsbaar opstel vraagt wel veel van me, verstikt me bijna, maar heeft me wel stukken van mijn geheugen teruggegeven, heeft me weer levendiger gemaakt. Ik moet dat ervoor overhebben.

'Saskia?'

Hij aarzelt, er is iets wat hij allang heeft willen vragen, al die jaren nadat het gebeurd is, al bijna tien jaar zit hij ermee. Hij is bang voor het antwoord, dat hij daardoor alleen zal achterblijven.

'Als Desirée daar niet was gestorven, als ze het had overleefd en ervoor had gekozen om echt te vluchten, zoals ze beloofde...'

'Ja?'

Hij aarzelt weer, maar neemt dan een beslissing.

'Had Klara in dat geval alles achter zich gelaten, *iedereen* verlaten en zou ze samen met haar zijn gevlucht? Zou ze daarvoor hebben gekozen?'

Ik weet niet wat ik moet antwoorden, hoe ik hierop zou kunnen antwoorden.

'Ik bedoel, ondanks alles wat ze wist', houdt Magnus aan. 'Ondanks...'

'Ik hoor je wel, Magnus.'

We zwijgen. Er gaat een vogel op het metalen randje van het raamkozijn zitten. Ik heb het gevoel dat ik in het zachte ochtendlicht van de zomer recht in de ogen van de vogel kan kijken. Het is alsof ze is teruggekeerd en aanbiedt zich op te offeren, lieg toch, dit is wat hij wil horen, ik red me wel, geef dan antwoord. Ik til zijn hoofd van mijn borst en het is om deze nachten dat ik antwoord: 'Nee, Magnus, Klara was niet met haar meegevlucht. Uiteindelijk zou ze een ander leven hebben gekozen.'

Hij kust mijn lippen, mijn hals, glijdt in mij alsof er geen tegenstand meer is, en ik denk, met mijn handen rond zijn hoofd, dat het het waard is. Ondanks alle leugens, alle herhalingen, de dagboeken, de tijd van toen en van nu die zich opdringt, tien jaren die hun vergelding eisen, als na dat alles zou blijken dat de liefde het enige is wat ik overheb – dan is het dat waard.

'Meneer Ehrengren', zegt Andrea bij het ontbijt, terwijl ze probeert brood te roosteren in mijn moeders oude broodrooster, dat eerder gemaakt lijkt te zijn om je vingers mee te verbranden dan om brood mee te roosteren. 'Zou u willen proberen mij een antwoord te geven op de volgende stelling?'

Magnus knikt met een voorzichtige blik op het broodrooster, alsof hij aarzelt over zijn instinctieve neiging het over te nemen. Zijn gevoel voor gastvrijheid en zijn hoffelijkheid weerhouden hem daarvan.

'Natuurlijk, Andrea', zegt hij, terwijl hij ziet dat de twee eerste sneetjes brood al verprutst zijn.

'Ja', zegt ze en ze serveert ons onbekommerd de koolzwarte sneetjes, die we met een servet afvegen. 'Pasgeleden zei een man na een etentje en twee flessen rode wijn tegen mij: "Wat moet een moderne vrouw als jij met ons mannen?"'

'O?' antwoordt Magnus, terwijl hij discreet verdergaat met het afschrapen van zijn brood.

'Wacht, er komt nog meer. Jawel, hij was gefrustreerd en misschien was hij niet de meest briljante man die ik ben tegengekomen. Maar hij hield vol. "Wat moeten jullie met ons," vond hij, "terwijl jullie alles kunnen, alles hebben? Jullie kunnen jezelf onderhouden, jullie hebben vaak meer vrienden dan wij, alle praktische dingen kunnen jullie zelf regelen. Jullie kunnen zelfs in je eentje een kind nemen via een spermabank in het buitenland, en een gedoneerd eitje krijgen als die van jezelf beschadigd zijn. Welke plaats is er nog voor ons?" vroeg hij zich vertwijfeld af.'

'Voor de seks, natuurlijk', antwoordt Magnus en geconcentreerd stopt hij nieuwe sneetjes brood in het broodrooster.

'Daar zit wat in', zeg ik. 'En tegen de angst.'

'Hij zei ook nog: "Hoe komt het dat jullie vrouwen zelfstandig willen zijn, terwijl jullie tegelijkertijd willen dat er voor jullie wordt gezorgd?"'

'Goeie genade', zeg ik.

'Waarin zit de tegenstelling?' vraagt Magnus verwonderd.

Andrea en ik lachen.

'Waar vind je zulke mannen?' vraagt Magnus, terwijl hij naar de keuken loopt om nieuwe koffie te halen.

Het is tien uur 's ochtends en het is al warm. Er wordt beweerd dat het de warmste zomer sinds mensenheugenis is, juni is zo'n beetje weggesmolten en het ziet er al naar uit dat juli dezelfde hitte oplevert.

'Waar vinden zij vrouwen die met hen willen trouwen?' roept Andrea hem na. 'Dat is wat ik wil weten.'

Magnus keert terug. Hij kijkt naar de lucht, waaraan alleen maar wat plagerige wolkjes te zien zijn, op goed geluk uitgestrooid in al het lichtblauw.

'Dus wat *moeten* ze met elkaar?' gaat Andrea door.

'Ze zouden kunnen proberen een mens voor elkaar te zijn. Twee zelfstandige mensen, niet onafhankelijk, want dat zou eigenlijk niemand moeten zijn; mensen die een relatie hebben zouden eigenlijk een bevrijding voor elkaar moeten betekenen', zegt Magnus en dan lacht hij: 'Zo sprak de therapeut.'

Ik weet wat hij nog meer zou hebben kunnen antwoorden. Hij zou kunnen zeggen: 'Ze moeten elkaar aansporen tot kleine, menselijke, grootse verrichtingen, en ze moeten elkaar tot hun beste vriend maken. Ze moeten 's ochtends leven in elkaar blazen, en wanneer ze bang zijn en voor onoverkomelijke belemmeringen staan, moeten ze elkaar steentjes geven om vast te houden, verborgen in de handpalm. Ze moeten elkaar 's nachts instoppen, en ze moeten elkaar verzekeren dat er niets meer te doen valt: slaap jij maar, ik houd de wacht.'

Andrea keert nog een verbrand sneetje brood om in het broodrooster. Ze kijkt bedachtzaam en zegt: 'Je hebt er nooit over gedacht een harem op te zetten?'

Magnus glimlacht.

'Ik ben gewend aan woorden, theorieën. Dat is mijn werk. Daarnaar proberen te leven is iets heel anders.'

Ik realiseer me, tot mijn verwondering, dat hij dat wel doet. Ik kijk Andrea aan. Zij weet het ook. En dan nog iets: ze zal ons beschermen, niet uiteendrijven.

Die middag zit ik met bungelende voeten en hoofdpijn op de steiger, nadat we gewerkt hebben aan ons boek. Andrea maakt een van haar eeuwige wandelingen, Magnus bakt iets, Malin speelt ergens met Desirée. Ik wil niet weten waar, niet hoe. Ze vertelt me niets, ik neem aan dat de eerste machtsstrijd erop zit. Het nieuwe meisje is aan de kant geschoven en er is een versterkte, heilige twee-eenheid gevestigd, ze zijn met een krant begonnen: twee scribenten en twee abonnees. Ik heb een stapel stenen naast me verzameld, en ik gooi de ene na de andere in het water. Het geluid daarvan is op de een of andere manier rustgevend. Ik denk: het hoeft zich niet te herhalen. En dan bij de volgende steen: alles komt terug. Maar het hoeft zich niet te herhalen. Ik kan niet ontkomen.

Over de steiger hoor ik de voetstappen van een vrouw mijn kant op komen. Het kost haar enige moeite om op haar hurken naast me te gaan zitten, ze is niet gekleed op het eilandleven, ze is gekleed voor een leven op een luxe jacht. Haar blouse is bedekt met gouden ankers en ze draagt een lange, wijde bermuda. Ze strekt een hand uit met lichtroze gelakte nagels, een kleur uit een assortiment dat 'Zomer' zou kunnen heten.

'De moeder van Desirée', is het enige wat ze zegt om zich voor te stellen.

'Saskia', antwoord ik.

'Dat weet ik', zegt ze zenuwachtig, terwijl ze probeert wat gemakkelijker te gaan zitten. 'Wij wonen daarginds aan de baai', wijst ze met een omhooggestoken wijsvinger.

Ik knik.

'Is er iets gebeurd? Met de meisjes, bedoel ik?'

'O, nee. Ze hebben zo'n plezier. U weet hoe meisjes op die leeftijd zijn.'

'Dat bedoel ik juist', antwoord ik.

'Maar er is iets wat ik wilde zeggen', zegt ze aarzelend en ze laat haar stem een beetje meisjesachtig worden, zoals sommige vrouwen doen om de scherpe kantjes van hun kritiek af te halen, of om de ernst van wat ze gaan zeggen wat te verzachten. 'U hebt zich misschien afgevraagd waarom mijn dochter nou juist Desirée heet?'

'Niet speciaal', lieg ik.

'Het is een beetje vervelend,' zegt ze, 'want ik weet immers dat uw zuster bij die geschiedenis betrokken was. Klara Mårstedt. Want het was toch uw zuster, hoewel u verschillende namen hebt?'

'Ja, zij nam de naam van mijn moeder aan toen ze naar Zweden verhuisde. Ik woon in Nederland en heb mijn vaders naam gehouden', zeg ik, niet op mijn gemak.

'Die hele zaak sprak me geweldig aan, vooral dat van die vrouw en uw zuster, hun fantastische vriendschap. Ik weet niet waarom, maar ik heb er toen alles wat er was gebeurd, alle theorieën over gelezen. Kort daarna werd ik zwanger, en ik...'

'U gaf uw dochter de naam Desirée.'

'U begrijpt het! Ja, ik dacht dat het misschien gek zou lijken als ik er niets van zou zeggen en het toch zou uitkomen.'

'Als het al zou uitkomen.'

'Jawel, precies, maar ik... ja.'

'Dan weet ik het nu', zeg ik, terwijl ik opsta. 'En toen werden Desirée en Malin vriendinnen.'

'Het leven is raar', zegt ze opgelucht.

'Ik moet nu naar huis', zeg ik.

Maar ze is nog niet helemaal klaar, ze houdt mijn uitgestrekte hand vast.

'Wie denkt u dat hen vermoord heeft? Henrik en Desirée, bedoel ik.'

'Ik begrijp u niet.'

'Het is later toch gebleken dat hij haar onmogelijk kon hebben neergeschoten, of zichzelf. Dat heeft het technisch onderzoek uitgewezen. Het moet iemand anders zijn geweest.'

De meeuwen scheren over onze hoofden, het is alsof ze cirkels om ons heen trekken, rond, rond, alles begint opnieuw, niets loopt ten einde.

'Ik bedoel, als er iemand is die weet hoe de zaak in elkaar zit, zou u het toch moeten zijn, als zus van Klara en zo.'

Ik onttrek mij aan haar zomernagels. Ik weet dat ik iets zou moeten zeggen, dat er een antwoord verlangd wordt, als ik maar een stem had. De hemel welft zich boven mijn blik, een stormmeeuw lacht me uit.

'Ik zou willen,' zeg ik, 'wat ik zou willen is dat ze in vrede zouden kunnen rusten.'

Ik draai me om, loop de steiger af, de helling op, dezelfde weg als ik gekomen ben. Ik laat die vrouw achter mij en zou willen dat het net zo gemakkelijk was om hetzelfde te doen met mijn verleden.

11

juli 1982

Saskia,

Ik ben opnieuw begonnen. Je gelooft me niet. Ik heb het *echt* gedaan. Misschien niet totaal, ik bedoel, ik ben geen ander mens geworden, maar ik heb een ander leven gekozen. Het is alsof dit voorjaar mij eindelijk genoeg rust heeft geschonken om althans te proberen weer een richting te vinden. Ik weet hoe jij mijn onvermogen om de noodzakelijke beslissingen te nemen, een koers uit te stippelen, *wat voor* koers dan ook, als het maar niet dat voortdurende zwalken is, altijd hebt verafschuwd. Dat onvermogen om een visie te ontwikkelen, zoals jij het zou uitdrukken. Jij zou zeggen dat het de plicht van ieder mens is – omwille van het voorrecht geboren te zijn – een plan te maken voor zijn leven en daar de verantwoordelijkheid voor te nemen.

Maar nu zou je trots, trotser in elk geval, op mij zijn. Laat me vertellen. Er hebben zich geen revoluties, geen wonderen, niets dergelijks, voorgedaan, maar ik ben doorgegaan. Hoe doe je dat? Ik heb Desirée bij een groene nooduitgang achtergelaten en sindsdien niet meer met haar gesproken. Er was iets geknapt, ik neem aan dat het mijn vertrouwen was, evenzeer in haar als in mijzelf. Het was alsof er geen andere weg bestond dan de weg die ik insloeg: bij haar vandaan. Je moet niet denken dat ik haar vergeten ben, of – ik weet dat je dit niet wilt begrijpen – dat ik niet meer van haar zou houden. Want dat is er allemaal nog. Maar opeens besefte ik dat ik haar nooit zou kunnen redden, dat met mij erbij alles alleen maar erger werd, dat ze in mij iedere dag de verpersoonlijking van haar slechte geweten tegenkwam. Ik denk dat ik te veel heb geëist. Ergens hoop ik dat ze in haar eentje tot de noodzakelijke veranderingen zal komen. Misschien dat we elkaar dan weer kunnen zien. Nooit heb ik iemand ontmoet met een ogenschijnlijk zo positieve levenshouding, die tegelijkertijd zo'n doodsverachting kent. Ik wist niet dat er zulke mensen waren. Op het laatst had ik een gevoel alsof een deel van mij stierf, alsof mijn levenslust langzaam uit mij wegsijpelde als ik bij haar bleef. Dus heb ik gedacht dat als ik een eigen leven creëer, ik misschien als goed voorbeeld kan dienen in plaats van iemand te zijn die haar de hele tijd de weg wil wijzen. Misschien ziet ze de dingen helderder op haar eigen houtje. Zonder Klara. Ik zal niet zeggen dat het geen pijn doet. Je begrijpt, ik ben nooit eerder iemand tegengekomen zoals zij, met zo'n gevoel voor dramatiek en dat zeldzame vermogen tot absolute intimiteit. Het gevoel dat ik met haar *in het volle leven* stond. Maar ook: die energie gepaard aan onverklaarbare zwakte. Ze zat vol inzicht, maar was tegelijkertijd niet in staat iets aan haar eigen leugens te doen. Het zal moeilijk worden, onmogelijk, opnieuw zo'n mens te vinden.

Er wordt over haar gepraat. Ik zeg dat ik niets wil horen, maar de mensen gaan er toch mee door. Ze zeggen dat ze nog net zo intens leeft, dat ze steeds uitgaat. Ik weet nu ook dat ze door andere vrouwen wordt gehaat. Ze veroordelen haar om het feit dat ze mannen zo duidelijk gebruikt, en ook omdat het af en toe iemand betreft van wie die vrouwen zelf houden, dat Desirée heeft kapotgemaakt wat zij hadden. Ik hoor ook dat ze af en toe samenleeft met een getrouwde man, ene Henrik von Rensen, een *louche* zakenman. Ik weet niet wat dat betekent, ben er ook niet zeker van of ik het wel wil weten. Desirée is bezig ten onder te gaan. Dat zeggen de mensen. Ik voel me schuldig, maar nog sterker is het gevoel dat ik moet overleven, dat ik lang genoeg heb geprobeerd anderen te redden. Het is niet gemakkelijk dit te schrijven. Ik weet ook dat jij verklaringen voor gebeurtenissen verwacht, analyses, maar ik heb geleerd dat er niet vaak zulke verklaringen zijn. Lach niet zo honend, Saskia, geloof me, je kunt de daden van mensen zelden verklaren. We zijn niet zo logisch als jij zou willen. De meesten van ons doen koortsachtige, maar ijdele pogingen orde te brengen in een leven waarvan we niet zeker zijn of we dat zelf hebben gekozen. Maar één ding weet ik wel. Dit was de meest betoverende intimiteit die ik ooit heb beleefd, sinds jij en ik uit elkaar werden gehaald. Ik zal niet weer iemand als Desirée tegenkomen. Het is zij, of iets totaal anders. Daarom heb ik iets totaal anders gekozen.

Hij heet Klaas. Ik denk dat jij hem wel zou mogen, mama mag hem ook, het is onmogelijk om hem niet aardig te vinden. Misschien vind ik het wel een beetje vervelend dat je je niet aan hem kunt ergeren. Ik kan een avond met hem doorbrengen zonder me nadien een woord te kunnen herinneren. Wat ik bedoel is dat ik weet dat hij mij aan het lachen kan maken, dat ik rustig ben in zijn gezelschap, maar dat ik dat nadien niet meer kan *voelen*. Soms moet ik opeens even aan hem schudden om erachter te komen hoe hij in elkaar zit, hoe de delen zijn samengesteld, of er niet toch iets verkeerd zit. Mama zei dat hij als een knappe man wordt beschouwd, en toen dacht ik: jazeker, dat is precies wat hij is. Ik heb nooit eerder intieme omgang met een knappe man gehad, maar nu weet ik wat dat inhoudt. Met hem word ik iedere ochtend wakker: de knappe man. Je moet niet denken dat ik spot, ik ben alleen enorm verwonderd over dat feit. Ik weet immers dat ik Klaas heb gekozen om aan de andere kant te kunnen leven, aan de andere kant van het onbegrijpelijke dat ik achter mij heb gelaten. Ik lig tegenwoordig 's nachts op mijn zij, Klaas' arm ligt rustig om mijn borst, en ik slaap dieper dan ik in jaren gedaan heb, bijna alsof ik verdoofd ben. De telefoon gaat niet langer en ik hoef me niet meer af te vragen waar ze is. Ergens diep binnen in me heb ik het gevoel dat ik haar in de steek heb gelaten. Dat is geen prettig gevoel.

Klaas belde me in het begin van de afgelopen winter. Hij zei dat hij mij gezien had in de stad, ergens in het kielzog van Desirée, maar dat hij mij nooit had durven benaderen omdat hij niet wist hoe hij moest concurreren met deze mensen *van de wereld*, zoals hij het uitdrukte. Dat leven van *goldcards* die op de bar worden gelegd, jurkjes voor de prijs van grote auto's, champagne in ijsemmers die langzaam overlopen en langs de rand van de tafel lekken – hij was dat niet gewend. Was ik dat wel? Die kring van rijke mannen en vrouwen die, als geisha's, bereidwillig klaarstonden. Toen hij dat vertelde, begon ik me ongemakkelijk te voelen, want ik besefte dat we ons zo moesten hebben gedragen, hoewel we onszelf zagen als goedgebekte vrouwen die het ervan wilden nemen, mannen gebruiken, zich vermaken. Ik wist dat ik me niet vermaakte, dat ik me diep vanbinnen schaamde – die gênante overdaad – maar ik dacht er niet aan hoe we, van buitenaf bekeken, zouden overkomen. Ondanks de woorden, de discussies, de plannen voor verandering. Maar woorden, die verdwijnen, en ik neem aan dat alleen onze daden wat betekenen. Ik had ook het gevoel dat we eigenlijk precies zo waren als we eruitzagen.

Dit vertelde Klaas allemaal, misschien niet in die bewoordingen, maar door wat hij zei besloot ik mij hier helemaal aan te onttrekken – me te *focussen*, zoals jij zou zeggen – en echt iets van mijn leven te maken. Ik zei tegen hem dat we elkaar wel konden zien als hij dat wilde, dat ik dat leven achter me had gelaten. Dat Desirée en ik niet meer met elkaar omgingen en dat ik er was als hij dat wilde. En dat wilde hij. Het ging wonderlijk gemakkelijk. Het was alsof ik een man zonder weerstand ontmoette. Als ik hem benaderde, kwam hij me tegemoet; als ik tijd voor mezelf nodig had, trok hij zich terug. Hij is wonderlijk volgzaam. Ik neem aan dat hij een lieve man is, en ik ben me ervan bewust dat dat iets is om echt dankbaar voor te zijn. Bovendien is het ontzettend gemakkelijk om hem aardig te vinden, en ik geloof niet dat hij iemand tot last kan zijn.

Dus wonen we samen. Het appartement waarin Desirée altijd op een matras op de grond sliep, verdwaald met haar hand in de mijne, is verhuurd en ik geloof dat ik daar nooit meer een voet wil zetten. Klaas werkt op een reclamebureau en heeft een groot appartement waarin hij mij plek aanbiedt, en daar ben ik erg gelukkig mee. Hij geeft mij de rust een eigen leven te leiden. 's Avonds kijken we televisie, we koken eten dat we aan elkaar voeren, net als vogels, we vrijen met elkaar en zijn lichaam is soepel onder het mijne, we zeggen bijna voortdurend 'lieverd' – als een bezwering – en ik begin meer en meer te geloven dat het waar is: dat we elkaar echt liefhebben. Misschien had ik ergens wel gedacht dat je de liefde wat meer zou *voelen*, maar misschien zorg ik er alleen maar voor niet dezelfde fout te maken als mama en papa met hun redeloze hartstocht. Ik ben niet hartstochtelijk verliefd op Klaas, ik ben hem zacht en teder gezind. Is dat voldoende? Zo wil ik het hebben, Saskia. Na die jaren met Desirée, geloof me, dit is precies wat ik wil.

Ik heb ook geleerd me te focussen, me te concentreren. Het gaat goed met mijn studie. Ik studeer nu Zweedse taalkunde en ik doe meer dan per semester nodig is. Het is alsof er een zuigkracht in mijn hersenen zit, een onderdruk, en alles wat ik opneem komt er precies goed uit. Het taalgebruik op de universiteit stoort me niet meer, het is alsof het een deel van mezelf is geworden. Ik zuig de woorden in mij op, en wanneer er naar gevraagd wordt, gaan ze vervolgens helemaal uit zichzelf op de goede plaats staan. Ze zeggen dat ik een studiekop heb en uit hun stemmen leid ik af dat dat iets benijdenswaardigs is. Daarom studeer ik nog meer, en nergens ontmoet ik weerstand. Het is net alsof ik een huis ben dat is ingestort, ik sta open voor regen. Desirée lijkt te zijn opgehouden met studeren, ik zie haar daar nooit meer. Niet dat ze wel wat van haar studie terechtbracht toen we nog met elkaar omgingen, maar nu schijnt ze helemaal te zijn opgehouden. Maar vrouwen zoals zij weten toch wel hoe ze moeten overleven. Ik wil daar niet aan denken, niet denken aan wie ze nu is.

Klaas is er, ook al is hij dan wat sloom en soms misschien nietszeggend – vergeef me –, hij is er wel. Ik kan nou niet direct zeggen dat hij degene is die me aanmoedigt, maar hij stoort me niet. Hij vraagt me niet met hem ten onder te gaan, hij bedelt niet met van die onweerstaanbare ogen om raad die hij vervolgens in de wind slaat. Niets van dat alles. Hij biedt mij een plaats aan in zijn leven, en hij vrijt rustig en voorzichtig met me, bijna alsof hij vanbuiten heeft geleerd hoe je het moet doen om het het lekkerst te laten zijn, en hij zorgt ervoor dat ik 's ochtends uitgerust wakker word. Ik heb op hem dezelfde uitwerking. Dat doet me plezier.

Het is nu zomer en met een zekere inspanning heb ik alles afgerond wat ik me deze lente had voorgenomen, en meer dan dat. Een groot deel van mijn vrije tijd heb ik aan de bevrijdingsbeweging besteed. Ik heb gedemonstreerd, posters opgehangen, aan vergaderingen deelgenomen, me opgewonden, in fakkeloptochten meegelopen, voorlichting gegeven op scholen, geld gestuurd in anonieme envelop-pen, gehuild en met collectebussen geschud. Als iemand mij vraagt wat ik deze jaren gedaan heb, kan ik antwoorden: ik deed wat ik kon. Ik heb het gevoel dat ik mijn plek heb gevonden, en daarmee heb ik een vrijplaats gevonden naast dat voortdurende herkauwen op de vraag wie Klara nu echt is. Denk niet dat mijn betrokkenheid een vlucht is, de werkelijkheid die ik tijdens dat werk tegenkom is daar al te wreed voor. Je moet ook niet denken dat ik denk dat ik mezelf hierdoor een beter mens vind. Helemaal niet. Het is alleen dat de strijd mij richting, een echte richting, geeft in dit leven dat me tot nu toe zo veel moeite heeft gekost om op orde te krijgen. Ik besta om een andere reden dan dat ik alleen mezelf tevredenstel. Daar gaat een helende werking van uit.

Ik heb ook een vakantiebaantje gekregen bij een uitgeverij hier in de stad. Het is een grote uitgeverij en er werken voornamelijk vrouwen. Als antwoord op de vraag waarom mijn loonstrookje uit zo weinig cijfers bestaat, krijg ik te horen dat dat zo is in beroepen waartoe vooral vrouwen zich aangetrokken voelen. Het is vreemd, maar ik leer het wel. Maar ik heb deze baan tenminste *geregeld*, Saskia, ik red mezelf. Mijn leven heeft samenhang, ik zit goed in mijn vel, eindelijk lijk ik de mens te kunnen worden die ik zo lang alleen maar in jou heb gezien.

En toch. Ik voel een sluipende vreugdeloosheid. Soms, 's avonds, als Klaas weer eens heeft gezegd dat hij het nieuws wil zien en ik weer eens voor het raam ben gaan staan om naar buiten te staren, vraag ik me af of dit nou het leven is: eten, slapen, werken, naar het nieuws kijken, boodschappen doen, weer eten, slapen. Klaas begrijpt me niet. Dat verlang ik ook niet. Ik begrijp mezelf, dit cynisme, ook niet, en ik word boos omdat ik al die eisen stel, dat ik niet volwassener, duidelijker ben dan dit. Wat wil ik nou echt van het leven, van hem, van mij? Ik heb toch een richting gevonden, een koers bepaald, waar klaag ik over?

Als deze vreugdeloosheid er niet was geweest, zou ik waarschijnlijk wel sterker zijn geweest. Op een avond, er valt een zacht zomerregentje dat ik op mijn uitgestrekte tong laat neerkomen en mijn haren kringelen als vochtige wormen rond mijn gezicht, staat er iemand in het portiek op mij te wachten. Ze stapt uit de duisternis het zwakke zomeravondlicht in en ziet mijn verbazing, mijn langzame maar glasheldere blijdschap. Ze strekt haar handen niet uit, doet helemaal niet zoals ze altijd deed, ze raakt me niet aan. Ze staat daar alleen maar, onhandig met haar handen tegen haar dijbenen gedrukt, alsof ze zich wil beheersen. Ik zie dat ze gehuild heeft, dat de winter en het voorjaar vol roddels zijn geweest en dat die allemaal om haar hebben gedraaid. Maar voor het eerst zie ik ook vermoeidheid, een onvervalste vermoeidheid.

Het enige wat ze doet is mij een krantenknipsel geven, bijna verpulverd, ik zie dat ze het lang in haar zak heeft gehad. Ze knikt. Ik pak het papiertje aan en lees. PSYCHOTHERAPIE, staat er op de eerste regel. Dan: ‘Aangeboden door therapeut in opleiding. Bevoegd mentor. Tegen gereduceerd tarief.’ Vervolgens een telefoonnummer. Met zachte stem zegt ze: ‘Ik ben nu heel verdrietig, Klara. Ik denk dat ik daar eindelijk wat aan moet doen.’

Misschien was jij sterker geweest, Saskia, of nee: dat weet ik wel zeker. Maar ik, ik zie de wil en de moed, ik wil het beste zien in een mens. Ik realiseer me ook, tot mijn afgrijzen en verwarring, dat ik eigenlijk niet zonder haar kon leven, dat het leven net zo zinloos werd als toen *wíj* van elkaar werden gescheiden, en dat alles nu weer is zoals het zijn moet. Ik stop het briefje in mijn zak, neem haar bij de arm en voer haar mee naar boven, naar het huis van Klaas en mij.

En Desirée, zij fluistert: 'Onthoud dat ik je zelf heb laten kiezen. Onthoud dat.'

Ik wijk niet af van de koers die ik gevonden heb, Saskia – ik verruim hem alleen een beetje.

12

november 1982

Zusje van me,

Laat me vertellen. De hele zomer en herfst zijn in een roes van geluk voorbijgegaan, zo zal ik het me altijd blijven herinneren. Jij zult me vermoedelijk wel banaal vinden, maar dat moet dan maar. Het is alsof de weegschaal van het leven eindelijk heeft besloten niet door te slaan naar de ene of de andere kant, en ik heb het geluk dat te mogen meemaken, die paar zalige momenten in het leven. Desirée, Klaas en ik zijn onafscheidelijk. Ik weet dat jij zou zeggen dat zoiets een cliché is, dat mensen op zichzelf staan. Maar toch is dat gebeurd. Wanneer alleen Desirée en ik bij elkaar zijn, wordt het op het laatst onverdraaglijk, omdat ik haar steeds raad probeer te geven en zij het tegendeel doet van wat ik zeg. Wanneer alleen Klaas en ik bij elkaar zijn is het gezellig, maar heb ik af en toe het gevoel dat als het niet meer is dan dat, ik het net zo goed kan missen. Hoe het zou zijn als alleen Desirée en Klaas bij elkaar waren weet ik niet, want tegenwoordig is het zo dat wij drieën altijd samen zijn. Het is verbazingwekkend dat dat zo goed werkt. We zijn met de auto van Klaas op vakantie gegaan. Het is zo'n grote Amerikaan met een bank voorin waarop we met z'n drieën naast elkaar kunnen zitten. Ik zit altijd in het midden, met Klaas' arm om mijn ene en die van Desirée om mijn andere schouder. Nooit ben ik gelukkiger geweest, heb ik me meer gekoesterd gevoeld dan nu. Het is alsof de fout van mama en papa nooit heeft plaatsgevonden, alsof we nooit van elkaar gescheiden zijn, het is alsof ik terug ben bij af.

Ook Desirée lijkt gelukkig, opgewekter dan ik haar ooit heb meegemaakt. Haar gezicht was deze zomer schoon, van zijn buitenlaag ontdaan. Zonder make-up ziet ze er jonger uit en ze straalt ons tegemoet als ze komt, ons allebei een kus geeft. In haar aanwezigheid kijk ik ook anders tegen Klaas aan. Het is alsof de liefde die er natuurlijk al vanaf het begin had moeten zijn, pas nu tot volle bloei komt. Na een dag waarop wij met z'n drieën hebben gepraat, gegeten, gelachen, elkaars haar hebben gekamd, rug gemasseerd – na zo'n dag kan het gebeuren dat Klaas en ik wanneer we thuiskomen elkaar kussen alsof we dronken zijn. Ik voel nu een verlangen – ik geloof dat je het *honger* noemt – naar hem, een verlangen dat ik nog nooit eerder naar iemand heb gevoeld. Hij moet dat gevoel ook hebben. Verdwenen is ons een beetje voorzichtige leven, waarin het leek alsof we eerst in bijlages en weekbladen moesten kijken om te weten hoe we met elkaar moeten vrijen, om dat vervolgens in de praktijk te brengen volgens alle denkbare wetenschappelijke en onwetenschappelijke theorieën. Net zoals we in het begin in gratis krantjes lazen naar welke muziek we moesten luisteren, waar we moesten gaan eten, wat voor kleren we aan moesten trekken om iemand te zijn. Nu is het alsof we elkaar echt willen hebben; het kan ons overvallen wanneer we in de bus zitten of boodschappen aan het doen zijn, en dan vliegen we naar huis of ergens naartoe waar een afgezonderde ruimte is waar we dan eindelijk kunnen vrijen, als dat het tenminste is wat we doen. Het maakt me bang; ik zou het niet willen missen. Het is alsof alleen al de aanwezigheid van Desirée maakt dat we elkaar zien: mogelijkheden. Ze voegt een element van onvoorspelbaarheid, misschien moet je zeggen van gevaar, toe aan onze verhouding, een element dat er eerst niet was.

Desirée en ik kunnen nu rustiger met elkaar praten dan voorheen. Ze zegt dat ze de leugens van haar familie en haar jeugd nu doorziet en dat ze er nu rijp voor is om daarmee aan de slag te gaan, ze zou als dat nodig was zelfs met haar ouders breken. Vreemd genoeg zegt ze dat ze de grootste hekel aan haar moeder heeft, niet aan haar vader, van wie ik zo'n instinctieve afkeer heb; die man maakt mij bang, en Eleonora ook, volgens mij. Als het alleen om haar moeder ging, zou ze meteen met haar breken, zegt ze. Maar zonder haar vader kan ze niet leven, ze lijken te veel op elkaar, zegt ze, wat ik niet kan begrijpen. Maar ze wil doorgaan, dat meent ze. Ze zegt dat ze nu ook begrijpt dat ze dacht dat ze de mannen gebruikte, maar dat ze in feite zichzelf tot slachtoffer maakte. Met dat spelletje heeft ze vooral haar medezusters verraden, maar door de incidenten van dit voorjaar – zo noemt ze die roddels – is het tot haar doorgedrongen dat ze meer mensen gekwetst heeft dan ze dacht. Wanneer ze dit vertelt, zit ze vol berouw, zegt ze dat ik er wat van had moeten zeggen en als ze zich realiseert dat ik dat geprobeerd heb, begint ze vervolgens te huilen. Dat gaat zo gemakkelijk, ze richt haar blik op mij en daar komen de tranen al, als op bestelling. Ze strekt haar handen uit en ik neem die aan, haar hoofd rust tegen mijn borst, terwijl haar tranen mijn jurk nat maken. Haar leven in mijn handen. Waar moet ik met die liefde heen, Saskia? Er zijn, neem ik aan, nu en altijd. Ik zou alleen willen dat ik niet altijd in mijn achterhoofd kon horen wat jij zou zeggen, hoe jij zou lachen, hoe jij je zou omdraaien en weggaan. Maar ik ga niet weg.

Keer op keer vraag ik haar of ze de psychotherapeut al gebeld heeft. Ze zegt dat dat in de zomer moeilijk ging, en in het najaar ook, niemand nam op, je kon alleen op bepaalde tijden bellen, het was bezet, ze durfde niet echt – zou ik het niet willen doen? Tegen beter weten in bel ik de psychotherapeut. Hij klinkt alsof hij maar een paar jaar ouder is dan ikzelf, wat me verbaast. Ik beloof Desirée ook dat ik zal doorgeven dat we in het begin allebei komen, dat ik alles over haar weet, dat het het beste is wanneer ik meekom om dingen aan te vullen. Daar gaat hij schoorvoetend mee akkoord. Hij zegt dat we het daar verder over zullen hebben wanneer we komen.

Op een ochtend is het zover. Op een dinsdag om acht uur hebben we een afspraak en Desirée kijkt verward wanneer we elkaar bij zijn kantoor treffen.

'Ik kan me niet herinneren wanneer ik voor het laatst op dit tijdstip van de dag ergens heb moeten zijn', mompelt ze.

'Welkom in een nieuw leven', probeer ik met nauwelijks verholen monterheid.

Ze knort en strijkt met de achterkant van haar hand over haar ogen. Ze ziet eruit als een mokkend kind dat heeft besloten niets te eten, niet omdat er echt iets is gebeurd, maar alleen om te kijken wat voor uitwerking het heeft. We staan voor de deur van de kamer van de therapeut. Op een bordje rechts van de deur staat met keurige drukletters in wit op een zwarte ondergrond: 'Magnus Ehrengren.'

'Is dit wel wat?' fluistert Desirée. 'Ik bedoel, het ziet er zo steriel uit.'

Ik klop aan en nadat we achter de deur gehum hebben gehoord, stappen we naar binnen. Achter een bureau zit een man van een jaar of vijfendertig. Wanneer hij opstaat, zie ik dat hij groter is dan ik eerst dacht toen hij achter de stapels boeken en papieren verborgen zat. Hij heeft halflang haar, dat hij achter zijn oren heeft gestopt waardoor zijn ogen duidelijker spreken. Ze zijn helderblauw, omgeven door lange wimpers, voor een man ongewoon lang. Hij kijkt ons vriendelijk, ja, welwillend aan. Er is iets in zijn oogopslag dat mij rustig maakt. Ik heb het gevoel dat het een vergissing zou zijn als ik hem alleen maar deze ene keer zou ontmoeten en daarna nooit weer. Desirée lijkt hem nauwelijks een blik waardig te keuren, wat niets voor haar is, ze komt zelden een man tegen zonder hem op de een of andere manier een belofte van intimiteit te doen – ook al worden die beloftes niet altijd ingelost. Zonder hem een hand te geven, met haar armen over elkaar geslagen en haar blik uit het raam gericht, zegt ze: 'Desirée Cronenfelt. Ik ben degene die dit betaalt.'

Ik moet even lachen, dit loopt helemaal niet zoals ik het me had voorgesteld. Hij neemt mijn uitgestoken hand aan en ik zeg: 'Klara Mårstedt, ik ben de vriendin van Desirée.'

'Als dat zo uitkomt', zegt Desirée met zachte stem en ze steekt zonder om toestemming te vragen een sigaret aan.

De therapeut vraagt haar of ze die wil doven. Ze drukt hem uit in zijn lege koffiekopje. Pas nu besef ik dat ze bang is, dat dit een situatie is waaraan ze niet gewend is. Deze man zal dingen van haar verlangen, hij zal zeggen dat hij niets voor haar kan doen zolang ze zelf niets doet. Hij zal haar leiden, maar hij zal geen tranen drogen, haar ogen interesseren hem niet. Dat is wat haar zo bang maakt.

Ze gaat bij het raam staan, met haar rug naar ons toe, en hij kijkt me aan en het is alsof hij scherven, brokstukken, begrijpt van wat ik denk. Het is alsof hij kan lezen wat er door mijn hoofd gaat: veroordeel haar niet te sterk, ze denkt dat ze verloren is.

'Nou, dokter Ehrengren. Wilt u horen over mijn zondige levenswandel?'

'Zeg maar Magnus, dat is voldoende.'

'Wil je details horen, Magnus, of alleen mijn leven in grote lijnen?'

'Dat laat ik aan jou over', zegt hij rustig.

Ik schuif onrustig heen en weer, de hele situatie geeft mij een onaangenaam gevoel. Ze wendt zich tot ons, haar ogen schieten op dezelfde manier vonken als wanneer ze 's nachts om drie uur iemand te pakken heeft. Ze zegt: 'Want hier worden je zonden toch vergeven? Dat is toch waar ik voor betaal? Om te mogen biechten?'

Ik vertel Klaas niets over onze bezoeken aan de therapeut. Ik vind dat het niets met hem te maken heeft. Ik wil dat onze drie-eenheid op iets plezierigs gebaseerd is, en voor het in evenwicht houden van die balans moet ik de prijs betalen door met Desirée mee te gaan naar de man met de doordringende blik. Dat ik de slechte kanten van Desirée te zien krijg – dat is ook iets waar ik me voor schaam, ik bedoel, ik ben eraan gewend, maar Klaas? – terwijl hij mag genieten van haar goede kanten, om daarna dat genot aan mij door te geven. Dat is de taakverdeling die we hebben gemaakt, en die werkt overal, behalve bij de therapeut. Hij mag niet rechtstreeks van Desirées goede kanten genieten. Aan ons – ze weigert er zonder mij heen te gaan – vertelt ze dat ze dat voorjaar een man genaamd Henrik von Rensen heeft leren kennen, precies zoals ik had gehoord, en dat hij haar zal helpen veranderen. Ze vertelt, geïrriteerd, dat het haar helemaal niet uitmaakt dat hij getrouwd is, omdat de vrouw van Henrik in een ander land woont en het met deze regeling eens is. Desirée zegt dat ze toch niet wil trouwen, maar dat deze man haar geborgenheid en liefde geeft, dat hij op de een of andere manier haar gelijke is. Geen andere mannen, ik hoef niet ongerust te zijn, zegt ze, terwijl ze me een steelse blik toewerpt. En ook geen kinderen, ze beschermt zichzelf zorgvuldig. Ze klinkt boos wanneer ze deze dingen zegt, alsof ze ze alleen vertelt omdat dat van haar verlangd wordt. Maar ze vindt dit *verhoor*, zoals ze het noemt, onwaardig. Dat ondanks het feit dat de therapeut, en ik ook, haar eraan herinneren dat ze dit zelf gewild heeft. Dat lijkt haar nog meer te frustreren, dat we de verantwoordelijkheid bij haar leggen, en ze toont niet alleen haar zwakke kanten maar ook een krankzinnige onvolwassenheid die zelfs mij verbaast.

Maar op een dag is dit allemaal afgelopen. Op een dinsdagochtend sta ik alleen voor het kantoor van Magnus Ehrengren, en ik mag zijn telefoon gebruiken om haar wakker te bellen. Er neemt niemand op. Wanneer ik haar er later naar vraag, antwoordt ze dat ze zich had verslapen, dat is alles. De volgende dinsdag ben ik er weer alleen. Daarna komt ze een keer, maar de keer daarop niet. Hij vraagt of ik vind dat we ermee moeten stoppen, ik raak buiten zinnen en tot mijn eigen verbijstering begin ik te huilen. Hij zegt dat ik kan blijven, zelf kan doorgaan als ik wil, dat hij dat geen probleem zou vinden, integendeel. Hij kijkt verward. Dankbaar zeg ik ja. Ik weet niet waarom.

Nadat ik die avond op de uitgeverij heb overgewerkt, tref ik bij thuiskomst Desirée en Klaas in de keuken aan, stomdronken, terwijl ze proberen eten te koken. Er staan vier wijnflessen open op tafel, en een schoon, leeg glas voor mij.

'Waar heb je gezeten, Klara? We wachten al zo lang!' roept Desirée veel te luid.

'Sommige mensen moeten werken', antwoord ik en ik hoor dat mijn stem kil klinkt.

'Och ja, natuurlijk', zegt ze, terwijl ze haar hand voor haar mond slaat. 'Vergeten.'

Klaas komt naar me toe en kust me. Zijn geur bevalt me niet. Hij probeert me recht in de ogen te kijken en zegt: 'Desirée heeft net verteld dat je in therapie bent gegaan. Dat is, ja, dat is fantastisch, schat! Dat had je wel kunnen vertellen, toch. Ik beloof dat ik je zal steunen, er voor je zal zijn, je zal aanmoedigen, of hoe dat ook allemaal heet wat je moet doen als partner.'

Hij giechelt half hysterisch en begint te roeren in een pan die op een koude plaat van het fornuis staat.

'Ik?'

'Ik heb Klaas de waarheid verteld, dat je erheen bent gegaan om die scheiding van je ouders aan te pakken. En ook die *fixatie* op Saskia. Dat is toch zo, Klara?'

Ze klinkt ongewoon beheerst als je nagaat hoe dronken ze moet zijn. Bij het fornuis zwetst Klaas: 'Ik heb al gezegd wat *ik* ervan vind. Fantastisch.'

Hij loopt de woonkamer in om drankjes in te schenken, maar hij struikelt over de bank en lijkt onmiddellijk in te slapen, al tijdens zijn val. Misschien is hij flauwgevallen. Ik neem niet de moeite om te kijken of dat zo is.

'Wat is er aan de hand, Desirée?'

'We moeten het gewoon onder ogen zien, Klara. Ik kan die therapeut niet verdragen. Als ik een man wil hebben om mee te praten, dan kan ik het wel beter regelen.'

'Ik begrijp het', mompel ik, terwijl ik naar de slaapkamer loop.

Ze komt achter me aan.

'Klara? Ik dacht dat het beter zou zijn als je alleen naar hem toeging. Eigenlijk vind ik dat je het meer nodig hebt dan je zelf denkt. Het lijkt ook alsof jij begrijpt wat hij wil. Dat doe ik niet. En ik kan jou toch vragen of je bij hem dingen wilt nagaan die ik misschien wil weten, zodat hij mij via jou kan helpen. Zou dat niet het beste zijn? Jij hoeft ook niet steeds bezwaar te maken tegen alles wat hij zegt.'

'Ben je zo bang, Desirée?'

'Je ziet toch hoe ik daar ben', zegt ze onzeker. 'Ik ben niet zo stabiel als jij.'

Ik schud mijn hoofd.

'Doe het voor mij, Klara. Ik betaal alles. Is het zo verkeerd? Jij krijgt de hulp die jij nodig hebt, en tegelijkertijd kun je voor mij spreken. Ik beloof je dat ik alles zal doen wat jij, *hij*, vraagt, maar ik kan niet met die man overweg. De manier waarop hij me aankijkt, alsof het hem eigenlijk helemaal koud laat wie ik ben.'

'Maar dat is ook zo.'

'Zie je wel. Dat stoort me. Zo ben ik nog nooit behandeld. Als helemaal niemand.'

Ze zwijgt. Onze blikken kruisen elkaar. Ik zou willen zeggen: 'Misschien moet je daar maar aan wennen.' Maar ik kan haar geen pijn doen, ik zeg alles wat er aan leugens verlangd wordt om haar niet opnieuw te verliezen. Alles, behalve weer terugkeren naar die vreugdeloosheid en eenzaamheid die er in mijn leven heersten voordat ik haar ontmoette, alles, behalve deze maanden die me zo vruchtbaar leken, maar in wezen toch zo zinloos. Vraag me niet het verder uit te leggen.

Ik knik. Ze glimlacht, loopt op me af, tilt met haar vingertoppen mijn gebogen hoofd op. Ik wil niet, kan niet, mag niet ontkomen.

'Het is zoals ik altijd heb gezegd. In wezen bestaan alleen jij en ik. We laten elkaar niet in de steek.'

Ik weet dat een vlieg die juist vast is komen te zitten in een spinnenweb zich zo moet voelen. Toch wil ik niet anders. Ze strijkt het haar uit mijn gezicht, we gaan allebei in bed liggen en houden elkaars handen vast, vlechten onze vingers tot mandjes en beginnen te praten, terwijl de duisternis onze lichamen omhult. We praten de ontzetting uit ons leven en we verzoenen ons, beroeren elkaar, ontroeren elkaar en lachen – en ik wil nergens anders zijn. Geen Klaas, geen Henrik, geen vaders, geen mannen die ons de weg willen wijzen, ons verloochenen, advies geven, liefhebben, verwoesten met hun liefde. Dat zeggen we, telkens weer opnieuw, dat willen we geloven. Alleen wij en onze overmoed bestaan nog, in deze nacht en in deze intimiteit van vrouwen onder elkaar, waarin het enige wat ons pijn zou kunnen doen, het besef is van onze eigen onvolkomenheid, onze eigen tweedeling.

Klara

13

Er zingt een vogel buiten voor mijn slaapkamerraam. Wist ik zijn naam toch maar. Ik ben iemand die zo weinig weet. Een stapel theorieën over vrouwenemancipatie en over waarom het nooit echt lijkt te worden zoals we het ons hadden voorgesteld, is alles wat ik heb. Maar echte kennis, praktische kennis, van hoe ik zelfs maar een etmaal in deze weidse natuur zou kunnen overleven, die heb ik niet. Dat vind ik onverwacht triest. Ik lig helemaal aangekleed op bed. Het luik naar de zolder is dicht, de doos met Klara's dagboeken staat boven netjes weggeborgen onder een kast. Ik besef dat ik over Klara alleen in kleine porties kan lezen, en langzaam, alsof ik door een al te grote dosis van haar woorden uit elkaar zou kunnen barsten. Wanneer ik van de zolder naar beneden kom, tasten mijn vingers mijn gelaatstrekken af. Wie is deze vrouw, lijken ze te vragen. Ik heb geen antwoord. Jawel, één: ik ben de vrouw die Magnus en Malin liefheeft en voor hen leeft. Ik vecht voor een visioen, ik werk hard en doe mijn werk met plezier. Dat is alles. Sommigen zouden zeggen dat dat niet gering is. Ik zou het met hen eens zijn. Waarom dan die leegte, die gespletenheid?

Deze zomer heeft me drie mooie dingen geschonken: een waardevol besef van mijn eigen kwetsbaarheid, mijn hernieuwde liefde voor Magnus en mijn vriendschap met Andrea. Ik heb het gevoel dat deze dingen met elkaar verband houden. Andrea heeft me het geloof in vriendschap teruggegeven. Ze verslindt me niet, ze verrijkt me. Ze vult me, ze zuigt me niet leeg. Alle twijfels en vrees die ik eerder had over de mogelijkheid contact met iemand te krijgen, heeft zij weggevaagd. Zonder iets in mijn leven omver te werpen, zonder iemand anders opzij te werken, heeft ze zich een eigen plaats in mij verworven, een plaats waarvan ik weet dat ik die niet meer wil missen in mijn leven.

Ik hoor vreemde stemmen in ons huis. Eerst hoor ik buiten een vaag gemompel en een vrouw die hard lacht, daarna een man die begint mee te lachen, en te midden van dat alles hoor ik Magnus iets zeggen als: 'Wat een verrassing.' Zo meteen zal hij mij roepen. Ik hoef alleen mijn gelaatstrekken maar te herstellen, mijn kleren goed te doen, duidelijk te praten en antwoord te geven als iemand het woord tot mij richt. Heel even zie ik mijzelf weerspiegeld in de ruit van het raam. Ik kijk verschrikt. Ik draai mijn hoofd om, en dan kijk ik opnieuw. Met zo'n blik kun je mensen toch niet tegemoet treden? Ik denk niet dat ze dat gastvrij zouden vinden. In een poging dieper adem te halen doe ik mijn ogen dicht en ik leg mijn handen op mijn buik en laat mijn gedachten gaan. Er is deze zomer nog iets gebeurd. Dat betreft Malin. Ze gaat steeds meer haar eigen gang en komt voornamelijk thuis om te eten of schone kleren aan te trekken. Soms blijft Desirée slapen – ik mag haar niet; daar heb ik haar de kans niet voor gegeven – of Malin speelt alleen. Het komt maar heel zelden voor dat we eens wat langer bij elkaar zijn en alleen maar praten, zoals we vroeger deden. Het is alsof ze heeft besloten zelf haar weg in de wereld te vinden. Maar het gekke is toch dat als ze me aankijkt, als ze naar me glimlacht, ik merk dat ze van me houdt. Ik bedoel, dat zou misschien vanzelfsprekend moeten zijn. Maar ik probeer om dat niet als iets vanzelfsprekends aan te nemen. Ik streef ernaar haar zelfstandig te maken en geef haar alle liefde die ze nodig kan hebben om zich te verweren. Ergens heb ik het gevoel dat ik het haar verschuldigd ben dat ik mijn leven niet voor haar leef, dat ik haar niet alleen aan mij moet binden. Ik moet haar ervan overtuigen dat de wereld haar opvangt als ze valt. Wat ik indirect tegen Malin zeg, is dat ik van plan ben haar te steunen in haar plannen, maar me er niet mee zal bemoeien voorzover ze niet tot haar ondergang leiden. Maar ik verwacht niet dat ze dat zal waarderen. Ik denk juist vaak dat ze het type moeder dat de moeder van Desirée misschien is, wel zal missen. Ik weet dat veel mensen zouden vinden dat ze te veel verantwoordelijkheid en vrijheid krijgt. Dat doet me pijn; er zit een kern van waarheid in die kritiek. Maar, zoals ik me al zo vaak heb afgevraagd: hoe voed je iemand op tot zelfstandigheid, zonder dat die persoon zich in de loop van dat proces in de steek gelaten voelt?

'Saskia?'

Magnus roept. Zojuist stonden ze – wie? – nog op de veranda om het uitzicht te bewonderen, nu staan ze in de keuken en Magnus zet koffie en maakt grapjes en aan het volume van hun stemmen hoor ik dat ze het gezellig lijken te hebben. Ik denk: ze moeten zich maar redden. Andrea heeft gezwommen en is nu het huis weer binnengekomen en ik hoor dat ze hen begroet, ze heeft een stem, weet hoe je je moet gedragen.

'Saskia, waar ben je? We hebben gasten', roept Magnus.

'Onverwachte nog wel', hoor ik de vreemde vrouwenstem in de keuken zeggen, en Andrea moet lachen, haar korte, nauwelijks hoorbare lachje vervult me met een onverwachte tederheid.

Magnus opent onze slaapkamerdeur. Wanneer hij me aankijkt ben ik, zoals tegenwoordig altijd, eerst gelukkig en daarna heb ik een gevoel alsof ik in huilen zal uitbarsten. Hij gaat op zijn knieën voor het bed zitten en ik zie dat er een beetje grijs zit tussen zijn haar, dat hij meestal achter zijn oren strijkt of, maar tegenwoordig niet zo vaak meer, in een kort paardenstaartje draagt. Hij buigt zijn hoofd, tilt mijn jurk omhoog en blaast op mijn buik zodat er een vacuüm ontstaat.

'Hallo', zeg ik.

'Hallo, Saskia. We hebben *echt* gasten.'

'Dat begrijp ik. En ik lig hier maar.'

'Ik kan wel zeggen dat je rust.'

'Dat doe ik ook.'

'Dat weet ik. Je rust. Als ik hier naast je ga liggen, rust ik ook. We laten ze gewoon aan een beter lot over.'

'Aan Andrea?'

'Dat is een beter lot.'

'Maar misschien niet voor Andrea. Wie zijn het?'

'Met hem, hij heet Fredrik, heb ik hier in Stockholm gestudeerd. Zijn vrouw heet Lisa. Ze is een beetje luidruchtig. Niet dom, alleen soms een beetje irritant nieuwsgierig. Maar dat was vroeger, ik weet niet of dat nog zo is. Ze staat me bij als een *geïnteresseerd* persoon. Maar vaak is ze zelf het meest aan het woord.'

Ik moet lachen.

'Dat was een gemene opmerking', zegt hij.

'Kennelijk is ze onbenullig, en dat kan ik wel aan. Wat doet ze?'

'Ik geloof dat ze thuis voor hun drie kinderen zorgt.'

'Niets dus.'

Magnus geeft geen antwoord. Hij kijkt naar zijn handen die hij stevig over elkaar wrijft.

'Weet je, Saskia, ik ken niemand die zo verdomd overtuigd van haar eigen gelijk kan zijn als jij. Zo zelfingenomen met je statistische kennis van wat noodzakelijkerwijs het beste is.'

'Magnus!'

'Jij hebt een tweede kans gekregen, Saskia. Vergeet dat nooit.'

Ik verberg mijn gezicht in het kussen, mijn voorhoofd gloeit.

'Zijn we dan klaar?' vraagt hij.

'We rusten niet?' fluister ik vanuit het kussen.

'Niet meer. Ik ben helemaal klaar met rusten. Jij ook.'

Wanneer ik rechtop ga zitten, ontwijk ik zijn blik. Hij steekt zijn hand uit en ik neem die dankbaar aan. We lopen de veranda op waar je uitzicht hebt over zee en waar Andrea koffie voor ons allemaal heeft ingeschonken. Ik kijk haar aan, ze knikt, ik ook. Ik weet niet waarom. Onze gasten en ik begroeten elkaar en we gaan zitten.

'We waren hier aan de kust aan het zeilen,' zegt Fredrik, 'en toen dacht ik er opeens aan dat Magnus een keer in een brief had verteld dat jullie hier een zomerhuis hadden. Maar jullie zijn hier niet zo vaak, hè?'

'Nee', zeg ik en ik besef dat de meeste mensen een langer antwoord dan dit zouden verwachten.

'Hebben jullie andere dingen gedaan? Geen geld gehad om het huis op te knappen? Veel op reis geweest?' vult Lisa bereidwillig in.

'Inderdaad', zeg ik.

'Saskia's moeder overleed en we hikten er een beetje tegenaan om hier te gaan opruimen. Al die herinneringen', zegt Magnus en iedereen knikt herkennend.

'Ik begrijp het', zegt Lisa en ze werpt me een meelevende blik toe.

Ik zie dat ze het echt meent, en ik bedenk dat ik moet ophouden zo onaardig tegen de mensen te zijn.

'Ik ben hier als kind veel geweest', zeg ik daarom. 'Het is een mooie plek. Nu heb ik er spijt van dat we hier niet eerder naartoe zijn gegaan. Malin, onze dochter, vindt het hier geweldig.'

'Hoe kan het ook anders', knikt Fredrik, en Andrea

glimlacht achter haar koffiekopje.

Ver weg op zee zie ik de boot van Adolfsson. Dat is een man zonder eigen leven. Ik weet dat hij de mensen op het eiland vraagt of ze ook een zus hebben gezien, of er mogelijk ook iemand is teruggekeerd van zee. Ik weet dat hij zijn boot af en toe stillegt daar, dat hij ons met zijn verrekijker in de gaten houdt. Dat weet ik omdat ik zelf een keer papa's oude groene kijker te voorschijn heb gehaald en daardoor naar hem heb zitten kijken. Toen hij dat zag, liet hij verbouwereerd zijn eigen kijker vallen en zette hij de motor weer aan. Nu weten we waar we elkaar hebben, dacht ik toen. Jij meent te weten wie ik ben, en ik wie jij bent. Wij zijn twee vijanden die rondom een buit cirkelen, en geen van beiden zal het opgeven, beiden willen er als eerste bij zijn. Maar ik heb me hierboven verschanst en ik heb mensen die van me houden. Dat is meer dan wat je kunt zeggen van een eenzame en gepensioneerde inspecteur uit Skåne. Ik ben gemeen. Daar geniet ik van. Hij zal mij niet met rust laten.

'...je zus Klara?' hoor ik Lisa vragen.

'Sorry?'

'Ja, Saskia, ik vroeg me af of jullie ooit nog iets van je zus gehoord hebben. Ik heb gelezen wat er is gebeurd, en Magnus en wij hebben door de jaren heen natuurlijk met elkaar gecorrespondeerd, ik vroeg me gewoon af...'

'Dat begrijp ik', zeg ik en ik besef dat Magnus gelijk had, ze is *echt* geïnteresseerd. 'Maar Klara is verdwenen.'

'Ja, dat weet ik, maar ik dacht, er gebeuren zulke vreemde dingen in het leven, mensen komen terug en dan vertellen ze de meest wonderbaarlijke dingen.'

'Klara heeft zelfmoord gepleegd door van een brug te springen. Ze is nooit teruggevonden. Voor mij is ze dood. Op een dag komt ze misschien bovendrijven. Maar ik denk niet dat er nog veel van haar over is.'

'Ik begrijp het', zegt Fredrik met gedempte stem, terwijl hij zijn vrouw een blik toewerpt.

'Mis je haar?' vraagt Lisa.

'Ja. Ik mis haar. Binnenkort is het tien jaar geleden. Tien jaar zonder je zus is meer dan wat een mens zou moeten verdragen. Ze was bovendien mijn tweelingzus. Ik weet niet of je zoiets kunt uitleggen.'

'Dus daarom leken jullie zo waanzinnig veel op elkaar?'

'We leken op elkaar. Maar alleen qua uiterlijk. Mijn leven is heel anders dan dat van haar. Zoals haar leven had kunnen zijn, bedoel ik.'

'Maar jij, Magnus, jij kende Klara toch ook?'

Magnus schrikt op; hij heeft de rondcirkelende boot van Adolfsson in de gaten gehouden en tegelijkertijd geprobeerd de aandacht van Lisa's aftastende vragen af te leiden door met Fredrik over het werk te praten.

'Of ik Klara heb gekend?'

Andrea rinkelt wat met haar koffiekopje, terwijl ze uitkijkt over zee. Ze is tegelijkertijd aanwezig en afwezig.

'Ja, ze was bijna twee jaar bij mij in therapie. Totdat het gebeurde. Eigenlijk zou haar vriendin Desirée bij mij in behandeling gaan, maar in plaats van haar bleef Klara komen.'

Het wordt stil.

'Het was een vreemde tijd', zegt hij alsof hij hardop denkt.

'Maar daarna heb je Saskia ontmoet, de zus van Klara. Heeft Klara jullie aan elkaar voorgesteld?' vraagt Lisa.

Ik besef dat ze oprecht nieuwsgierig is, maar ze is zich gek genoeg helemaal niet bewust van hoe haar omgeving tegen haar aankijkt. Maar ik mag het wel dat ze hier vragen over durft te stellen; dit moet tenslotte onder Magnus' vrienden in Zweden tot heel wat gepraat hebben geleid. Hoe hij alles zomaar kon achterlaten, opnieuw beginnen in Amsterdam met die nieuwe vrouw die niemand nog had ontmoet, om vervolgens zeer zelden naar Zweden terug te keren. Om die reden waardeer ik haar: ze vraagt wat iedereen eigenlijk zou willen vragen. Ze wil de boel niet zo waanzinnig onder controle houden als de rest van ons, en ze is ook niet zo koel. Zoals ik ben geworden.

'Magnus heeft mij in Amsterdam opgezocht om over Klara te vertellen, nadat ze verdwenen was', hoor ik mezelf zeggen en mijn stem klinkt wonderlijk vast. 'Hij hielp mij over het ergste verdriet heen, of misschien moet je zeggen het eerste verdriet. We werden vrienden, daarna geliefden. Magnus koos ervoor te blijven. Zonder hem weet ik niet wie ik nu zou zijn', zeg ik, terwijl ik denk dat dat wel een geweldig understatement is.

De meeuwen cirkelen rond ons huis, de golven slaan tegen de klippen, terwijl wij ademen.

'Ik vind dat dat de mooiste kennismaking tussen twee geliefden is waarover ik ooit heb gehoord', zegt Andrea uit het niets na een lange stilte; opeens neemt ze deel aan het gesprek. 'Mensen leren elkaar anders vaak op zo'n afgezaagde manier kennen. Mijn eerste echtgenoot zat in een parallelklas en ik geloof dat we uit pure luiheid aan elkaar zijn blijven hangen. Het was een verhouding die voldeed aan de wet van de minst mogelijke weerstand. We konden het gewoon niet opbrengen om het buiten de schoolmuren te gaan zoeken.'

We moeten lachen. Lisa kijkt Fredrik aan en begint te stralen. Ik houd niet op me te verbazen over het feit dat de eerste kennismaking tussen geliefden haar magie blijft behouden.

'Wij hebben elkaar eigenlijk ook op een afgezaagde manier leren kennen. Ik nam verkering met een vriend van Fredrik om ervoor te zorgen dat hij me zag staan.'

'En deed hij dat?' vraagt Andrea.

'Ik heb er wel voor *gezorgd* dat hij dat deed.'

Fredrik lacht luid, hij neemt de hand van zijn vrouw en kust die. Ik kijk Magnus aan, ik kan bijna horen wat hij tegen me zegt. Rustig, Saskia, rustig. Er dreigt geen gevaar. De enigen die over zijn en het weten, zijn wij. We ontkomen.

Op zee is de boot van Adolfsson verdwenen. Ik weet dat hij terugkomt.

14

februari 1983

Saskia,

De herfst is langzaam gegaan en tegelijkertijd veel te snel. Het heeft geregend, ik heb de bladeren zien vallen, en opeens was er een winter die mij en iedereen overviel – het lijkt wel of we het ieder jaar weer vergeten –, op weg naar de uitgeverij of de universiteit trek ik mijn muts diep over mijn oren. Ik ben bijna net zo geconcentreerd als voorheen, bijna. Wij drieën zijn nog steeds één, we gaan nog steeds met elkaar om. Ik zou willen zeggen dat we gelukkig zijn, zij zijn dat zeker, maar ik kan me niet aan het gevoel onttrekken dat er iemand opgeofferd moest worden en dat ik dat was. Ik heb onze gezamenlijke schuldgevoelens op mij moeten nemen en daar ga ik mee naar Magnus, waar we proberen de kluwen te ontwarren. De bedoeling is immers dat Desirée en ik hiermee ons leven op orde krijgen, dat we allemaal, eindelijk, vrij zullen worden. Maar dat werkt natuurlijk helemaal niet. Zelfs ik heb daar eigenlijk nooit in geloofd. Maar ik kan mijn dinsdagochtenden bij Magnus Ehrengren niet meer missen. Het is alsof hij de enige persoon is, mogelijk met uitzondering van mama, die ik volledig kan vertrouwen. Hij eist niets van me, behalve dat ik de kracht vind voor mijn eigen geluk. Ik heb nog nooit een man ontmoet zoals hij, een mens zoals hij. Ik ben net zo gegrepen als toen ik Desirée ontmoette. Maar het grote verschil is dat ik bij Desirée nooit rustig ben, terwijl Magnus mij onmiddellijke verzoening biedt. Dat is verwarrend, Saskia.

Met Klaas weet ik het niet. Ik zou nog steeds kunnen zeggen dat hij mij helpt door mij niet te storen. Hij zwaait mij uit wanneer ik naar mijn bijeenkomsten en demonstraties ga en soms zegt hij 'succes' en dat hij misschien mee zou moeten gaan. Maar dat doet hij nooit. Desirée ook niet, ze zegt wel dat ze dat wil, maar tot nu toe heeft ze het nog geen enkele keer kunnen opbrengen erheen te gaan. Maar ze zegt dat ze ons mentaal steunt en dat het daar uiteindelijk om gaat. Ik wou dat dat zo was. Ja, Saskia, ik weet wat jij zou zeggen.

Ik ben trots op mijn werk op de uitgeverij, ik zal het kennelijk nog ver schoppen, zo moet je die schouderklopjes wel interpreteren. Binnenkort studeer ik ook af en dat zal bevestigen dat ik de taal van de wetenschap ook echt heb geleerd. Daar geniet ik van, geloof dat maar. Onlangs kwam ik een scriptie tegen die ik pas een jaar geleden had geschreven. Tot mijn verbazing was die zo geformuleerd dat ik er zelf een beetje verbluft over was; in mijn herinnering waren de termen verbleekt en ze zeiden me niet zo veel meer. Maar meestal huiver ik van genot wanneer ik zie wat ik geschreven heb, het is alsof ik iets meer ben geworden dan ik ooit had durven dromen. Deze goed formulerende, competente, analytische persoon, dat ben ik echt zelf.

Klaas en ik delen 's nachts het bed en nog steeds is het zo dat de aanwezigheid van Desirée onze lust versterkt. Het is een regeling die misschien niet zo gewoon is, maar ook niet verwerpelijk. We kiezen ons leven nu zo goed als we kunnen, en er zijn delen bij waar ik trots op ben en andere waar ik misschien niet de aandacht op zou willen vestigen. Maar Klaas, hij is er. Klaas kookt en ik doe de boodschappen, we werken en we slapen, en hij begrijpt me niet wanneer ik vragen stel over deze eeuwige kringloop, of het zo moet zijn. Hij zegt dat we een goed leven hebben, dat is toch zo? Ik knik en zeg dat *dat* het niet is, en wanneer hij vraagt wat het dan wel is, sta ik met mijn mond vol tanden.

Op een avond zegt hij iets waardoor het wankele evenwicht van liefde en vertrouwen, dat ondanks alles tussen Desirée, hem en mij bestaat, verstoord raakt. We hebben ons uitgekleed, ik doe het licht uit en zoals tegenwoordig altijd frappeert het me weer: nu lig ik hier alweer, waar is de dag gebleven? Klaas tast onder het dekbed naar mijn hand, ik reik hem die en hij fluistert gegeneerd: 'Klara?'

'Ja, Klaas.'

'De manier waarop we elkaar ontmoet hebben... Ik dacht dat je het misschien wel zou willen weten.'

'Wat weten?'

'Hoe we elkaar hebben ontmoet.'

'Ik weet hoe dat is gegaan. Je had me gezien. Je belde me. Wat bedoel je?'

'Zo simpel was het niet.'

Het blijft een hele poos stil. Buiten is het beginnen te sneeuwen en de sneeuwvlokken glijden langs het raam en blijven in hoopjes liggen op het raamkozijn.

'Klaas?' zeg ik en ik bespeur een kilte in mijn stem, alsof ik bereid ben me terug te trekken, alsof ik altijd al een koffer had klaarstaan om hem haastig te kunnen verlaten.

'Ik kende Desirée al voordat wij elkaar hebben leren kennen. Jij en ik, bedoel ik. Ze zei dat ze vond dat ik je moest bellen, dat ik het type man was dat jij nodig had. Dat was nadat jullie, om zo te zeggen, met elkaar gebroken hadden. Ze zei dat jij iemand nodig had, dat je het alleen niet zou redden.'

'En die iemand moest jij zijn, bedoelde ze?'

Hij zwijgt. Hij ademt zwaar, geforceerd.

'Inderdaad. Ik bedoel. Ik weet het niet. Het is niet wat jij denkt.'

'Wat denk ik dan?'

'Dat ik het niet zelf wilde. Zo was het niet. Het was alleen zo dat zij mij de ogen voor jou geopend heeft. Meer niet. En ik had toch niet verwacht dat ik, ja, zo veel van je zou houden? Dat we van elkaar zouden gaan houden.'

'Nee', zeg ik en ik realiseer me dat ik niet weet waar ik nee op heb gezegd.

'Ik dacht dat het het beste was wanneer je het rechtstreeks van mij zou horen. Ik had het meteen in het begin al moeten zeggen natuurlijk, maar dat zou zo onnozel hebben geklonken.'

'Ja.'

'Begrijp je me, Klara?'

'Natuurlijk.'

'Dat *gevoel* heb ik anders niet', zegt hij met een stem die verward klinkt, bijna vertwijfeld. 'Ik bedoel er immers geen kwaad mee. Laat me zien dat je me vergeeft, Klara.'

Ik draai me om in bed, met mijn rug naar hem toe.

'Je moet maar genoegen nemen met wat ik zeg, Klaas. Precies zoals ik genoegen moet nemen met wat jij zegt.'

Met een gevoel alsof ik verraden ben ga ik de volgende ochtend naar mijn gesprek met Magnus. Ik denk er niet meer aan dat Magnus mijn therapeut is en ik een soort patiënt. Ik denk aan hem als een vrijplaats, een buitenpost, het oog van de orkaan. Hij neemt niets van mij, hij geeft mij de kracht om mezelf te geven wat ik nodig heb. Tegenwoordig betaal ik bovendien zelf. Ik heb hem gevraagd of hij Desirées geld terug wil geven. Desirée blijft geld overmaken, maar hij stuurt het weer terug. Ik verzeker haar dat we toch wel over haar praten, dat niet iedereen gekocht hoeft te worden, maar dat brengt haar alleen maar in verwarring en maakt haar bang.

Magnus doet de deur open en net als anders ga ik op de bank zitten, terwijl hij achter zijn bureau zit. Soms legt hij zijn voeten op tafel, dat zijn de enige keren dat ik denk dat hij eigenlijk nog niet klaar is maar in opleiding, ook hij. Of misschien ligt het aan zijn manier om deze eigenlijk onbegrijpelijke situatie doeltreffend te relativeren: een vreemdeling betaalt een ander om hulp bij zijn leven te krijgen. Zoals altijd zitten we elkaar alleen maar zwijgend aan te kijken. Misschien vijf minuten lang zeggen we geen woord en soms is dat onverdraaglijk, maar meestal rustgevend. Het is alsof we dat moment nodig hebben om tot ons te laten doordringen dat we nu echt hier zitten, dat de tijd kostbaar is, hoe moeten we die op de beste manier besteden? Ik zeg: 'Dit leidt nergens toe, of wel?'

'Wat bedoel je?'

'Met Desirée. Ik bedoel, ik heb je precies verteld welke problemen ze heeft: haar onvermogen om haar leven in overeenstemming te brengen met wat ze zegt, haar voortdurende leugens, haar relatie met haar ouders die ze verafgoodt maar bij wie ze vandaan wil, haar verlangen om te konkelen, terwijl ze tegelijkertijd vol vuur praat over zusterschap. En dan de relatie tussen haar en mij. Ik heb toch alles verteld?'

'Je hebt me alles verteld.'

'Ik bedoel, dit leidt nergens toe, of wel?'

'Vind jij van niet?'

'Nee.'

Hij kijkt uit het raam en vervolgens naar mij.

'Dan is het niet om die reden dat we hier zijn. Maar als je wilt, kun je mij een antwoord geven op de vraag waarom je bij haar blijft. Waarom je haar toestaat om zo dicht boven op je te leven.'

Ik krijg een naar gevoel, het kruipt onder mijn huid en ik

merk hoe ik mijn wenkbrauwen frons, alsof ik op het punt sta in huilen uit te barsten. Ik fluister: 'Ik heb een tweelingzus. Ze heet Saskia. We zijn uit elkaar gehaald. Het is niet de bedoeling dat zussen uit elkaar worden gehaald, is het wel? Dat was mijn schuld. Ook mijn ouders zijn uit elkaar gegaan. Ik had dat kunnen tegenhouden. Dat heb ik niet gedaan. Ook dat was mijn schuld.'

'Weet je dat of denk je dat?'

'Is dat niet hetzelfde?'

'En nu?'

'Weet je, ik dacht dat ik de zus die ik verloren had, in Desirée had teruggevonden. Als ik Desirée red, raak ik misschien mijn schuldgevoel kwijt.'

'Geloof je dat?'

Ik vouw mijn handen steeds opnieuw.

'Ik weet het niet meer. Mijn moeder heeft me gratie verleend en zegt dat ik geen schuld draag, dat het nu wel genoeg is. Maar zij weet niet wat ik weet. En wat papa weet.'

Hij zwijgt. Het is alsof we allebei zitten te wachten op een vervolg. Ergens heb ik het gevoel dat ik van plan ben het aan hem te vertellen, alleen aan hem, over jou, Saskia, over hoe dat ging op die dag dat we uit elkaar gehaald werden. Maar eerst moet ik hem iets vragen.

'Geloof jij dat ik mezelf kan redden?'

'Daar ben ik van overtuigd.'

'En Desirée?'

Hij aarzelt, maar neemt dan een beslissing: 'Nee. Je kunt haar niet helpen.'

'Maar haar redden?'

'Nee.'

'Maar dan is ze verloren.'

'Als zij dat wil, dan is dat zo.'

'Je denkt dat ze dat *wil?*'

'Ik denk dat ze niet sterk genoeg is om het tegenovergestelde te willen. Na wat jij me verteld hebt', voegt hij er voorzichtig aan toe.

'Je bedoelt dat ik de dingen op hun beloop moet laten? Dat de tijd die ik hier doorbreng, dat al mijn liefde er niet toedoet?'

'Wat denk je zelf, Klara? Wat zou jij...'

Ik word onredelijk boos.

'Je moet ophouden op deze manier te praten, Magnus! Niet tegen mij. Geef me gewoon antwoord!'

Hij kijkt perplex zoals hij daar achter zijn bureau zit, zijn haar achter zijn oren strijkt, niet zo zelfverzekerd meer, naakt zo zonder zijn professionele distantie. Hij weet dat hij geen antwoord zou moeten geven, dat ik zelf alle inzicht moet krijgen en dat als hij antwoord geeft, hij dat antwoord geeft als mijn vriend en misschien ook als iets anders. Hij gaat staan, komt een paar passen naar mij toe, veel te dichtbij, hij weet dat hij dit niet mag doen, ik weet het ook. Hij zegt: 'Ga bij haar weg, Klara. Goeie genade, zie je dat dan niet?'

Er lopen tranen over zijn wangen. Ik weet niet hoe, niet of ik die tranen kan laten ophouden. Ik zeg met zachte stem: 'Laat mij vertellen over Saskia en Klara. Laat mij over hen vertellen.'

Ik verraad je niet, Saskia. Ik verraad het niet. Ik probeer alleen heel te blijven.

15

Andrea en ik zitten op de boot die op weg is van de stad naar het eiland. Het is laat in de middag en er hangen zware regenwolken boven de veerboot die zich een weg baant door de golven. Wij zitten onder een afdak op het bovendek, op plastic stoeltjes die wat verschuiven wanneer de boot overhelt. We hebben allebei onbewust onze blik op de horizon gevestigd om onze misselijkheid het zwijgen op te leggen en niet het gevoel te hebben dat de wereld bezig is uit elkaar te barsten. Opeens besef ik dat al deze halflege eilanden en eilandjes eigenlijk een paradijs zijn voor een Nederlander die gewend is om in de file naar het strand te rijden, naar het park, en om soms bijna in colonne door het bos te lopen. De scherenkust heeft iets uitzonderlijks te bieden: zelfverkozen eenzaamheid. Zelfs een dag als vandaag zou een Nederlander euforisch maken. Hij zou het bos in gaan of de zee op, en gebiologeerd zitten te kijken naar de oneindige oppervlaktes die tot zijn beschikking staan, waar hij aan land kan gaan waar hij maar wil. Andrea zit zwijgend naast me. Ze heeft een boek op schoot; het ligt open, maar ze leest er niet in. Ik ken weinig mensen die stil kunnen zijn zoals zij dat kan. Stil op een manier die de ander de gelegenheid geeft om in haar stilte te delen, er door te worden omsloten. Ik realiseer me dat ze iedere dag meer voor mij gaat betekenen, dat ze me heeft laten zien dat vriendschap een plek is waar je kunt uitademen. Wat vanzelfsprekend zou moeten zijn. Waar komt mijn wantrouwen vandaan? Ik weet precies waar dat vandaan komt.

'Wat vond je van het congres?' vraagt ze.

We zijn een paar dagen op een congres voor vrouwenstudies geweest. We hebben geluisterd naar lezingen en we hebben zelf gesproken. We hebben sandwiches gegeten en bubbelende drankjes gedronken, we hebben om het hardst gelachen en ons in goede verstandhouding naar elkaar overgebogen. We zijn het belachelijk eens geweest over vrijwel alles – waarom krijgen zo weinig vrouwen een prijs, status, benoemingen? – zonder dat ik het gevoel had dat er sprake was van werkelijke kracht, van *strijd* van betekenis. Het frappeert me dat het wel lijkt alsof we er eigenlijk uitsluitend voor elkaar zijn en dat mensen buiten onze kring ons misschien niet begrijpen, ja, ons misschien zelfs verachten om ons taalgebruik en onze manier van doen.

'Er zat vandaag een jonge vrouw op de eerste rij', hoor ik mezelf als antwoord geven. 'Ze zat me strak aan te kijken voordat ik mijn lezing moest houden, en ze was waarschijnlijk ongeveer even oud, of jong, als ik was toen ik ging studeren. Ze zat daar met haar paperassen van de universiteit en toen ik zag hoe slordig die eruitzagen, had ik het gevoel dat ze verbijsterd was door de inhoud ervan, dat de kennis haar niet gaf wat ze ervan verwacht had. Ik denk dat ze teleurgesteld was, en dat ze nu naar ons kwam om te zoeken wat ze miste, namelijk het gevoel deelgenoot te zijn, en ook om zich argumenten te verschaffen.'

Andrea knikt kort.

'Ze was vol verwachting, met haar schrijfblok en pen op schoot, en ik zag dat ze vond dat ons pianoconcert in de pauze een tikje aanmatigend was, maar dat ze ook dat nog wel door de vingers kon zien.'

'Ik geloof dat ik begrijp wat je bedoelt. En toen?'

'Toen begon ik met mijn voordracht. Meer niet. Ik deed mijn mond open om te praten en hoewel alles wat ik zei klopte en belangrijk was, had ik toch een gevoel alsof ik haar verraadde.'

'Verraadde?'

'Ik bezigde weer een taal die haar niet enthousiast kon maken, haar niet kon raken. Eerst zat ze druk te schrijven in haar schrijfblok, maar na een poosje legde ze haar pen weg en daarna zelfs het blok. Maar ze bleef me aankijken en ik had het gevoel dat haar ogen zeiden: Zelfs u, zelfs hier.'

Andrea zwijgt.

'Ik weet wat je denkt', zeg ik.

Ze glimlacht snel.

'Ik weet dat jij, en alle anderen, zouden zeggen dat alles wat we zeggen en doen, strikt wetenschappelijk onderbouwd moet zijn, willen we serieus genomen worden. We moeten strategisch zijn en helder denken en we moeten zijn als mannen – nee, misschien beter dan mannen, dat zeggen we toch altijd? – om op die manier de macht te krijgen om van de samenleving langzaam een betere plek voor ons allemaal te maken.'

Andrea zegt nog steeds niets.

'Dat weet ik allemaal wel, en ik kan ook geen andere weg wijzen. Er is alleen één ding dat ik me afvraag.'

'Ja?'

'Wat gebeurt er onderweg met ons? En voor wie spreken we? Bereiken we de mensen wel die buiten de kring staan van degenen die menen dat ze alles al kunnen en weten, en die een clubje hebben gevormd waaruit andersdenkenden misschien geweerd worden en voor wie er maar één juiste weg is? Ik zeg wel dat ik spreek voor alle mensen, ongeacht hun huidkleur, geslacht of afkomst. Maar is dat ook zo?'

'Natuurlijk niet.'

'Maar weet iedereen dat?'

'Dat weet ik niet! Maar ik doe dat wel. Voor iemand die zo professioneel is, ben je af en toe ontzettend naïef.'

Ze pakt mijn hand.

'Dat geeft niets, zie het als een pluspunt. Maar al die moeilijkheden verhinderen niet dat ons werk belangrijk is. Zoals ik het zie, is het voor ons een uitdaging om zo te praten dat de academische wereld ons respecteert en de lezende wereld ons begrijpt. Geloof me, je probeert het juiste te doen, Saskia.'

'Dat is niet voldoende.'

'Voor wie is het dat wel?'

Ik schud mijn hoofd. Ze lacht een beetje.

'Ik kan je geen antwoorden geven', zegt ze. 'Dit is onze wereld. We leven erin, we leven ervan. Binnen dit kader moeten wij ons best doen. Ik denk dat we ook mensen kunnen beïnvloeden zoals dat meisje dat vandaag op de eerste rij zat. Als het al niet door iets anders is, dan misschien doordat ze boos wordt en haar eigen weg zoekt.'

'Ik weet het niet', zeg ik. 'Ik ben er niet gerust op.'

Midden in een golfdal begint de boot te kraken. Andrea legt haar hand op mijn schouder.

'Maar wat dan nog.'

Magnus staat niet op de steiger. Het stortregent, we rennen de boot af, maar onze dunne kleren beginnen meteen aan ons lichaam te plakken. Een figuurtje in een rood regenpak komt de helling afrennen naar ons toe. Malin, denk ik, terwijl de regen over mijn gezicht stroomt. Wanneer ze bij ons arriveert, vouwt ze twee paraplu's uit en geeft ons er allebei een. Verlegen glimlacht ze naar Andrea en terwijl ze in mijn natte armen kruipt, zegt ze tot mijn verbazing: 'Mamaatje.'

Ik houd haar stevig vast, ik kus haar voorhoofd onder haar capuchon, en ik weet niet wat je moet doen met de liefde die je voor een kind voelt, met die ongerustheid dat ze in dezelfde valkuilen zal stappen als je zelf hebt gedaan, en vervolgens met het besef dat dat toch zal gebeuren en dat haar verbieden het enige is wat je absoluut niet mag doen. O, dat je weet wat er gaat gebeuren en dat je niets kunt doen.

'Heb je het leuk gehad?' fluister ik.

'Nee.'

'Waar is Desirée?'

'Ze is een poosje in de stad. Ik heb me verveeld bij papa. Maar hij is eigenlijk best leuk om je bij te vervelen.'

Andrea is ons al vooruitgelopen de heuvel op.

'Er zit een man in onze woonkamer', zegt Malin. 'Hij heet John en hij praat met een accent dat ik nog nooit eerder heb gehoord.'

'Hij komt uit Skåne', zeg ik en ik realiseer me dat haar dat nauwelijks iets zegt.

'Het is een rare man, maar hij is wel aardig. Hij heeft vis meegebracht.'

Ik knik. Mijn huid is veranderd in een laken van piepkleine poriën die samentrekken tot harde knopen. Ik heb het zo koud.

Binnen brandt de open haard. Er staan thee en versgebakken koffiebroodjes op tafel. Magnus is een en al verwarde glimlach en hij kust per ongeluk Andrea, wat hem in verlegenheid brengt maar haar onberoerd lijkt te laten. Vervolgens kust hij mij ook en hij houdt mij iets te lang vast, hij streelt me over mijn rug, alsof hij zich ervan wil verzekeren dat ik nog heel ben. Malin is naar haar kamer verdwenen, en ik zou zo graag willen dat ik hetzelfde kon doen. Andrea loopt op Adolfsson af om zich voor te stellen, zelf vind ik een afgemeten 'Hoe gaat het?' wel voldoende en ik verwacht geen antwoord. Magnus pakt meer kopjes. De enige heldere gedachte die ik heb is: waarom is hij uitgenodigd? Ik kan Magnus niet aankijken. Ik haal droge kleren te voorschijn en loop naar de slaapkamer om me te verkleden.

Net wanneer ik klaar ben met aankleden, gaat de deur open; ik schrik op en in de spiegel van de kast kruist mijn blik die van Adolfsson.

'U laat me schrikken, inspecteur.'

'Dat was ook de bedoeling', glimlacht hij.

'U hebt zich zeker vergist in de deur.'

'Misschien', zegt hij, terwijl hij de deur langzaam sluit.

Ik blijf voor de spiegel staan, hoor hoe hij de wc naast onze slaapkamer doorspoelt en vervolgens wat babbelt in de woonkamer met Magnus en Andrea. Ik loop er ook heen en ga naast Magnus zitten.

'Nederland zou u bevallen', zeg ik.

'O ja?' glimlacht Adolfsson aanmoedigend.

'Daar komen mensen ook vaak onuitgenodigd. Maar daar zijn ze meestal welkom.'

Het wordt stil.

'Wij hebben een gemeenschappelijk gespreksonderwerp, jij en ik, Saskia', zegt hij en alle eerdere vertrouwelijkheid is uit zijn stem verdwenen, alsof hij eerst alleen maar wat heeft rondgeneusd maar nu zijn werkelijke doel kent. 'Je zus Klara. Ik heb een paar vragen die ik aan je zou willen stellen.'

Hij kijkt recht door me heen. Ik weet dat mijn koele houding hem niets doet, dat die hem eigenlijk alleen maar zekerder maakt van zijn zaak.

'Ik dacht dat dat voorbij was. Daar hebben we het toch over gehad, dat ze doodverklaard zal worden en...'

'Er is nog niets voorbij. Zolang er nog een moordenaar, of meerdere moordenaars, vrij rondlopen, is er nog niets voorbij. Wat deed Klara die nacht eigenlijk?'

'Wat u al weet', zeg ik ongeduldig. 'Ze zat hier in huis te wachten en na bijna twee dagen ging ze vroeg in de ochtend naar het zomerhuis van Henrik von Rensen. Daar trof ze hen allebei aan, doodgeschoten, door hem. Ze moet in paniek zijn geraakt, misschien dat ze zich schuldig voelde over wat er was gebeurd, misschien had ze iets gezien, weet ik veel. Maar ze pakte haar auto en reed ermee naar de hoge brug vlak bij het huis van Henrik, kleedde zich uit en… Waarom vraagt u iets wat u al weet?'

'Ik wilde het van jou horen.'

'Ze trok haar kleren uit, legde haar sieraden erbovenop…'

'Sieraden? Hoe weet je dat? Dat hebben wij niet gezegd, daar is nooit over geschreven.'

'Ik ken haar. Ik weet precies wat ze zou doen.'

'En toen?'

'Ze schreef een brief aan mij en legde die samen met haar tas, haar paspoort en haar geld in de auto, ze ging op de reling staan en sprong.'

Andrea plukt een koffiebroodje uit elkaar en staat dan op, maar als ze mijn blik ziet gaat ze weer zitten.

'Nee', zegt hij alleen.

'Nee?' vraagt Magnus met een iel stemmetje, zo'n iel stemmetje.

'Nee, begrijpen jullie wel, dat deed ze niet. Ze sprong niet.'

'Wat deed ze dan?' vraag ik.

'Ik denk dat ze wilde dat we zouden denken dat ze sprong. Ik denk namelijk dat ze, nadat ze had gedaan wat jij allemaal hebt beschreven, het land is ontvlucht en dat ze op dit moment springlevend is.'

Hier last hij een geweldige, kunstmatige pauze in. Het is lang geleden dat hij publiek had, en hij doet wat hij kan om de gelegenheid te rekken. Hij is een man die weet wat hij doet en hij heeft eerder zulke voorstellingen gegeven. Ik ben niet van plan te applaudisseren. Hij voegt er, schijnbaar terloops, nog aan toe: 'Misschien weet ze bovendien wie hen vermoord heeft. Of, wie weet, misschien deed ze dat zelf wel. Maar ik denk dat jij degene bent, Saskia, die me naar haar toe kan leiden.'

Ik heb maar een paar keer in mijn leven echte angst gekend. Die begint in je buik als een warm gevoel dat zich naar boven verspreidt. Dat stijgt naar je hoofd en maakt dat je haren te berge rijzen. Je raakt oververhit en tegelijkertijd word je vreemd koud. Maar het vreemdst van alles is, dat je niet meer in staat bent je te verroeren, het is alsof je lichaam midden in een beweging bevriest. Je probeert jezelf ervan te overtuigen, dat als je je niet beweegt, er geen kwaad zal gebeuren. Maar nu spreekt Andrea, haar stem is zacht en melodieus, en het klinkt alsof ze het over een willekeurig onderwerp heeft: de paardenrennen, de laatste verkiezingen, het onweer hier.

'Ik begrijp niet goed wat u bedoelt, meneer Adolfsson. Ik dacht dat was vastgesteld dat Henrik von Rensen die vrouw doodschoot en daarna zichzelf', zegt ze.

'Ja, daar leek het eerst wel op. Iemand wilde dat we dat zouden denken. Von Rensen had een wapen vast van het type waarmee ze allebei zijn gedood. Bovendien had iemand er pas mee geschoten. En het was zijn eigen wapen.'

'Maar?'

'De vraag is alleen hoe hij eerst haar kon neerschieten, en daarna zichzelf van een afstand van minstens anderhalve meter.'

'Ik begrijp het.'

'Desirée was van veel dichterbij neergeschoten, dat was meer een afrekening. Ze werden allebei met hetzelfde wapen vermoord, dus van hetzelfde type als het pistool dat Henrik in zijn hand had en waarop zijn vingerafdrukken stonden. Maar de kogels in hun lichamen toonden aan dat ze niet afkomstig waren uit dat wapen. Dus wie heeft hen vermoord? Dezelfde persoon die het pistool in Henriks hand stopte, in de hoop daarmee de schuld op hem te schuiven.'

Magnus schuift heen en weer op de bank.

'Mijn beste inspecteur', smeekt hij.

'Neem me niet kwalijk, ik ben eraan gewend om zo te praten. Hoe dan ook, over sommige van deze dingen is geschreven, over andere niet. Maar het was al redelijk snel duidelijk dat er geen sprake van was dat Henrik haar had doodgeschoten en daarna zichzelf. Maar dat moet jij toch ook geweten hebben, Saskia. De mensen zullen toch wel kranten naar jullie in Amsterdam hebben gestuurd, jullie hebben toch wel geïnformeerd? Bovendien hebben mijn collega's en ik jullie een paar keer gebeld.'

'Ik vond het niet prettig dit op te rakelen', zeg ik, terwijl ik naar Magnus kijk, die de andere kant op kijkt. 'Maar wat heeft Klara hiermee te maken?'

'Zij is de enige van wie we met zekerheid weten dat ze zich op de plaats van de moord bevond. Kennelijk verafschuwde ze Henrik von Rensen en hield ze van die Desirée die haar naar het schijnt keer op keer in de steek liet. Ik denk dat ze een gekwetste vrouw was.'

'U lijkt haar goed te kennen. Maar waarom zou ze zich tien jaar verborgen houden, alleen maar omdat ze zich ooit gekwetst voelde en zich op de plaats van een moord bevond?'

'Zoals ik al zei, omdat ze werkelijk schuldig is aan iets afschuwelijks.'

'Maar waar moest ze dan naartoe vluchten?'

'Dat weet ik niet. Maar ik heb het gevoel dat jij het wel weet', zegt hij en weer last hij een kunstmatige pauze in. 'Maar let wel, dit zijn alleen maar theorieën.'

'In dat geval vraag ik me af wat u eigenlijk hier doet? U bent een oude man. Iets zegt me bovendien dat u eenzaam bent en ervan geniet om hierin te rommelen, in andermans leven te komen binnenstampen en de hoofdrol te gaan spelen. Maar met welk recht?'

Hij buigt zich naar mij over en zegt langzaam, en pas nu realiseer ik me dat hij mij werkelijk bedreigt: 'Zeker, in jouw ogen ben ik een oude man. Maar er zijn anderen die het hebben overgenomen, jongere politiemensen, die weten wat jij en ik weten, dat een moordonderzoek pas na vijfentwintig jaar wordt neergelegd en dat er nu nog maar tien verstreken zijn. En ook dat wij het nooit opgeven. Bovendien doe ik niets onwettigs. Ik converseer alleen maar, ik praat wat met de mensen die op hetzelfde zomereiland wonen als ik, en ik luister en denk en drink thee. Natuurlijk zou ik mijn vroegere collega's kunnen opbellen om hun te vragen of ze hier willen komen om wat formelere vragen te stellen.'

'Maar doe dat dan. Ik heb al eerder met hen gepraat, ik wil dat best opnieuw doen. En dan zal ik hetzelfde zeggen als toen: voor mij is Klara dood. Ik heb haar sinds het gebeurde niet meer gezien. Maar iets zegt me dat u eigenlijk niets weet, dat u absoluut geen bewijzen hebt, noch voor het feit dat Klara in leven is, noch voor het feit dat ze het gedaan heeft.'

'Je bent scherp', zegt hij alleen, wat me verbaast.

'Dat moet ik wel zijn', zeg ik rustig.

'Ik ook.'

Hij staat op en Magnus reikt hem zijn regenjas aan en door de manier waarop ze elkaar aankijken, besef ik dat Magnus dit alles al veel langer weet dan ik, dat hij door Adolfsson onder druk is gezet en dat hij heeft geprobeerd mij tegen deze vragen te beschermen. De vraag is alleen hoelang. Ik weet niet of ik dat als een ondercuratelstelling moet beschouwen of als een teken van liefde. Over de schaal met koffiebroodjes heen kijkt Andrea mij aan. Haar gezicht staat neutraal, ik vraag me af waar ze heeft geleerd om zich zo snel aan nieuwe situaties aan te passen. Het lijkt alsof ze nooit iets anders heeft gedaan dan praten over pistoolkogels en mogelijke, verdwenen moordenaars. Adolfsson staat bij de deur, klaar om zich in de regen te begeven. Hij wendt zich tot mij en zegt, schijnbaar zonder aanleiding: 'Je hebt gelijk. Ik ben een eenzaam mens.'

Hij wil persoonlijk lijken, een vriend op wie we kunnen vertrouwen, iemand die we zouden willen helpen. Mij houdt hij niet voor de gek. Hij doet voorzichtig de deur achter zich dicht.

In de loop van de avond probeer ik steeds Magnus' blik te vangen, maar hij ontwijkt me. Andrea houdt tijdens het eten met wonderbaarlijk gemak het gesprek gaande. Na het eten speelt ze een partijtje kaart met Malin. Magnus trekt zich terug. Hij laat een zwak spoor van lafheid en angst achter. Ik bekritiseer hem niet. Ik zou alleen willen dat het niet zo'n pijn deed. Malin valt in slaap. Andrea en ik zitten elk achter een boek. Geen van beiden draaien we een bladzijde om.

'Ik wilde je nog iets zeggen, Saskia. Nu meteen, zodat je het later niet verkeerd kunt opvatten.'

'Ja?'

'Ik heb Desirée in die tijd gekend. Dat wil zeggen: ik kende haar niet, maar ik wist wie ze was. Mijn vriend was een van de mensen met wie ze uitging. Er was niets aan verloren toen het voorbij was, noch voor haar, noch voor mij. Dan weet je dat tenminste.'

Ik weet niet wat ik moet zeggen. Andrea staat op en begint op te ruimen. Daarna loopt ze naar me toe.

'Welterusten', zegt ze, terwijl ze even over mijn haar strijkt.

'Welterusten. Ik hoop dat je lekker zult slapen', is alles wat ik kan uitbrengen.

'Ja, het is interessant om bij een moordenares thuis te slapen', zegt ze.

Ik schrik op.

'Dat was maar een grapje, Saskia', zegt ze. 'Een beetje meer humor, dat kun je geloof ik wel gebruiken. Anders kunnen we toch niet met deze ernstige situatie omgaan?'

'Ik weet het niet', fluister ik.

Vreemd genoeg slaat ze haar armen om mij heen en fluistert ze in mijn oor: 'Ik heb vertrouwen in jou. Rustig maar.'

16

juli 1983

Zusje van me,

Eleonora, de moeder van Desirée, is dood. Ze zeggen dat ze gestorven is aan zwakke zenuwen in combinatie met een ver voortgeschreden ziekte van een soort waar ik geen verstand van heb. Dat maakt me ongerust. Desirée wil dat ik naar de begrafenis kom, ik hoor toch bij de familie, zoals zij het onder woorden brengt. Ik heb tot nu toe Henrik von Rensen nog niet ontmoet, ze is altijd met zijn vrienden in zijn buitenhuis, en als ze met Klaas en mij in de stad afspreekt, is ze alleen. Ze lijkt niet direct rustiger, maar ook niet meer zo wanhopig als vroeger. Ze heeft tegenwoordig iets gelatens over zich, alsof de lucht uit haar is weggelopen en ze er echt voor moet vechten om naar buiten toe alles normaal te laten lijken. Over Henrik praat ze heel weinig, ze zegt alleen dat hij haar gelukkig maakt, dat ze elkaar altijd al gekend hebben en dat hij binnenkort zijn vrouw zal verlaten. Daar ben ik blij om.

Ze is helemaal gestopt op de universiteit, ze zegt dat ze de houding daar niet kan verdragen. Stoppen is haar manier om te protesteren tegen een systeem waarvan ze geen deel wil uitmaken. Ik geef haar, gedeeltelijk, gelijk, terwijl ik me er tegelijkertijd voor schaam dat ik ooit hetzelfde heb gevonden maar daarna als het ware van kleur ben veranderd onder de druk van de omgeving. Dat de vrouw die met haar studie begon en de vrouw die ik nu ben, niet echt meer dezelfde zijn. Ik weet wat jij zou opmerken, Saskia: dat het gemakkelijk is om te veroordelen, aan de kant te staan en je beter te voelen, maar in wezen niets te veranderen. 'Wat doet Desirée nu dan aan wereldverbeterende dingen?' zou jij vragen. 'Waar zou ze zich halsoverkop ingooien?' Ik weet het, Saskia, maar niet iedereen weet zo goed als jij wat er goed en fout is in deze wereld. De meesten van ons staan voortdurend in dubio, vaak uit angst om te mislukken. Ik weet dat jij van mening bent dat je niet kunt mislukken, alleen maar beter of minder goed vechten, dat strijd op zichzelf al een voorwaarde vormt om echt te leven. Maar niet iedereen is zoals jij – durf ik te zeggen 'godzijdank'? – niet iedereen weet welke dingen het waard zijn om voor te sterven. Ik zou zeggen dat velen van ons geen idee hebben, alleen verbergen we dat met wisselend succes.

Doordat ik probeer te worden zoals jij, heeft mijn leven richting gekregen. Ik werk nu voltijds op de uitgeverij, ik ben afgestudeerd met fantastische cijfers. Ik maak nu ergens deel van uit en de gedachte dat jij trots op me zou zijn, vervult me met warmte. Eindelijk. Ik weet ook dat ik veel aan Klaas te danken heb. Het enige wat ik zou willen is – en dat is niet iets om trots op te zijn, deze gedachten – dat de liefde voor hem mij zou *raken*, op de manier zoals Desirée mij meteen raakte. Dat hij iemand was bij wie ik mijn toevlucht zou kunnen zoeken. Maar ik ben geworden zoals jij, Saskia: ik vertrouw niet echt meer op iemand, dat is de prijs die ik moet betalen voor mijn tijdelijke gemoeds- en arbeidsrust.

Desirée haalt me bij ons appartement op met een auto die van Henrik is. Wanneer ik instap, ruik ik de geur van nieuw leer. Ze biedt me haar koele wang om te kussen en draagt een lange zwarte jurk met een parelkettinkje erop. We kijken elkaar aan.

'Ik ben het, Klara', zegt ze, terwijl ze haar pagekapsel

over haar wangen laat vallen. 'Weet je het nog?'

Ik moet lachen.

'Zeker. Zeker.'

We rijden naar het huis van haar ouders en ik herinner me dat ik er destijds vol verwachting naar uitkeek hen te ontmoeten. Deze mensen die een dochter hadden die als een zus voor mij geworden was. Deze ouders die ze alleen maar prees. Ik denk, zoals ik zo vaak heb gedacht: hoe had ze hier anders mee kunnen leven?

Wanneer we arriveren heeft de naaste familie zich al verzameld, en het lijkt alsof dat veel mensen zijn. Iedereen is discreet en tot in de puntjes gekleed; op hun kleren zie je geen haren, zoals dat bij mij wel het geval is. Ik wrijf voorzichtig een vlek uit mijn rok en gegeneerd zit ik eraan te trekken. Desirée wordt gezoend en meelevend de hand gedrukt. Na een poosje moeten we allemaal in auto's gaan zitten om in een stoet Eleonora's kist te volgen naar de nabijgelegen kerk. Alles doet ouderwets aan, het is net een zwartwitfilm. Desirée, Gustav en Henrik zitten in de voorste limousine. Zelf rijd ik mee in de vijfde van de rij en mag ik naast een achternicht zitten die een verhandeling houdt over het belang van stijl en etiquette. 'Altijd het juiste doen bij de juiste gelegenheid, met een beetje fantasie natuurlijk, is iets wat door mijn klasse gewaardeerd wordt', zegt de achternicht veelbetekenend, terwijl ze naar me glimlacht. Het valt me op dat ze zegt *mijn* klasse. Ik krijg meteen te horen wie ik ben, wat mijn plaats is. Die ken ik maar al te goed.

Na de begrafenis is er in het huis koffie en sherry voor familie en vrienden. Ik zoek Henrik en Desirée, maar raak ze in de menigte kwijt. De stemming is uitbundig, ik merk dat iedereen zich moet bedwingen om zacht en meelevend te blijven praten. Maar dan zwijgt iedereen en ik kijk omhoog naar de brede trap die naar de bovenverdieping voert.

Daar staat Desirée met haar vader, een paar treden boven de begane grond, en hij schraapt zijn keel even en spreekt een paar woorden, ik denk dat hij ze goedgekozen zou noemen, over de sociale betrokkenheid van zijn vrouw en haar echtelijke deugden en hij bedankt iedereen dat hij of zij gekomen is. Hier en daar wordt licht gesnikt, vervolgens drinkt iedereen elkaar ernstig toe, waarna Desirée zich naar haar vader keert en hem op de wang kust. Daarna zegt ze luid en duidelijk: 'Nu zijn alleen jij en ik nog over, papa.'

Ik voel hoe de rillingen me over de rug lopen. De vrouw die naast me staat fluistert tegen haar man: 'Wat een fantastische dochter heeft hij. Met de juiste waarden, ze staat altijd klaar.'

Ik zet mijn glas weg, pak de dichtstbijzijnde deurklink en druk die naar beneden. Ik realiseer me dat ik een wapenkamer ben binnengegaan en aan de leeftijd van de wapens en aan allerlei bordjes zie ik dat dit een nalatenschap uit de Russische bloeiperiode van de familie is. De wapens moeten afkomstig zijn uit de jaren dat de moeder van Gustav nog leefde en de familie een goed leven leidde in Sint-Petersburg. Die kamer moet een voortdurende herinnering vormen, een stevige basis voor haat. Ik ga zitten met mijn hoofd tussen mijn handen, ik weet niet hoelang, totdat ik iemand hoor binnenkomen. Het is Gustav.

'Dus je bent mijn kleinoden aan het bewonderen, Klara.'

'Zo zou je het kunnen zeggen.'

'Dit is mijn achtergrond, mijn geschiedenis, weet je. Zonder geschiedenis ben je helemaal niemand. Af en toe loop ik hier even binnen om aan mijn moeder te denken, aan haar familie, en dan ga ik hier gesterkt weer weg.'

'Gesterkt?'

'Ja, in mijn strijd.'

'Ik begrijp het.'

'Ze zijn bezig de wereld over te nemen en we laten het allemaal toe. Door te zwijgen laten we het toe. Het is in Afrika nu al jaren aan de gang en ze hebben overal terrein gewonnen: in Zuidoost-Azië, in Latijns-Amerika. Hoeveel mensen moeten er nog lijden onder dat krankzinnige systeem?' vraagt hij zich af.

'Ik weet het niet', mompel ik.

'Nee', zegt hij, alsof hij zichzelf wakker wil schudden. 'Het is goed dat er mannen zijn zoals Henrik en ik.'

'Henrik von Rensen en Gustav?'

'Ja, we zijn immers oude zakenrelaties. Uit Kenia. We deden samen veel zaken, hadden projecten om de communisten te dwarsbomen. Helaas slaagden we daar niet altijd in. Kijk maar hoe het er nu in zuidelijk Afrika uitziet. Eigenlijk is daar nog maar één bolwerk over.'

'Nee', zeg ik.

Ik krijg het koud en heb het gevoel dat ik niet meer zou moeten luisteren, dat de wapencollectie en de sherry mij verstikken, dat ik hier weg moet, naar echte mensen die ik in de ogen durf te zien, als ik maar wist waar ik zulke mensen kon vinden.

Maar dan zeg ik, in een opwelling, misschien als een vage manier om te protesteren: 'Waarom laat Gustav Desirée niet los? Waarom laat Gustav haar niet gaan?'

'Wat bedoel je?'

'Door haar te blijven... – ik merk dat ik aarzel, dat ik me schaam om een dergelijk woord te moeten gebruiken voor een moderne vrouw in de jaren tachtig – ...onderhouden en haar zodoende te laten wennen aan een leven dat ze zich op eigen houtje nooit zal kunnen veroorloven. Waarom geeft Gustav haar geen eenmalig bedrag en vraagt hij haar niet om haar eigen leven te leiden, in plaats van haar zo aan zich te binden?'

Hij kijkt mij lang aan.

'Ik begrijp niet wat jij met onze familieaangelegenheden te maken hebt', zegt hij alleen maar.

Ik sla mijn blik neer. Zwijgend blijven we staan. Hij hangt een oud pistool recht dat scheef hangt.

'Desirée heeft altijd het verbazingwekkende vermogen gehad mensen sterk aan zich te binden. Dat vermogen had haar moeder ook, maar dat, ja, dat ging verloren. Er is iets in de blik van mijn dochter, in haar hele uitstraling, dat maakt dat mensen tot haar onmiddellijke nabijheid lijken te worden aangetrokken. Maar er is één ding dat jullie, die haar zo na komen, moeilijk lijken te kunnen begrijpen. En dat is dat ze niet weet wat ze met jullie moet doen, nadat jullie eenmaal zo veel van haar houden als zij wil.'

'Dat begrijp ik niet.'

'Het is net als toen ze nog klein was. Ze wilde graag jonge hondjes, ze vond het leuk dat die haar zo'n absoluut vertrouwen gaven. Misschien ging ze er een half jaar in op. Maar daarna? Al die liefde, al die behoeftes, *die eisen.* Ze verstikten haar. We hebben ze allemaal moeten afmaken.'

Hij haalt zijn schouders op.

'Ik begrijp niet waar Gustav op doelt', fluister ik, terwijl ik mijn zachte stem verafschuw.

'Ik ken haar beter dan jij. Ze houdt van spelen, ze bedoelt er niets kwaads mee, want ze denkt dat iedereen dat begrijpt', zegt hij, terwijl hij me haast medelijdend aankijkt. 'Maar ze weet niet wat ze moet doen met degenen die het te serieus nemen. Die niet begrijpen dat zodra iets gewoon wordt, ze een nieuw element moet inbrengen.'

Ik denk aan Amsterdam, aan onze plannen, aan Klaas, Magnus en nu Henrik. Ik weet niet wat ik moet antwoorden. Ik sta hier voor een man van wie ik slaag en dreigende woorden had verwacht, maar in plaats daarvan tref ik een mens die althans ogenschijnlijk inzicht heeft, ook al is het dan een cynisch inzicht. Maar ik begrijp ook dat hij haar voor zichzelf wil houden, haar redden, dat – als wat hij zegt tenminste waar is – ook hij van haar houdt op dezelfde machteloze manier als wij allemaal. Ik knik hem toe ten afscheid.

'Gecondoleerd, Gustav.'

'Ik mis haar', zegt hij en dat vind ik ontroerend. Ook al wil ik het niet, ik heb weer medelijden met hem, een eenzame man in een groot huis en met een dochter die hij niet aankan. Hij heeft nu zelfs geen vrouw meer om de baas over te spelen. Wanneer ik bij de deur sta, zegt hij, na enige aarzeling: 'Ze is vrij.'

'Wat bedoelt Gustav?'

'Ze heeft al, altijd gehad ook, een aanzienlijke erfenis van de ouders van Eleonora. Geld waar alleen zij over mag beschikken.'

'Gustav liegt.'

Hij glimlacht.

'Ik heb het je toch gezegd: ik ken haar beter dan jij.'

'Dat betwijfel ik.'

'Zulke dingen zei ik ook op jouw leeftijd.'

Ik loop door de deuropening naar de woonkamer, doorkruis de mensenmassa en zie de vrouw met wie ik meegereden ben naar de kerk, maar ze ontwijkt me en ik realiseer me dat je in deze kringen je blik boven de hoofden van bepaalde mensen gericht houdt, om contact te vermijden, of nog erger: een gevoel van minderwaardigheid. In deze kamer is een oude naam belangrijker dan een fortuin, ook al is de combinatie van die twee dingen natuurlijk te prefereren. Opeens besef ik dat het een onoplosbaar dilemma moet zijn om wel de juiste naam te hebben, maar berooid te zijn, en om vervolgens toch overal te worden uitgenodigd, maar tevergeefs te proberen mensen in dezelfde luxe terug te inviteren. Ik voel een hand op mijn schouder. Het is Desirée.

'Je ziet eruit alsof je een spook hebt gezien.'

'Ik ben in de wapenkamer geweest', is het enige wat ik kan uitbrengen.

'O, maar dat is hetzelfde', zegt ze en ze neemt mijn hand en drukt die tegen haar buik, en zoals altijd weet ze iemand het gevoel te geven dat hij *uitverkoren* is. 'Ik ben blij dat je bent gekomen. Het is hier zo eenzaam, je weet dat ik hier eigenlijk niet thuishoor. Dat we eigenlijk *hiervandaan* moeten gaan', zegt ze, terwijl ze naar me op kijkt.

'Jawel', zeg ik moe.

'Had ik maar,' zegt ze aarzelend. 'had ik maar de kracht...'

Er komt een man aan die zijn arm om haar schouders slaat.

'Henrik von Rensen', zegt ze rustig. 'Dit is Klara Mårstedt.'

Hij steekt zijn hand uit.

'Aangenaam', zegt hij.

Ik knik. Desirée maakt zich los uit zijn omarming en loopt weg om afscheid te nemen van een paar mensen die haar aandacht vragen. Henrik is een man van ruim vijftig jaar. Het haar langs de zijkanten van zijn gezicht begint grijs te worden, als stof die aan de zomen begint stuk te gaan. Hij ziet eruit als een man die eigenlijk altijd een of ander uniform zou moeten dragen, en beter op een paard kan zitten dan lopen. Hij heeft glanzende, uitdrukkingsloze ogen. Ik neem aan dat hij ooit zeer aantrekkelijk is geweest, dat hij waarschijnlijk nog steeds zo beschouwd wordt. Zijn handen hangen doodstil langs zijn zij, ze blijven liggen op de plek waar hij ze eenmaal heeft neergelegd. Het is een man die nooit ergens aan zal zitten te pulken. Hij heeft zichzelf en de situatie waarin hij zich bevindt volledig in de hand. Ik heb een mateloze hekel aan hem en het overvalt me dat je na een enkel woord zo'n hekel aan iemand kunt hebben. Ik word erdoor overspoeld en ik moet met mijn ogen knipperen en opzij kijken om het te verbergen. Maar hij heeft het al gezien.

'Ik heb veel over je gehoord, Klara.'

'En ik over jou.'

'Ik weet dat jullie elkaar na aan het hart liggen. Dat jullie elkaars beste vriendinnen zijn en overal over praten.'

'Ja, vroeger wel tenminste.'

'Vroeger?'

'Ja, je wordt ouder, hè?'

'Misschien is dat zo. Ik persoonlijk heb die behoefte je aan iemand te spiegelen en aan absolute intimiteit nooit zo begrepen. Ik vind dat dat op de een of andere manier verstikkend werkt.'

'Maar het geeft je ook het gevoel dat je niet alleen bent.'

'Daar zou ik ook liever verschoond van blijven.'

'Ik begrijp het', zeg ik, en ik wil van gespreksonderwerp veranderen. 'Ik heb van Desirée begrepen dat je bij je vrouw weggaat.'

'Zegt ze dat?'

Hij lacht een beetje.

'Ja, zo zou je het kunnen zeggen. Maar het is eerder zo dat zij mij niet meer wil zien.'

'Hebben jullie kinderen?'

'Ja. Ik zie ze heel weinig. Ze wonen bij hun moeder in het buitenland. Zij bezit het alleenrecht op hen, mij is verzocht niets te doen. Zodoende heb ik mijn interesse in hen verloren. We hebben een regeling: zij krijgt geld, de kinderen en de vrijheid om te doen wat ze wil, op de voorwaarde dat ik me er niet mee bemoei. Maar waarom zou Desirée zich er wat van aantrekken of ik gescheiden ben of niet?'

'Misschien dat ze een rustiger leven wil gaan leiden', probeer ik, maar ik hoor zelf hoe het klinkt.

Hij kijkt me lang aan.

'Ik dacht dat je haar net zo goed kende als ik. Ze is absoluut niet bij mij om geluk of rust te vinden. We verlangen geen van beiden intimiteit, daarom houden we het ook met elkaar uit.'

Hij glimlacht naar mij en steekt zijn hand weer uit: 'Nu weten we wat we aan elkaar hebben.'

Als het begrafenismaal is afgelopen, na de koffie en nog meer speeches over hoe voortreffelijk mevrouw was, beland ik ten slotte alleen in een hoek van de woonkamer. Desirée komt half rennend op mij af met Henrik achter zich aan. Haar ogen zijn net twee sterretjes die glinsteren van ingehouden woede.

'Geen minuut langer. Ik wil weg.'

Ze gaat achter een hoge boekenkast staan, trekt de ritssluiting van haar lange, elegante jurk naar beneden en stapt eruit. Onder haar jurk draagt ze een rood broekpakje dat precies onder haar billen ophoudt. Ze legt haar parels af en doet in plaats daarvan een ketting met diamanten om die precies op een hondenriem lijkt. Henrik lacht en opent de deur naar de veranda. Desirée wendt zich tot mij: 'Goeie genade, Klara, waarom moet je altijd zo serieus kijken? Kom mee.'

17

Je moest eens weten, Klara, hoe kwetsbaar ik geworden ben. Ik heb me al die jaren hard en kil opgesteld om jou ongeschonden verborgen te kunnen houden binnen in me. Maar ik kan het niet meer aan. Vergeef me. Mezelf kan ik ook niet meer aan. Magnus weet dat. Hij waakt op het eiland over me, stopt me in, houdt mijn hand vast tijdens weer zo'n nacht dat ik niet kan slapen. Tussen twee en vier uur is het 't ergst. Mijn gedachten blijven in kringetjes ronddraaien en wanneer ik ze 's ochtends probeer op te roepen zijn ze totaal zinloos, maar 's nachts verscheuren ze me. Steeds opnieuw denk ik: als ik dit niet oplos, als ik niet kan uitleggen hoe dit allemaal in elkaar zit, ga ik ten onder. Maar de rest is een allegaartje: is mama echt begraven? Wie let erop dat Malin 's avonds haar tanden poetst? Als ik Magnus was, wat zou ik dan denken? En: kon ik toch maar rust en bevrijding vinden. Maar Adolfsson heeft gelijk: er is niets voorbij. Er lopen dode mensen door mijn slaapkamer en tenminste een van hen weigert zich te laten begraven.

'sNachts fluistert Magnus tegen mij. Hij probeert me aan de praat te krijgen wanneer ik meer dan kwetsbaar ben, wanneer ik huidloos ben. Als hij me zou aanraken, zou hij mijn bloed vrij kunnen voelen kloppen.

'Heb je me echt alles verteld wat er is gebeurd, Saskia? Alles?'

'Ja, Magnus. Het is precies zo gegaan als ik verteld heb. Dat is alles wat ik weet', fluister ik, nauwelijks hoorbaar.

Niet alleen hij verraadt me, ik doe dat nu zelf ook. Maar hoe zou ik nog op mijn schreden kunnen terugkeren? Hij probeert het op een andere manier, nu constateert hij alleen: 'Je hebt niet alles verteld, Saskia.'

En wanneer hij me vasthoudt, me boven water houdt, kan ik niets anders doen dan antwoorden, hoewel ik weet dat ik erg tegenstrijdig moet overkomen: 'Nee.'

Hij zucht en loopt naakt naar het raam. Het is nu warmer dan ooit, zelfs 's nachts zweten we. Ik moet Malin er steeds weer op wijzen dat de zomers in Zweden meestal anders zijn, want ze denkt dat ze in het paradijs is beland. In het paradijs met Desirée. Ik sta op uit bed en sla mijn armen om Magnus heen. Mijn borsten drukken tegen zijn rug die lang is en vol sproeten zit.

'Ik kan je niet helpen als je zo doet', zegt hij, zonder mij aan te raken.

'Ik doe mijn best', mompel ik.

Hij schudt zijn hoofd. Hij heeft gelijk. Waarom heb ik er geen woorden voor? Dwing me niet, is het enige wat ik denk, ik moet eerst een uitweg vinden voor ons allemaal.

's Ochtends werken Andrea en ik aan ons boek. Dat is bevrijdend, duidelijk, en ik ben opgelucht dat ik mijn werk heb, dat er iets is waar ik althans gedeeltelijk een antwoord op heb. Ik kan het niet opbrengen ons taalgebruik, onze woordkeuze ter discussie te stellen. Niet op dit moment, ik ben te moe en vind zekerheid in het abstracte. De werkelijkheid is al concreet genoeg. Soms is Andrea door de week in de stad, maar ze komt op vrijdag bijna altijd naar het eiland. Soms zit ze me op te nemen op een manier die ik niet begrijp, maar wanneer ik terugkijk, wendt ze discreet haar blik af. Wanneer ze bij ons is, gebruiken we de middagen om op de steiger te liggen en ons werk voor de volgende dag te plannen. Desirée en Malin gaan soms met ons zwemmen, maar meestal zijn we alleen. De keren dat ik Desirée zie, vind ik dat het enige wat ze uitstraalt nieuwsgierigheid is en sensatiezucht. Soms vraagt ze naar mijn zus Klara en ik krijg het gevoel dat die vragen haar door haar moeder zijn ingegeven. En misschien ook door iemand anders. Ik maak me zorgen over wat ze mogelijk tegen Malin zegt. Ik kan niet al te gemeen tegen haar doen, maar als Malin het niet hoort, wordt mijn toon een tikje scherper en vraag ik haar om haar nieuwsgierigheid te bedwingen. Ze glimlacht tevreden wanneer ik dat zeg, alsof ik me ook hiermee blootgeef. Op een dag, wanneer Malin en Desirée koffiebroodjes met ons zitten te eten, wijs ik Desirée erop, op een misschien niet zo handige manier, dat we in Nederland een uitdrukking hebben die zegt dat als je een broodje eet, je je mond moet houden – wat helemaal niet waar is. Wanneer de meisjes weg zijn, zegt Andrea: 'Vertel mij eens hoe Klara en jij eigenlijk uit elkaar zijn gehaald. De eerste keer.'

Ze heeft me nog nooit eerder zo'n directe vraag gesteld. Ik schraap mijn keel en pluk wat aan een broodje.

'Dat is heel vroeg gebeurd, vroeger dan ik misschien heb willen en durven toegeven.'

Ze luistert. Ik concentreer me.

'Maar eigenlijk gebeurde het toen ik dertien was. Mijn vader had een verhouding met een vrouw die Susanne heette en die bij de gemeente Arnhem een van de hogere chefs was; het bevolkingsregister was een van de afdelingen die onder haar verantwoordelijkheid vielen. Ze zijn nu getrouwd', voeg ik eraan toe en ik bijt op mijn lip.

'Wat gebeurde er?'

'Een paar maanden lang was hun verhouding in de stad het gespreksonderwerp van de dag. Klara kon daar heel slecht mee uit de voeten. Wanneer ze er haar op school naar vroegen, begon ze te liegen, ze ontkende alles wat er gebeurde. Ze werd steeds onbereikbaarder, begon te spijbelen, nam nergens verantwoordelijkheid meer voor en verzon fantasiewerelden. Maar het ergste was dat ze papa niet kon vergeven, ze weigerde om met hem te maken te hebben.'

'Dat is misschien niet zo verwonderlijk. Op die leeftijd kun je meestal nog niet vergevingsgezind tegenover je ouders staan.'

'Misschien niet', zeg ik. 'Hoe dan ook, ze dwong mama om papa te verlaten en haar mee te nemen daarvandaan, naar Zweden. Ze gaf zich niet gewonnen en dreef haar zin door. Ze luisterde niet naar mama, niet naar papa en niet naar mij. Ik denk dat Klara het zichzelf nooit heeft kunnen vergeven toen ze besefte dat zij degene was die ons gezin in tweeën heeft gespleten. Dat ze zo veroordelend kon zijn. Uitgerekend zij. Ik weet dat dat zo is.'

'Maar goeie genade, ze was toch nog maar een kind! Je ouders hadden toch zeker ook een eigen wil?'

'Misschien', antwoord ik, terwijl ik me verberg achter mijn zonnebril.

'Wat gebeurde er met je vader?'

'Hij bleef in Nederland achter. Ze zagen elkaar bijna nooit. Klara en hij hadden allebei schuldgevoelens waar ze geen kant mee op konden. Ik denk dat mama degene was die zich nog het best wist te redden. Ze vond vrijheid toen ze weg was bij papa, bij de man op wie ze volgens mij al te hartstochtelijk verliefd was geweest. Toen ze alleen was herkreeg ze haar daadkracht, ze hielp Klara weer een normaal leven te leiden. Maar ik denk dat mijn ouders nooit zijn opgehouden van elkaar te houden. Ondanks Susanne.'

Ik adem uit, ga op mijn handdoek liggen en strijk over mijn buik totdat mijn ademhaling weer rustig is geworden. Ik doe net of ik wegdoezel. Dan zegt Andrea luid en duidelijk: 'Maar jij dan, Saskia? Wat deed jij?'

Ik sla mijn ogen op, maar ben niet in staat te antwoorden. Het is hetzelfde als 's nachts: ik draai in kringetjes rond tussen tandenborstels en dode mensen, eindeloze redeneringen waar ik geen uitweg uit kan vinden.

'Jij was degene die wel vergaf, nietwaar, Saskia? Jij was degene die niet veroordeelde, maar die bleef, die voor de gekwetsten zorgde?'

Ik probeer te knikken, maar ik weet niet of mijn hoofd wel beweegt. Met een haast fluwelen stem vervolgt ze: 'Je zou kunnen zeggen dat jullie ontzettend verschillend waren, jullie twee. Jij en Klara.'

Ik blijf doodstil liggen.

'Maar dat jullie – bij wijze van spreken – eigenlijk dezelfde waren. Dat jullie twee keerzijdes waren van dezelfde medaille. Dat jullie onafscheidelijk waren, en zijn.'

Eindelijk ben ik in staat iets te zeggen. Ik ga rechtop zitten, zet mijn zonnebril af en fluister: 'Inderdaad.'

Ze knikt en kijkt discreet van me weg, terwijl ik mijn gezicht afveeg met een punt van haar handdoek. Een stern duikt naar vis. Een motorboot doorklieft de horizon. Het water klokt onder de steiger en de weerspiegelingen van de zon in het water verblinden mij.

'Ik heb een vriendin op wie ik erg gesteld ben', zegt ze. 'Maar ze heeft een probleempje. Ze raakt steeds meer verstrikt in een web van leugens, maar ze denkt dat ze daarmee degenen van wie ze houdt kan beschermen. Maar het trieste is dat ze toch niet ontkomt. Als ze hier was, zou ik tegen haar zeggen dat ze niet meer moet liegen, dat als ze dat wel doet, het voor haarzelf en haar naasten slecht zal aflopen. En dat zou zo jammer zijn. En zelfs onnodig.'

Ik open mijn mond, maar doe die weer dicht. Ik wil haar hand pakken, maar mijn eigen hand blijft in de lucht hangen, op dezelfde manier als vaak bij Magnus wanneer hij midden in een beweging blijft steken, niet weet hoe hij verder moet gaan. De zon verdwijnt achter een wolk. Ik kijk op. Maar in plaats van naar een wolk, kijk ik recht in de ijsblauwe ogen van Adolfsson. Hij is nu heel bruin en door de wind en het zoute water staat zijn haar alle kanten op. Ik zoek mijn zonnebril.

'Goedendag, inspecteur', zegt Andrea.

'Noem me toch John. Ik ben nou toch met pensioen.'

'O ja, dat vergeet je zo makkelijk', zegt Andrea.

Ze blijft me verbazen.

'Lekker zonnetje, hè? Net als op het Europese vasteland. Nietwaar, Saskia?'

Ik geef geen antwoord.

'Wat een zomer, wat een hitte zo in juli! Zon, zon en nog eens zon. Het begint bijna te vervelen, ook al zijn we dan Zweden. Het is alsof je gewoon naar verandering, naar onweer *verlangt*. Om al het stof af te spoelen, zodat je weer helder kunt zien. Nietwaar, Saskia?'

'Zeker, meneer Adolfsson.'

'Ik wilde je trouwens iets vragen, John, nu je hier toch bent', zegt Andrea. 'Ik kan me herinneren dat ik gelezen heb dat Henrik von Rensen wapenhandelaar was, een soort intermediair en agent tussen legale kopers en verkopers – als je die tenminste zo kunt noemen –, maar dat hij er ook voor zorgde dat er wapens naar oorlogvoerende landen gingen. Deels smokkelde hij in de jaren zeventig blijkbaar wapens naar Beiroet, waaraan hij goed verdiende, deels voorzag hij oorlogvoerende landen in zuidelijk Afrika van wapens. Klopt dat?'

'Ja, zo ongeveer.'

'Dan is mijn volgende vraag: zou het dan niet heel aannemelijk zijn dat iemand van zijn klanten, of een andere verkoper of wapenbroeder, ontevreden was over een levering en besloot om meneer Von Rensen eens in zijn zomerhuis op te zoeken? Of dat hij wist dat iemand met steekpenningen aan een wapenorder was gekomen, iets waarvan de regering van een bepaald land niet wilde dat het uitlekte? En dat Desirée zich gewoon op het verkeerde moment op de verkeerde plaats bevond, zoals dat heet?'

'Dat zou kunnen. Maar de moorden waren al te amateuristisch uitgevoerd. En wie plaatste dan het pistool in de hand van Henrik von Rensen? Als er al mensen zijn die zouden moeten weten dat wij het onmogelijk zouden geloven dat hij haar had omgebracht en daarna zichzelf, dan zijn het dergelijke lieden wel.'

'Als het tenminste niet de bedoeling was om jullie om de tuin te leiden, omdat alles er amateuristisch *moest* uitzien. Om misschien niet al te veel turbulentie in die kringen te veroorzaken.'

'Dat is mogelijk', zegt Adolfsson weifelend. 'Maar we hebben onderzoek gedaan naar zijn contacten.'

'En?'

'Zulke kerels laten nou niet direct een Rolodex met telefoonnummers, gedetailleerde agenda's of ordners met facturen na.'

Andrea glimlacht even.

'Maar wat we wel ontdekten, langs een andere weg, was dat hij een heel, ja, populaire wapenhandelaar was die als erg handig en diplomatiek bekendstond. Hij werd vaak ingehuurd door allerlei Amerikaanse en Britse wapenfabrikanten om buitenlandse regeringen ervan te overtuigen dat ze hun wapens en vliegtuigen moesten kopen. Dat is een wereld van steekpenningen, bedreigingen en persoonlijke contacten met mensen op belangrijke posten. Dankzij zijn titel, zijn uiterlijk en zijn soepele manier van doen was Von Rensen geknipt voor die wereld. Hij werd ook ingehuurd om wapenfabrikanten te helpen het verbod op het exporteren van wapens naar oorlogvoerende landen te omzeilen. Ondanks de druk van buitenaf kiezen veel regimes ervoor om tot elke prijs door te gaan met het verkopen van wapens, om hun eigen industrie en defensie veilig te stellen, zoals dat heet. Op de een of andere manier slaagde Von Rensen er altijd in hen te helpen. Hij toonde hun de mazen in de wet, bijvoorbeeld bij de verschillende VN-embargo's tegen Zuid-Afrika – en daar zijn er natuurlijk een heleboel van. We denken ook dat hij heeft meegeholpen om Portugal van wapens te voorzien tijdens de koloniale oorlogen in zuidelijk Afrika, in de jaren zestig en zeventig. De wapens werden gewoon door een NATO-land van een ander NATO-land gekocht, bijvoorbeeld van Frankrijk, om, zoals men zei, te worden gebruikt binnen Europa. Maar het is naïef om te veronderstellen dat ze niet wisten dat die wapens naar Afrika gingen en waarvoor ze zouden worden gebruikt. Dus het grootste deel van zijn activiteiten was geheel legitiem, zoals bijna alle wapenhandel is, in tegenstelling tot wat ik eerst dacht. Er zijn erg weinig regeringen die zich durven of kunnen veroorloven om de druk van de wapenindustrie in eigen land te weerstaan en die export verbieden. Integendeel, vaak richten die regeringen organen op die de wapenexport moeten *ondersteunen*, soms als onderdeel van hun ontwikkelingshulp aan de derde wereld. Maar wat Von Rensen betreft geloven we toch, maar daar hebben we opnieuw geen bewijzen voor, dat hij ook puur illegale zaken deed, bijvoorbeeld met Beiroet. We verdenken hem er ook van dat hij erbij betrokken was dat Zweedse wapens op een andere eindbestemming aankwamen dan waar ze oorspronkelijk voor bestemd en goedgekeurd waren. Maar ook wat deze zaken betreft had hij 'een goede naam', hij had in ieder geval geen vijanden voorzover wij weten.'

Hij kijkt uit over zee, daarna weer naar ons en haalt even zijn schouders op.

'Maar, potdorie, sta ik hier een lezing te houden voor volwassen vrouwen!'

'Een nieuwe hobby op je ouwe dag?'

Tot mijn verbazing lacht hij lang.

'Maar in principe zou mijn theorie kunnen kloppen?' vervolgt Andrea.

'Ja, maar we hebben geen spoor van iemand anders dan van Klara gevonden op de plaats van het misdrijf.'

'Maar ze waren dan ook professioneel.'

'Dat kan ik niet ontkennen.'

Ze zwijgen. Ik verkruimel nog een broodje, mijn eetlust is niet wat hij zou moeten zijn. Een meeuw duikt naar beneden om een van de stukjes op te pikken.

'Maar ik denk nog steeds dat Klara het gedaan heeft', zegt hij langzaam. 'Dat zij hen heeft vermoord, maar wilde dat het zou lijken alsof hij het had gedaan, en dat ze daarom Henriks eigen wapen in zijn hand heeft geplaatst.'

'Een wapen van hetzelfde merk als waarmee ze allebei zijn omgebracht', zegt Andrea.

'Ja. Kennelijk hadden Henrik en Desirée twee identieke pistolen. Dat is ook iets wat Klara kon weten. Maar de dodelijke kogels kwamen, zoals ik al eerder zei, niet uit het wapen van Henrik, maar, zoals wij denken, uit dat van Desirée. En dat wapen is verdwenen.'

Eindelijk heb ik een stem. Ik ga staan en raap mijn spullen bij elkaar.

'Maar ga Klara en het verdwenen wapen dan zoeken, meneer Adolfsson.'

Hij last weer een van zijn geweldige kunstmatige pauzes in en kijkt een poosje naar de lucht, als een kapitein die speurt naar onweer.

'Ik denk dat ik haar al gevonden heb, lieve Saskia. Ik heb haar al gevonden.'

God, vergeef me, maar ik ben niet in staat hem aan te kijken, niet nu, niet hier. Vergeef me, Klara.

18

januari 1984

Saskia,

Er is niets veranderd. Desirée gaat tegenwoordig weer uit net als vroeger en gedraagt zich net als vroeger, of misschien nog erger, omdat ze nu Henrik heeft die, kennelijk zonder enige beperkingen, kan betalen en die bovendien de mensen manipuleert in de richting die hij wil. Ik word er naar van als ik zie hoe de mensen bedrogen worden. Maar misschien doet iedereen wel mee aan hetzelfde spelletje. Ook ik. Soms gaan Klaas en ik mee uit. Ik praat dat goed door te zeggen dat ik Desirée op de een of andere manier moet bewaken. Is dat wel waar? Ik weet het niet meer. Hoe laffer ik word, des te moediger zij moet worden. Hoe terughoudender, des te ongeremder.

'Klara', zegt ze. 'Je moedigt me alleen maar aan, ondanks je goede bedoelingen.'

'Sorry.'

'Zie je wel! Nu doe je het weer.'

Ik heb een gevoel alsof Klaas en ik clowns zijn, naïeve, schattige idioten, dat dat de reden is waarom we hier zijn. Dat irriteert me, maar Klaas lijkt zich goed op zijn gemak te voelen. Misschien net zo snel als ik ooit deed. Hij wil meedoen en de anderen overtroeven in dat spelletje wie kans ziet het meeste geld over de balk te smijten, ook al zou hij toch moeten weten dat hij geen schijn van kans maakt tegen dit groepje mensen dat zichzelf een overvloed toestaat, maar bepaald terughoudender is ten aanzien van anderen.

Soms schaam ik me voor hem, wat ertoe leidt dat ik me nog meer schaam voor mezelf en dat ik van Klaas moet houden – althans fysiek – wanneer we eenmaal thuis zijn. We zijn net twee schuimrubberen poppen die naast elkaar leven: we kunnen elkaar geen blauwe plekken toedienen en we stuiteren altijd van elkaar af als we te dichtbij komen.

Op een van deze avonden, nachten, ochtenden tref ik mezelf zittend naast Desirée aan op weer een feest in een appartement waar geen eind aan komt en dat ik weet niet waar in de stad ligt. Ze staart recht voor zich uit en glimlacht dan, en dit herhaalt ze, alsof het een gezichtsuitdrukking is die ze heeft ingestudeerd en die ze af en toe moet oefenen om niet te vergeten. Ik raak haar schouder even aan.

'Desirée. Ik wilde je iets vragen.'

Ze schrikt op, wrijft zich in haar ogen.

'Waarom heb je nooit verteld dat jij Klaas en mij bij elkaar hebt gebracht?'

'Uh?'

'Ja, dat jij hem hebt aangemoedigd om contact met mij op te nemen, dat jij hem van vroeger kende.'

Het wordt stil. Ze keert zich naar me toe met ogen die beschuldigend staan. Ik houd niet op me te verbazen over haar acteertalent.

'Geloof je hem?' vraagt ze alleen.

'Ja, waarom zou hij...'

Ze keert zich van me af. Ik draai haar weer naar me toe.

'Het geeft niet, Desirée. Ik weet hoe je doet, waarom je het doet. Je hebt het gedaan om te voorkomen dat ik echt bij je weg zou gaan, of niet? Je wilde iemand vinden die eigenlijk niet met jou kon concurreren. Het geeft niet. Maar is het niet zo?'

Ze knikt even, het is niet meer dan een aanzet, en we

blijven zwijgend naast elkaar zitten. Maar dan zegt ze, zonder een spoor van haar gewone vertrouwelijkheid en inlevingsvermogen: 'Wie was jij voordat ik jou leerde kennen, Klara? Ik bedoel, wie was je *eigenlijk*?'

'Hoe bedoel je? Wie ik was?'

'Wat ik zeg is dat je misschien voordat je mij leerde kennen, helemaal niemand was, en niets had. Dat ik het was die jou in elkaar heeft gezet, en niet andersom.'

Ik ben niet in staat haar een antwoord te geven.

'Klara'tje, soms vraag ik me af wat er mis is met jou. Ik heb met je moeder gepraat, die ongerustheid in haar stem, je had haar moeten horen. Er is iets waar je niet helemaal de waarheid over spreekt. Is het over Saskia? Denk eens even een stukje terug. Het geeft niets, zoals jij altijd zegt. Maar is het niet zo?'

Ze ziet mijn schrik, neemt mijn hoofd tussen haar handen en brengt het naar haar schouder, fluistert dat we elkaar toch beloofd hebben om nooit uit elkaar te gaan, dat we altijd als zussen zullen zijn, dat is toch zo? Ze hoeft me er niet aan te herinneren, we wonen allebei in de doos die we voor elkaar hebben gemaakt, zo lang we leven kunnen we onze belofte niet verbreken. Toch kan ik het niet laten te denken aan de beitels die gebruikt worden bij het beeldhouwen, de vorm van die beitels, hoe ze beetje voor beetje de stukjes steen wegslaan, maar dat het toch, dankzij het feit dat iets wordt opgeofferd zo is, dat uiteindelijk iets anders kan ontstaan. Geloof me, Saskia, ik weet niet goed wat ik doe, misschien is het niet zo best met me gesteld. Kon ik jou toch maar worden.

Jawel, er is toch iets veranderd. Ik heb immers Magnus om naartoe te gaan, bij hem ben ik een ander mens. De dinsdag is onze dag, dan heb ik het gevoel dat ik nog even goed in elkaar zit en echt ben, ook al lijk ik de andere dagen van de week er alles aan te doen om het tegendeel te bewijzen. Ik weet niet wat ik aan moet met deze leugens. Het is net of ik niet weet waar de mijne beginnen en die van anderen ophouden, wat ik met wie moet uitzoeken. Het is net of ik alles maar op zijn beloop laat, of ik ongeïnteresseerd mijn eigen lot bekijk, een lot dat allesbehalve benijdenswaardig begint te worden. Wat me overeind houdt is mijn werk, voor mijn vrije tijd ben ik bang. Ik probeer zo veel mogelijk over te werken, maar de dag van Desirée begint 's nachts pas: ik ontkom daar niet aan.

'sOchtends kijk ik in de spiegel en moet ik mezelf eraan herinneren dat ik Klara ben, nog even. Op de dag dat ik dat niet langer weet, zal ik recht door de spiegel heen kunnen stappen en aan de andere kant weer naar buiten komen en dan besta ik niet meer. Wanneer ik daaraan denk, voel ik me eerst bang, maar daarna opgelucht. Dan is het immers eindelijk voorbij. Soms gebeurt het weleens dat ik ontdek dat ik in een bus zit die rondjes door de stad heeft gereden, ik ben vergeten uit te stappen en de enige manier om mezelf te bewegen dat toch te doen is deze gedachte: binnenkort is alles voorbij. Magnus is een vrijplaats. Klaas is een clown, net als ik. Magnus is de plaats waar ik niet kapotga. Hij waakt over mij: hij is de enige die het weet. Hij zal ervoor zorgen dat een al te kwetsbare en gemakkelijk te manipuleren Klara verandert in een onkrenkbare – en zelfs een tikje valse, want dat ben je – vrouw als Saskia. Hij zal mij de juiste koers wijzen. Ik zie geen andere uitweg.

Magnus maakt zich zorgen over mij. Ik zie dat aan het feit dat hij zijn hand op mijn schouder lijkt te willen leggen wanneer ik kom, maar hem in plaats daarvan een beetje doelloos in de lucht laat hangen. Hij weet dat zijn gedrag tegenover mij niet is zoals het zou moeten zijn.

‘Ik ben zo moe’, zeg ik tegen hem, dat is het eerste wat ik zeg na onze kleine eeuwigheid van stilte.

‘Zo ontzettend moe’, knik ik weer en het werkt kalmerend alleen al om dat te mogen zeggen.

‘Maar slaap dan, Klara.’

‘Om wakker te worden in iets anders?’

‘Ja.’

‘Ik weet niet hoe je dat moet doen. Niet zolang ik ben wie ik ben. Ik word heen en weer geslingerd tussen wat anderen willen, en wanneer ik dat probeer te doorbreken om erachter te komen wat ik zelf wil, ontdek ik alleen dat de persoon die Klara is, verdwijnt. Als ik alleen ben, ben ik helemaal niemand.’

‘Samen zullen we ervoor zorgen dat het klopt’, zegt Magnus, meer alsof hij zichzelf wil geruststellen dan mij.

Hij laat me praten. Het kan me niet langer schelen dat ik geen samenhang meer vertoon. Nu eens praat ik over jou, Saskia, dan weer over Desirées gespletenheid, dan weer over papa die verbannen werd, over mama en haar eenzaamheid, over de haat van Gustav, de kilte van Henrik, de kleinheid van Klaas. Het draait allemaal steeds sneller rond en het is bijna aangenaam dat de woorden tegen elkaar ketsen, dat volslagen zinloze opmerkingen volgen op momenten van helderheid. Ik denk niet dat Magnus’ mentor het goed zou hebben gevonden dat het zich op deze manier ontwikkelt. Magnus weet dat, ik heb hem zo ver gekregen dat zelfs hij zich geen raad weet. Vooral hij niet.

‘Klara, ik... lieverd’, onderbreekt hij me wanneer de tijd allang om is.

Ik schrik op, kijk rond in de kamer, bedenk dat ik gauw naar mijn werk moet waar ik nodig ben, waar ordners zijn waarin staat wat ik doen moet. Dat ik nog samenhang heb, dat jij en Magnus mij helpen, Saskia. Ik sta op en loop de verkeerde kant op, weg van de deur, en in plaats daarvan beland ik pal voor hem bij zijn bureau. We kijken elkaar lang aan. Meer niet. Niemand heeft mij zo gezien. Ik weet niet of er ooit iemand is geweest die het zo goed met mij voorhad. Ten slotte schraapt hij zijn keel.

'Ik weet dat ik dit niet zou moeten doen, dat ik waarschijnlijk nog meer fouten heb gemaakt en dat ik je zou moeten doorverwijzen, maar ik kan het niet... Hoe dan ook,' vervolgt hij, 'ik wil je mijn privé-adres geven. Puur voor de zekerheid', voegt hij eraan toe.

Ik knik.

'Zodat je weet dat je, als je verkeerd terechtkomt, ergens heen kunt. Als je de verkeerde weg mocht inslaan. Op de een of andere manier.'

'Het is binnenkort vast voorbij, Magnus. Hoe dan ook. Het moet ophouden.'

Ik keer mij om, maar hij pakt me bij mijn schouder.

'Nog iets', zegt hij zachtjes.

Hij begint te zoeken in zijn bureaula, tussen stapels papier, oude, afgekloven pennen en nieuwe schrijfblokken. Daarna neemt hij de volgende la.

'Hier', zegt hij, terwijl hij een doosje pakt en de deksel eraf haalt.

In de doos liggen eivormige steentjes in verschillende kleuren die gesorteerd zijn op hun steensoort.

'Ik heb ze jaren geleden in Zambia gekocht. Ik weet nog dat ik toen dacht dat ik zo nu en dan een steentje eruit zou kunnen halen om hem in mijn zak mee te nemen en in mijn hand te houden wanneer ik voor een moeilijke taak zou staan. Dat ik dan iets had om me aan vast te houden. Ik ben er al een paar kwijt, zoals je ziet', zegt hij, terwijl hij onverwacht bloost.

Ik knik.

'Ik wil er jou een geven.'

Ik pak een groene steen die in het midden van de doos ligt. Hij is klein en koel in mijn handpalm. Ik knijp mijn hand dicht, de steen ligt helemaal stil.

'Vergeet je het niet? Als het moeilijk mocht worden. Je houdt hem bij je?'

'Nee, Magnus, ik zal het niet vergeten.'

Ik ga de straat op, de kou slaat me tegemoet, en ik ruik de gewone geur van asfalt, uitlaatgassen en ingevroren hondenpies. Ik loop straat in en straat uit en de hele tijd houd ik mijn vuist gebald om de steen.

Het kan niet lang meer duren.

Je zus

19

juli 1984

Saskia,

Ze zeggen dat Desirée een nieuwe vriendin heeft. Dat vind ik niet prettig: het doet me pijn. Een nieuwe beitel, een nieuw element, een nieuwe uitdaging. Toch zie ik ergens wel in dat als zij haar belofte breekt, ik misschien op een dag de mijne ook kan breken. Ik zou dit allemaal achter me kunnen laten. Zonder tweelingziel, zonder deze aanhoudende wens het leven van mensen te redden, zonder zusterschap: vrij.

Ik werk nu veel, ik hol achter mezelf aan. Ik zwelg in late nachten en grootse plannen en berekeningen, en niemand kan mij tegenhouden. Misschien Magnus, daar ga ik altijd heen, of ik nou geslapen heb of niet, of we nou iets belangrijks zeggen of niet. Soms zitten we elkaar alleen maar op te nemen, alsof we daar niet genoeg van kunnen krijgen. Daar raakt hij van in de war, maar ik word er helemaal rustig van. Het is de enige plaats waar ik mezelf kan zijn. De heilige drie-eenheid staat op een laag pitje en daar ben ik blij om. Klaas leeft, wij overleven en wonen gek genoeg in hetzelfde appartement, maar Desirée is daar zeer zelden. Soms lopen Klaas en ik elkaar 's ochtends in de badkamer tegen het lijf, we zien elkaar bijna alleen daar, en hij zegt dat we het *uit* moeten praten, ik antwoord dat dat later wel komt. Later? Ik heb geen toekomst, alleen een wijd uitgerekt nu, waarin ik vaste grond onder mijn voeten probeer te houden totdat dit voorbij is. Klaas zegt dat we met Desirée moeten praten. Ik ga daar niet op in of zeg de waarheid: dat ik het zo vreselijk moe ben om over haar te discussiëren. Hij zegt dat hij nooit tegen mij heeft gelogen. Waarom gaat hij dan 's ochtends in de badkamer zo gebukt onder schuldgevoelens? Hij zegt tegen mij: 'Lieve Klara, ik ben meer dan wat je ziet. Ik ben veel meer dan dat.'

'Dat begrijp ik wel, Klaas.'

'Maar?'

'Waarom zie ik dat dan niet?'

Ik geloof niet dat ik *werk aan onze relatie*, en ook *investeer ik* niet *in quality time*, zoals dat heet in artikelen over liefdesrelaties. Die taal lijkt erg op de taal die ik op mijn werk gebruik: contacten, tijdsplanningen, projecten, doelstellingen. Ik neem aan dat daar een achterliggende gedachte aan ten grondslag ligt, dat we ons misschien niet al te zeer verward zullen voelen wanneer we heen en weer worden geslingerd tussen werk en vrije tijd.

Dus werk ik. Weer een avond tot ver na middernacht; de portier bij de receptie is al weg, in plaats daarvan zijn er sleutels en codes voor het alarm. Mijn baas zegt tegen me dat ik het rustiger aan moet doen. Dit was niet wat ze bedoelde toen ze zei dat ik kon *groeien*, en ze geeft me loonsverhoging, maar daar gaat het niet om. Ik wil gewoon geen privé-leven hebben. Ik heb afgesloten en loop door een slaperige stad, hier en daar schijnt een lamp en aan de silhouetten die zich voor de ramen bewegen zie ik dat dat verdwaalde, slapeloze mensen zijn, net als ik, die daar staan bij gebrek aan slaap. Soms krijg ik zo'n zin om naar hen te zwaaien, om op die manier te zeggen: 'Ik weet hoe het is. Ik ken je voetstappen en hoor je ademhaling. Ik ken het malen in je hoofd, die rondjes van 'als' en 'wanneer'.' Het is ook om die reden dat ik hier op dit tijdstip van de dag loop, het is om die reden dat ik mijn eigen schaduw achterna jaag.

Maar ik vervolg mijn weg naar het centrum van de stad en mijn voeten bewegen vanzelf en ik weet precies naar wie ik verlang, en dat is niet Klaas. Ik ga tegen mijn wil, ondanks mijn wil, want in de liefde – als die is zoals de onze – is het verstand irrelevant in vergelijking met wat die paar momenten van intimiteit kunnen geven. Daar zit niets positiefs in, Saskia. We weten het allebei: dat het doodsverachting is en dat ik daardoor word meegezogen, dat iemand van ons, Klara, Desirée of Saskia uiteindelijk zal moeten sterven. Dat het noodgedwongen zo moet gaan. Dat weet ik al.

Ik vind hun auto bij een discrete, besloten nachtclub. De auto staat slordig geparkeerd en ik weet dat ze zich door een gemakkelijk te imponeren, aangeschoten persoon naar huis zullen laten rijden, zodat als er iets gebeurt, of misschien eerder *wanneer* er iets gebeurt, de fout niet voornamelijk bij hen ligt. Iemand anders zal voor de gevolgen opdraaien, terwijl Desirée krijgt waar ze eigenlijk de hele tijd al op hoopt: dat einde waar ze zo naar verlangt. Ik weet dat, want ik ben erbij geweest. Ik heb Desirées hand vastgehouden en haar gezicht straalde, zo gefascineerd was ze toen de auto accelereerde naar een snelheid waarbij het niet alleen maar meer om onze levens ging, maar ook om die van anderen. Ik dacht dat ik de gebeurtenissen kon tegenhouden, hen door mijn aanwezigheid milder kon stemmen, dat ik het remblokje kon zijn. Als dat toch eens zo was. Zoals gewoonlijk kost het me moeite mijn mond open te doen, Saskia. Vanwege onze belofte sta ik zwak en machteloos, en ik laat alles gebeuren.

Ik loop de club in en zie Henrik zitten praten met een paar oudere mannen. Desirée danst met een verliefde man die in de war is, maar af en toe stopt ze daarmee om naar haar nieuwe vriendin toe te lopen en met haar te praten. Het is Carolina, ik herken haar van onze eeuwige gesprekken in de cafés. Wanneer ik binnenkom, wendt ze haar blik af, ze fluistert iets in Desirées oor en ik weet dat ook zij Desirée zal adviseren hoe ze haar problemen moet oplossen. Dat ze denkt dat alleen zij die ommekeer teweeg kan brengen. Twee vriendinnen die *alles* aan elkaar hebben opgebiecht. Het gekke is dat ik erom kan glimlachen. Ik weet hoe Desirée nu geniet, en ik weet hoe ze er nog meer van zal genieten om precies het tegenovergestelde te doen van wat Carolina zegt. Vervolgens verwacht ze trouw en vergeving van zonden, zodat ze puur en gereinigd weer opnieuw kan beginnen. Ik ken die zus door en door, Saskia. Precies zoals ik jou ken.

Nu besef ik dat. In tegenstelling tot mij heeft Desirée niet dit eeuwige verlangen om haar tweelingzus terug te vinden, om weer van iemand als van een zus of broer te mogen houden. Ze heeft nooit iemand willen hebben die haar leven redde, terwijl zij het leven van die ander redde. Zoals we elkaar beloofd hebben. Het enige wat Desirée wil, is iemand hebben die haar helpt bij haar ondergang. Ze heeft een verrader nodig: ze heeft mij nodig. Ik ken de prijs voor verraad. Geloof me, Saskia, het zal niet weer gebeuren.

Ik ga naast Henrik zitten. Hij werpt de mannen een blik toe en ze staan op om weg te gaan. Henrik kust mij losjes op mijn wang, bestelt met een armgebaar voor ons allebei iets te drinken en opent daarna zijn attachékoffer.

'Ik heb twee nieuwe pistolen gekocht die ik je wil laten zien, Klara. Twee precies identieke voor Desirée en mij. Toepasselijk, vind je niet?'

Ik weet niet of ik moet lachen, dus wrijf ik me maar in mijn ogen, dit is al te onwerkelijk. Terwijl hij op zijn koffer klopt, schreeuwt hij door de zaal: 'Een voor jou, schat, en een voor mij! Of niet?'

Desirée glimlacht en werpt kushandjes naar hem, naar de

man die wel betoverd lijkt en naar Carolina, die verward glimlacht.

'Ik heb het gevoel dat je erg aan Desirée gehecht bent, is het niet?' vraagt Henrik.

Pas nu dringt het tot me door dat hij dronken is, wat bijna nooit voorkomt, en dat hij daarom zo veel praat; het maakt hem op de een of andere manier transparant.

'Dat denk ik wel.'

'Daarom wil ik je een verhaal vertellen. Ik had aangenomen dat je het wel begreep, maar Desirée zegt dat je naïef bent, dat jij iemand bent die beschermd moet worden. Ik vind dat aan dat soort dingen nu een einde moet komen.'

Niet-begrijpend kijk ik hem aan.

'Weet je hoe ik de familie Cronenfelt heb leren kennen?' vraagt Henrik onverstoorbaar. 'Dat was in 1955, in Nairobi, Kenia. Ik was daar net komen wonen, maar zij woonden er al vanaf 1940. Desirée was pas vier jaar toen ik hen leerde kennen. Je kent Gustavs achtergrond?'

'Vaag', mompel ik.

'De vader van Gustav, Desirées grootvader, was getrouwd met een rijke Russin die aan de tsaar was gelieerd. Vader Cronenfelt senior deed in het begin van de eeuw grote zaken in Rusland, met behulp van de contacten die zijn vrouw had. Onze Gustav was nog maar een kind toen de revolutie uitbrak. De familie verloor bijna alles en zoals veel anderen uit hun sociale klasse zat er ook voor hen niets anders op dan proberen te vluchten. Helaas werd hun vlucht meteen ontdekt; ze hadden het bijzonder onhandig aangepakt, de familie probeerde veel te veel mee te nemen. Te midden van alle tumult en rechteloosheid werd Gustav gedwongen getuige te zijn van de terechtstelling van zijn moeder. Om een of ander onduidelijke reden kon de jonge, half-Zweedse knaap met zijn vader ontkomen. Ze kwamen naar Zweden, totaal berooid.'

'Vandaar zijn haat.'

'Vandaar zijn haat tegen het communisme in al zijn vormen, ja. Zijn vader stierf vlak daarna van verdriet, zoals dat zo mooi heet, maar het was eerder door de alcohol, maar misschien is dat wel hetzelfde', vervolgt Henrik.

Hij laat het allemaal klinken als iets uit het Polygoonjournaal, en ik weet niet wat waarheid is en wat leugen.

'Gustav groeide op en leerde Eleonora kennen, die uit een veel voornamere familie kwam dan hij, maar hij had toch ook een naam – en zo'n avontuurlijk verleden! – en nu kreeg hij bovendien geld tot zijn beschikking. Het gezin kreeg een startkapitaal om naar Kenia te vertrekken en daar zijn geluk te beproeven. In het begin slaagde Gustav er werkelijk in wat geld te verdienen met koffie. Maar de prijzen daalden en zijn grote koffieplantage raakte in verval.'

'Maar het geld van Eleonora dan?'

'Dat verdween ook om de een of andere reden, door de vlugge vingers van Eleonora. Ik weet niet precies waar het bleef. Maar als ik in Kenia het gezin leer kennen – ergens zijn we natuurlijk ook nog verre familie van elkaar – zijn ze betrekkelijk kaalgeplukt, ja, uiterlijk niet natuurlijk.'

'Ik begrijp het', zeg ik, terwijl ik denk aan de mensen die ik op de begrafenis tegenkwam, de sfeer in het ouderlijk huis van Desirée en vooral aan stijl.

'Dus begonnen Gustav en ik een samenwerkingsverband om, zoals Gustav het uitdrukte, "de wereld tegen het communisme te beschermen". We zouden beginnen met Afrika, ervoor zorgen dat de koloniale landen zich niet los konden maken. Maar toen die landen eenmaal onafhankelijk waren, was het doel natuurlijk om ze stevig aan de Verenigde Staten en het westerse kapitalisme te binden. We maakten deel uit van een heleboel broederschappen die over de hele westelijke wereld verspreid zaten, vooral in de Verenigde Staten, waar het geld voor dit soort activiteiten nooit lijkt op te drogen. Daar zijn het bijna ondergrondse zakenactiviteiten geworden, met kranten, trainingskampen, netwerken en wapendepots. Mijzelf was het uitsluitend om het geld te doen.'

'Maar Gustav dan?' vraag ik, en pas nu begin ik te begrijpen wat hij vertelt, waar de familie van leeft, wat iedereen allang gezien heeft, behalve ik.

'Hij was oprecht loyaal. In de jaren zestig en zeventig werkten we allebei als agent voor verschillende Amerikaanse en Europese wapenfabrikanten die wapens wilden verkopen aan de nieuwe landen in de derde wereld. We reisden heen en weer tussen verschillende landen en knoopten contacten aan met de regimes, ondertussen legden we ons erop toe de dreigingen van zowel de buurlanden als van de communistische staten te overdrijven. De verkoop kwam goed van de grond; de derde wereld kocht voor fantastische bedragen. Bij ons werk hoorden ook steekpenningen, afpersing en zelfs spionage als dat nodig was. We hoefden bijna nooit te smokkelen, maar als het zo uitkwam deden we dat ook, naar Beiroet bijvoorbeeld, omdat de regimes in het Westen de morele verplichting op zich hebben genomen niet naar oorlogvoerende landen te exporteren. Die manier van denken begrijp ik niet, wapens zijn er om mee te doden', zegt hij, terwijl hij zijn schouders ophaalt. 'Maar voor ons was het geen probleem, we vervalsten de namen van de eindgebruikers en exporteerden via een tussenland. Maar Gustav, die bleef zijn idealen trouw en wilde vooral groeperingen als Renamo in Mozambique van wapens voorzien in hun strijd tegen wat wij "communistische regimes" noemden. Dat was natuurlijk flauwekul, dat wisten de meesten van ons. Maar Gustav niet.'

Hij praat nu vol vuur, het is bijna alsof hij zit op te

scheppen, de alcohol heeft hem in zijn greep en bovendien is hij ontstemd over iets wat hij probeert te vergeten. Zijn handen, die gewoonlijk naast hem liggen, maaien door de lucht. Hij wil me iets zeggen, maar zijn hersens lijken de kortste weg daarheen niet te kunnen vinden.

'Ik begrijp het', zeg ik, terwijl ik eraan denk dat hij niets weet van mijn betrokkenheid, van mijn eigen contacten met zuidelijk Afrika.

'Zelf vond ik het onbelangrijk wie waarvandaan wapens kreeg. Ik vond dat dat gedoe van het communisme tegenover het kapitalisme meestal retoriek was; wij die echt geld verdienden wisten dat wel. De ene dag hielp ik een Europese regering om wapens naar Zuid-Afrika te exporteren, geheel legaal door hun de mazen in de wet te laten zien, en op die manier konden ze al te luide protesten in eigen land voorkomen. En als die protesten toch kwamen, zeiden de politici altijd: "Die wapenindustrie levert ons banen op, wie wil de verantwoordelijkheid op zich nemen mensen werkloos te maken?" Wat ze bedoelden was: "Als wij geen wapens verkopen, doet een ander het wel."'

'Henrik, natuurlijk willen de mensen werk. Maar niet tegen elke prijs.'

'Tegen welke prijs dan wel, als ik vragen mag? Hoe bepaal je de verhouding tussen landmijnen in het zuiden tot banen in het noorden? Hoe wou jij rekenen? Onderzeeërs naar dictaturen, maar niet naar landen in oorlog? Vertel me dat eens!'

Ik blijf hem het antwoord schuldig.

'Zie je wel. Zit me niet zo aan te kijken. Ik ben alleen de boodschappenjongen, de tussenpersoon.'

Hij gebaart weer dat we nog wat willen drinken. Ik durf niet met mijn ogen te knipperen, want ik ben bang dat mijn ogen dan overstromen.

'Zoals ik al zei, de ene dag naar Zuid-Afrika, maar een week later al kon ik de andere kant van wapens voorzien. Niet rechtstreeks natuurlijk, maar via contacten. Mij maakte het niks uit, maar Gustav wist er niets van. Hij vocht tegen het communisme als tegen windmolens, en hij was blij dat hij er tegelijkertijd ook nog een grijpstuiver mee verdiende. Hij zal wel nooit begrepen hebben hoe we zoveel konden verdienen.'

'Je hebt hem bedrogen.'

'Helemaal niet, hij bedroog zichzelf.'

Zwijgend blijven we zitten. Hij maakt mij bang, maar ik vind het nog angstaanjagender dat ik zo weinig heb willen zien. Maar ik besef ook dat ik nu de kans heb werkelijk iets te doen. Ik probeer mijn gedachten te ordenen, denk na over wat ze op onze bijeenkomsten zouden hebben gezegd, hoe ik zou kunnen handelen. Maar ik ben dit niet gewend, hoewel ik maar al te vaak de gevolgen van de daden van deze mensen gezien heb.

'Die activiteiten gaan nog steeds door?' vraag ik en ik probeer ongeïnteresseerd te klinken, alsof we het hebben over een keten van confectiewinkels.

'Niet voor Gustav, ik geloof dat hij gedesillusioneerd is. Het gezin is immers in 1975 hier gaan wonen en sindsdien hebben ze mooi gerentenierd.'

Hij haalt zijn schouders op.

'Weer een ziener minder. Maar misschien waren zijn visioenen van het begin af aan al niet zo veel waard.'

'En jijzelf?' probeer ik weer.

'Ik voorzie nog steeds dan weer de ene, dan weer de andere kant van wapens. De ene dag hebben we zogenaamde guerrillagroeperingen, ondersteund door de Verenigde Staten of Zuid-Afrika. De andere dag zie ik hoe dezelfde wapens gebruikt worden door regimes die tegen hen moeten vechten. Ik houd er wel van als het spel een tikje verschuift. Misschien levert dat niet net zo veel geld op, maar het amuseert me.'

'Je doet het dus niet uit morele overwegingen?'

'Die kun je je in mijn werk niet veroorloven. Ik word als een man van eer beschouwd en dat wil ik graag zo houden.'

'Van eer?'

'Ja, ik houd mijn woord. Aan de opdrachtgever die ik op dat moment heb. En ik laat geen sporen na.'

Tegen beter weten in laat ik het me toch ontglippen: 'Maar toch: je zit hier nu met mij te praten.'

Hij ontnuchtert wat, zet zijn glas neer, veegt zijn mond af met een servet en gaat wat meer rechtop zitten. Ik schud mijn hoofd en lach even.

'Alsof ik me hier druk over zou maken, of het überhaupt begrijp.'

Hij kijkt me lang aan, maar zegt niets. Ik doe net of ik Desirée zoek en gaap vervolgens. Hij ontspant wat en het lijkt alsof hij teruggaat in zijn herinnering. Hij weet niet goed waar hij me moet plaatsen, maar waarschijnlijk niet bij degenen die zulke gesprekken kunnen doorvertellen. En dan nog: aan wie? Met welke bewijzen? Hij besluit zijn verhaal te vervolgen.

'Wil je weten hoe je in de wereld zaken aan het rollen moet krijgen? Laat ik je een eenvoudig beeld schetsen hoe zoiets in grote trekken verloopt. Een groep mensen met macht en contacten binnen de industrie begint tot oorlog aan te zetten, liefst een oorlog niet te dichtbij, zodat je er in het begin niet zo veel van hoeft te zien. Meteen begint de retoriek: heerszuchtig volk, grootmacht, communistische dreiging, de vijand. Wanneer de bevolking lang genoeg is opgehitst – en geloof me, dat kost niet veel tijd – wordt het kanonnenvlees erop afgestuurd. Dat zijn, sorry hoor, mensen zoals jij, jouw broeders. Al gauw beseft het volk dat ze bedrogen zijn, maar dan is het te laat. Ze moeten zich wreken, een broer wreken, een verkrachte zus, een moeder die is omgekomen bij een bomexplosie, een gebombardeerde thuisstad. Ten slotte leeft de oorlog vanzelf voort, het is de enige manier geworden waarop ze kunnen leven. Terwijl wij die de macht bezitten en de juiste kanalen, uitzinnig veel geld verdienen.'

'Het is niet zoals jij het beschrijft', fluister ik.

'Maar vertel me dan maar eens hoe het wel in elkaar zit, Klara. Laat eens wat van je ervaringen horen!'

Maar die heb ik niet. Ik heb alleen de slachtoffers gezien, ik heb de mensen achter dit alles gezien. Ik heb mensen gezien zoals jij en ik, Saskia, die proberen hun leven zo fatsoenlijk mogelijk te leven. Mensen die hun best doen om rond te komen met hun geld en hun huwelijk te laten slagen, om de kinderen gezond te houden en de rekeningen op tijd te betalen, om de oorlog weg te houden en de politici niet corrupt te laten zijn – in welk land ze ook geboren zijn. En daarvoor hoeven we allemaal niet eens naar dit soort gesprekken te luisteren, zelfs niet te weten dat ze plaatshebben. Maar dan besef ik opeens, en het maakt me misselijk: *maar ik weet het wel.*

'Dan heb je nog een burgerbevolking die dingen nodig heeft', maalt Henrik door, niet gehinderd door het antwoord dat ik hem schuldig blijf. 'Die leveren wij tegen waanzinnige prijzen. Daarna moeten er steden en industrieën worden opgebouwd en dan zijn we er weer, want wij hebben het geld daarvoor bijeengebracht. We bouwen, we slopen, en alles begint weer van voren af aan. Ik ben ervan overtuigd dat mensen zoals ik op een dag bijvoorbeeld Mozambique van opsporingsmateriaal zullen voorzien voor dezelfde mijnen die ik eerst daarheen heb helpen verkopen.'

Onwillekeurig schrik ik op.

'In jouw ogen ben ik een beest, Klara, zo zien jullie mij allemaal. Maar het zijn mensen zoals ik die werkgelegenheid scheppen.'

'En zo draait het maar door', is het enige wat ik kan uitbrengen.

'Dat niet alleen, het draait fantastisch. Het gekke is dat er geen verandering in lijkt te komen. Ik loop nou al een tijdje mee en ik ben nog geen generatie tegengekomen die dit lijkt te kunnen tegengaan.'

Dan kijkt hij me aan.

'En kom me nu niet verontwaardigd aan met zoiets als dat jullie vrouwen geen blaam treft, omdat jullie alleen maar slachtoffers zijn in dit spel. Laat ik het anders zeggen: hoe kunnen jullie, met al jullie verontwaardiging, in je eigen land nou een wapenindustrie toestaan? Ik weet wat je denkt: Waarom moet nou juist ik naar deze man luisteren? Jouw fout, Klara, en die van velen met jou, is dat jullie niet op de proef worden gesteld, zoals ik, zoals Desirée. Jullie leven met jullie illusie van een wereld die in een hermetisch afgesloten omgeving zit. Ik zou er niets op tegen hebben om zelf in zo'n wereld te leven. Maar die ziet er nu eenmaal niet zo uit.'

Ik sluit mijn ogen.

'Het is gemakkelijk om meningen te hebben', zegt hij en het klinkt alsof hij een beetje medelijden met mij heeft. 'Meningen heb ik ook. Over alle andere dingen, maar niet over zaken. Want wanneer de behoefte van mensen aan comfort echt *in gevaar* is, denken de meesten niet meer zoveel. Ik ben door ontelbare mensen omringd geweest, en iedereen wist waar het geld vandaan kwam. In het begin zijn ze verontwaardigd, maar daarna wennen ze aan het comfort.'

'En Desirée?' fluister ik, hoewel ik weet dat ik dat niet zou moeten doen.

'Ze heeft het altijd geweten. Ze is een verstandige vrouw en we hebben haar geld goed belegd, wat wil zeggen dat ze precies weet welk oogje ze moet dichtknijpen. O ja, ze weet het wel.'

'Maar niet over Gustav.'

'Ze heeft ook altijd van zijn zaken geweten. Ik geloof dat ze medelijden met hem heeft, omdat hij het nooit echt begrepen heeft. Ja, ze wilde voor hem zorgen, hem beschermen, zelfs tegen haar moeder. Nou ja, nu heeft ze hem voor zichzelf. Dat is misschien wel net zo goed.'

Ze hebben de lichten in de zaal aangedaan. Ik kijk op de klok, het is halfacht 's ochtends. Henrik rekt zich een beetje uit en ik zie hoe hij zoekt naar iemand die hem naar huis zou kunnen rijden. Hij staat op en ik doe dat ook. Hij neemt me lange tijd op, want hij denkt dat ik tegenwoordig niet meer in beeld ben.

'Ik heb je dit verteld om één reden. Je moet er nooit aan twijfelen wie Desirée werkelijk is. Maak je thuis in jullie appartementje geen illusies, zodat je het in je hoofd haalt dat je iedere keer hierheen moet rennen om haar te redden.'

'Ik begrijp het.'

'En maak je er ook geen illusies over dat je de heldin moet spelen. Ik heb je wel zien lopen, hoor, met je fakkels, ik heb geld in jullie collectebussen gestopt. Er is niets wat jij kunt doen om mensen zoals ik te pakken te krijgen. We hebben onze meningen uitgewisseld, jij en ik, dat is alles. Zoals jij en Desirée vroeger altijd deden.'

Hij doet het koffertje waarin de pistolen liggen op slot. Tijdens dit hele gesprek, dat onwezenlijker is dan wat ik ooit in mijn leven heb meegemaakt, heeft het tussen ons in gelegen. Ik weet dat ik hierna nooit meer dezelfde zal zijn. Voordat ik me omdraai om weg te gaan, voor wat hij denkt dat de laatste keer is, vraag ik hem iets.

‘Ik wilde je nog iets vragen, Henrik. Waarom blijf je bij Desirée?’

‘Ze amuseert me’, zegt de man van eer net iets te snel, terwijl hij opschrikt. ‘Ze amuseert me. Dat is alles.’

Ik knik, draai me om, maar voel zijn hand om mijn pols.

‘Nog iets’, zegt hij, volslagen nuchter nu. ‘Ik weet precies wie jij bent en wie jouw familieleden zijn. Ik weet dingen die Desirée niet weet. Begrijp je wat ik bedoel?’

Ik loop recht door de verlichte zaal, waar de resten van de avond in hoopjes en splinters op de grond verspreid liggen. Ik loop de straat op, een ochtendlicht tegemoet dat in tegenstelling tot de omgeving die ik juist heb verlaten, ontstellend mooi is.

Ik weet nu meer dan me lief is. Dat vreet aan me, het is alsof ik geen skelet meer heb, alsof Henrik mijn ruggengraat heeft leeggezogen. Maar eigenlijk is hij alleen maar doorgegaan waar Desirée al was begonnen. Ik heb ervan geprofiteerd. Dat moet ik met mij meedragen. Maar Saskia, ook al is het de enige keer in mijn leven, ik moet nu echt niet alleen denken, maar eindelijk *handelen.* Met die doelstelling heb ik Desirée leren kennen. Niet om een tweeling te redden, jaren te laat. Niet om mezelf onder ogen te komen in euforie over het feit dat ik iemand bekeerd heb. Ik moet Henrik tot stoppen brengen. Dat moet ik doen, ook al weet ik niet hoe ik dat moet doen. Maar één ding weet ik wel van hem: hij liegt. *Ze amuseert me.* Hij schrok toen hij dat zei, het was de enige keer. *Dat is alles.*

Het is meer dan dat.

Klara

20

augustus 1984

Lief zusje van me,

Het wordt ochtend, het wordt avond, de schemering valt, het wordt nacht. Het is de ochtend van de eerste dag en er kan niets opnieuw beginnen voordat dit is afgerond. De gedachte dat ik Henrik nog een keer moet ontmoeten, maakt me misselijk. Toch weet ik dat het moet. Het ergste, of misschien het beste, is dat ik ook verachting voel voor Desirée. Toch is het via haar dat ik hem te pakken moet krijgen. Al mijn eigen gevoelens moet ik aan de kant schuiven, ik moet kil en berekenend handelen en dingen doen waartoe ik me tot nu toe niet in staat heb geacht. Ik moet worden zoals jij, Saskia. Het duurt niet lang meer voor ik kom.

Desirée zal wel iets vermoeden. Net zoals ik haar ken, kent zij mij ook door en door. Ze is onder geen beding van plan mij hieronderuit te laten komen. Op een zaterdagochtend staat ze opeens bij me voor de deur, Klaas is ergens anders, ik weet niet waar en ik wil het ook niet weten. Ze kijkt weer met zo'n hondse blik en ze is helemaal onopgemaakt. Ze ziet er zo kwetsbaar uit, als iemand die je onder je hoede moet nemen. Maar ik weet wel beter. Het is dan ook niet om die reden dat ik haar binnenlaat. We gaan aan de keukentafel van Klaas zitten, waar we, zoals ik toen dacht, een gelukkig trio vormden waarbij onze liefde de lijm was waarmee Desirée eindelijk gered zou worden. Met een beetje hulp van Magnus. Met een beetje hulp van mij. We zitten tegenover elkaar en ik geloof dat ze nu eindelijk een keer niet weet wat ze aan me heeft. We weten dat we elkaar nodig hebben, maar niet zoals we vroeger dachten. We weten niet wie van ons twee dit gesprek moet beginnen, maar ten slotte zeg ik uit pure nervositeit: 'Ik weet wat voor zaken jullie doen, Desirée. Ik weet waar jouw familie uit bestaat, waar jij en Henrik mee bezig zijn.'

Ik verwacht een enorme scène, dat ze om genade zal smeken en dat ik er dan voor het eerst niet voor haar zal zijn, dat het een genot zal zijn – neem me niet kwalijk – om haar hulpeloos te zien.

'Dat heb ik begrepen, Klara. Ik ben blij dat je het weet. Daarom ben ik hier ook gekomen. Ik heb je hulp nodig.'

Ik weet niet wat ik moet zeggen, zoals gewoonlijk ben ik het spoor weer bijster, waar zijn mijn plannen gebleven? Ik zou toch de heldin spelen, degene die alles achter zich zou laten en in orde zou maken en...

'Als je eens wist wat ik heb doorgemaakt', zegt ze, terwijl ze me aankijkt, haar ogen glinsterend van woede en irritatie. 'Je hebt het misschien niet willen zien, ervoor gekozen het niet te begrijpen. Misschien was er wel iemand als Henrik voor nodig om je wakker te schudden. Goeie genade, je bent nog naïever dan zelfs hij dacht.'

'Desirée?'

'Als je eens wist waar ik me al die jaren mee bezig heb gehouden, terwijl ik tegelijkertijd gedwongen was om midden in dit alles te leven. Als je dat had geweten, dan had je mij misschien niet zo streng veroordeeld. Weet je nog dat ik heb gezegd dat ik geld voor de solidariteitsbeweging bijeen wilde brengen, die keer toen we alles hier thuis wilden achterlaten?'

Ik knik.

'Dat wilde ik toen al doen. Maar er kwam iets tussen.'

'Wat doen, Desirée?'

'Ik kan dat nu niet uitleggen. Vanavond heeft Henrik mensen uitgenodigd voor een kreeftenmaal. Ik weet dat er een paar van zijn collega's komen en dat ze een grote transactie gaan afsluiten. Ik wil dat je er ook bij bent.'

'Ik weet niet meer wat ik nog moet geloven', is het enige wat ik hoofdschuddend zeg.

'Je gelooft maar wat je wilt. Maar ik heb je hulp nodig. Daarna is het voorbij, dan hoef je me niet meer te zien.'

Ik kijk door het raam naar buiten.

'Klara? Ooit ben je mijn beste vriendin geweest. Ooit heb je van mij gehouden. Kom alleen om die reden. Je bent de enige tot wie ik mij kan wenden', zegt ze met zachte stem. 'Kom.'

Wat kan ik zeggen? Ze staat op en streelt over mijn haar. Ik fluister: 'Ik ben zo in de war, Desirée.'

'Lieve Klara', mompelt ze. 'Lieve schat.'

'Ik weet niet wat ik moet doen.'

'Ik weet het wel. Je komt vanavond. Je komt.'

Ik knik. Ik buig me naar voren en adem tegen haar buik.

'Ja.'

Ik parkeer mijn auto bij het zomerhuis van Henrik von Rensen. Daar staan al zo'n twintig auto's, allemaal van een duurder merk dan die van mij. Klaas is thuisgebleven. Hij zegt dat als ik erheen ga, ik niet meer terug hoef te komen. Onverschillig neem ik er notitie van, als een gegeven waar ik misschien rekening mee zou moeten houden, maar waar ik me nu niet druk om kan maken. Wanneer ik wegga heeft hij een holle blik, ik laat hem leeg achter. Het is alsof Desirée en ik genomen hebben wat we hebben wilden en nu met een fles staan waarvan we het niet eens meer kunnen opbrengen er het statiegeld voor terug te vangen. Hij ziet er zo klein uit zoals hij daar in de hal staat, in zijn lichtblauwe pyjama met een embleem op de borst. Een klein jongetje van wie ik nooit en te nimmer heb gehouden. Hij had toch iets beters moeten kunnen vinden. Hij had Desirées raad niet moeten opvolgen, ik denk dat hij het slachtoffer is geworden van misleidende productinformatie.

Ik ga het huis van Henrik binnen en loop door naar de veranda waarvandaan je uitzicht hebt over het meer. Van een afstand hoor ik pistoolschoten. Een meisje dat me passeert, vertelt dat Desirée en Henrik met hun handige, identieke pistooltjes een wedstrijd doen wie het beste in de roos kan schieten. Ze zegt dat dat geapprecieerd wordt, dat ze er allebei even goed in zijn. Na iedere zin lacht ze, alsof ze voorgeprogrammeerd is. Het gezelschap keert terug. Henrik ziet mij op de veranda en steekt zijn irritatie over het feit dat ik daar eigenwijs blijf staan niet onder stoelen of banken. Ook Carolina, die als een sjaal aan Desirées arm hangt, kan haar woede niet verbergen. Desirée glimlacht alleen maar afgemeten naar mij en knikt. Misschien heb ik een vergissing begaan. Ik omklem Magnus' steen met mijn hand. In mijn handtasje zit zijn adres. Voor het geval dat. Maar niet voordat ik dit heb afgerond.

We gaan aan tafel zitten om onze kreeften te eten en de mensen raken steeds meer aangeschoten. Een van Henriks bedienden komt binnen en fluistert hem iets in zijn oor. Ze kijken allebei het huis in en ik doe dat ook. Daar staan vier mannen. Het is hetzelfde type mannen als die ik bij Henrik in de nachtclub heb gezien. Zwijgzame, discrete, levensgevaarlijke mannen. Dus had Desirée misschien ondanks alles toch gelijk. Henrik loopt op de mannen af, ze begroeten elkaar en gaan vervolgens naar boven. Desirée kijkt mij aan en knikt. Haar lippen vormen het woord 'werkkamer'. Even later loopt ze weg. Ik zeg 'proost' en zing mee met een of ander verschrikkelijk lied over een diep graf en daarna volg ik haar. Ze zit in de werkkamer achter het bureau van Henrik. Opeens valt me op dat ze er bang uitziet. Zonder een woord te zeggen drukt ze op een knop van een luidsprekertje op het bureau. Eerst ben ik gedesoriënteerd en weet ik niet van wie die stemmen zijn, waar ze vandaan komen. Maar dan hoor ik dat het de stem van Henrik is, van Henrik en van de onbekende mannen. Voor de luidspreker, eraan vastgekoppeld, ligt een cassetterecordertje. Het bandje draait en Desirée zegt: 'Ze zitten nu vlak boven ons. Henrik heeft dit apparaat zodat een medewerker hier beneden kan meeluisteren voor het geval er iets fout gaat. Maar hij weet niet dat ik hem ook kan bedienen en dat ik hier heb gezeten wanneer zijn mannen dat niet deden.'

Ik knik in de richting van de cassetterecorder.

'En dat?'

'Daar weet hij absoluut niets van.'

We luisteren naar het gesprek. Ik kan het nauwelijks volgen. Ze praten over wapens zonder direct te zeggen dat het daarover gaat. Ze praten over bedragen en onkosten, doelen en eindgebruikers, maar het is in een gecodeerde taal, en ik heb de sleutel er niet van. Het is een soort Engels vol afkortingen en termen voor ingewijden, en ik weet niet hoe iemand dit ooit moet kunnen begrijpen.

'Ik heb een heleboel van zulke bandjes. Niet alleen uit dit huis, want hij nodigt zijn contactpersonen zelden hier uit. Maar uit nachtclubs, restaurants, hotelkamers. Ik heb alles op de band opgenomen. Ook gesprekken met een aantal mannen met wie ik wat diepgaander heb gepraat.'

Ik ben onder de indruk, bijna tegen mijn zin. Maar ik moet helder blijven denken. Wat zegt ze eigenlijk?

'Jij zei dat jouw beweging geld nodig heeft? Is dat nog steeds zo?' vervolgt ze.

'Ja, natuurlijk.'

'Dan zullen ze dat krijgen. Ik zei toch al: ik houd mijn belofte.'

'Wat ben je van plan, Desirée?'

'Ik wil dit allemaal overhandigen aan de politie, en dat zal ertoe leiden dat althans een aantal van deze mensen niet gewoon met zijn activiteiten door kan gaan. Misschien kan het het publiek de ogen openen voor hoe zoiets toegaat, hoeveel mensen er in feite bij betrokken zijn. Ik denk dat het een schandaal wordt', zegt ze en ze klinkt als Mata Hari.

'En jij dan?'

'Als garantie voor het feit dat ik alles zal overdragen, behalve een bepaalde geldsom, wil ik een nieuwe identiteit en een nieuw leven. In Nederland, Klara, in Amsterdam. We kunnen opnieuw beginnen, je kunt meegaan.'

'Saskia', fluister ik. 'Papa.'

'We worden net als Saskia, Klara. Snap je? Maar ik denk niet dat ik dit alleen red.'

Ik grijp naar mijn voorhoofd, alles draait door elkaar.

'Wacht, Desirée. Dit is niet genoeg. Een paar cassettebandjes met gepraat. Ik denk niet dat er iemand geïdentificeerd of hiervoor veroordeeld kan worden. Je hoort toch hoe ze praten, eigenlijk zeggen ze niets. Henrik weet wat hij doet, hij zou zoiets nooit riskeren.'

'Daar heb ik ook aan gedacht. Maar daarom heb ik je ook gevraagd te komen. Ik weet dat hij vanavond geld en papieren in ontvangst zal nemen. Gewoonlijk heeft hij zulke dingen nooit hier, maar gisteren zei hij dat ze vannacht hier in de kluis zouden blijven liggen. Ik weet hoe je die openmaakt. Daar zullen dan papieren in liggen die onder andere kunnen worden gebruikt om te bewijzen dat er regeringsambtenaren in zowel Europa als de derde wereld zijn omgekocht. Wapens die op de verkeerde bestemming zijn aangekomen, ambtenaren die leveranties hebben doorgelaten en daarvan op de hoogte waren. Hooggeplaatste personen die steekpenningen van wapenfabrikanten hebben aangenomen om te zorgen dat een bepaald vliegtuig wordt aangekocht. Henrik bewaart dat soort gegevens om ze te kunnen gebruiken voor het geval er later iemand op andere gedachten komt. Ik zal bankrekeningnummers hebben, notities over uitbetalingen en steekpenningen, alles.'

'Waarom vertelt hij dit aan jou? Waarom heeft hij jou zoveel laten weten?'

'Hij vertrouwt me. Hij weet immers dat ik er bij betrokken ben, hij denkt dat ik ongevaarlijk ben. Je weet hoe hij is met vrouwen.'

Toch weet ik dat ze ongerust is. Ik weet dat hij normaal gesproken geen sporen achterlaat, zelfs niet voor haar. Maar zou het misschien zo kunnen zijn dat hij van haar houdt, dat het niet zo is dat ze hem alleen maar *amuseert*? Dat hij van haar heeft gehouden vanaf het eerste moment dat hij haar zag, toen ze pas vier jaar was en in handen van twee mensen die niet in staat waren van haar te houden. Misschien is hij de enige die haar heeft weten te bereiken.

Desirée knikt.

'Ik ken hem mijn hele leven al. Maak je niet ongerust.'

'Ik ben er niet gerust op, Desirée.'

Ik strek mijn handen naar haar uit, en ik merk dat ze trillen. Ze neemt ze in de hare. Ze is nu vreemd rustig, rustiger dan ik haar ooit heb meegemaakt.

'Ik heb je verkeerd beoordeeld, Desirée. Vergeef me.'

'Het geeft niet.'

'Ik heb je verkeerd beoordeeld', herhaal ik.

Ze schudt haar hoofd, kijkt opeens verlegen.

'Misschien heb ik mezelf verkeerd beoordeeld. De vraag is of ik daarmee zal kunnen leven.'

‘Ik begrijp je niet?’

Ze staat op en knikt in de richting van de deur.

‘Je moet nu gaan, ze zijn zo klaar hierboven. Ik had gedacht dat jij nu al papieren mee zou kunnen nemen, zo had ik het gepland, maar dat ging niet. Ga nu maar weer eten. Daarna zeg je dat je hoofdpijn hebt en je rijdt naar huis om in te pakken wat je nodig hebt. Daarna ga je naar het eiland, naar het zomerhuis van je moeder. Henrik weet niet van het bestaan daarvan. Doe voor een paar dagen inkopen. In het begin zullen we ons daar verbergen. Henrik zal denken dat we al gevlucht zijn. Daarna nemen we het vliegtuig naar Amsterdam en gaan daar naar de politie. Ik heb al contact met hen gehad. Ga nu.’

‘Maar jij dan?’

‘Ik moet die papieren en dat geld hier vannacht nog weghalen. Als we die niet hebben, hebben we niks. We zien elkaar op het eiland.’

‘Maar waarom kom je niet rechtstreeks naar mijn huis, of ik kan je vannacht hier ook ophalen, dan vertrekken we meteen, ik vertrouw het niet…’

‘Doe wat ik zeg, Klara.’

Ik knik en doe de deur open. Ik draai me om en kijk haar lang aan. Er staat nu een andere Desirée. Ze is niet bang, ze smeekt niet, ze is niet berouwvol. Ze weet precies wat ze doet, en ze is helemaal kalm in de zekerheid dat iets waarop ze zo lang heeft gewacht nu werkelijkheid zal worden.

‘Vaarwel’, zegt ze gek genoeg. ‘Vaarwel, Klara.’

‘Tot ziens’, zeg ik. ‘Op het eiland.’

Ze wuift met haar hand om mij aan te sporen. Ik doe wat ze zegt. Ik loop naar de veranda, zing nog een liedje, probeer een kreeft uit te zuigen hoewel ik dat gebruik nooit goed heb begrepen. Daarna krijg ik mijn hoofdpijn, en ik sta op om weg te gaan. Desirée geeft me geen blik ten afscheid. Carolina glimlacht. Ik vind dat ik het me wel kan veroorloven terug te glimlachen. Ik heb moeite om de sleutel in het contact te krijgen. Ik schakel per ongeluk naar de derde versnelling en de auto maakt een sprongetje. Ik probeer diep adem te halen en rijd vervolgens over de hoge brug de slapende stad in.

Thuis ligt Klaas te slapen. Ik begin mijn kleren in te pakken, mijn paspoort, creditcard, bankafschriften, dagboeken, foto's. Het frappeert me hoe weinig dingen iemand eigenlijk nodig heeft om een nieuw leven te beginnen. Ik stop pas wanneer ik in de slaapkamer mijn eigen donkere silhouet in de spiegel zie. Goeie genade, waar ben ik mee bezig? Maar dan denk ik aan een kleine en beheerste Desirée achter een groot bureau met een draaiende cassetterecorder voor haar handen. Ik ga door met inpakken, totdat ik merk dat Klaas rechtop is gaan zitten in bed.

'Klara, wat doe je?'

'Je zei dat als ik vanavond wegging, ik niet meer terug hoefde te komen. Nou, ik ben nu aan het pakken. Je bent van me af, Klaas.'

'Niet op deze manier, we moeten praten. Ik meende het niet, meende het niet zo. Schat?'

'Ik ga nu weg.'

'Maar waarheen dan?'

'Desirée en ik gaan op reis. Ik weet niet hoelang we wegblijven. Jij moet maar aan mijn baas op de uitgeverij zeggen dat ik mijn ontslag neem. Misschien kun je zeggen dat er iets is gebeurd met mijn vader. Ik weet het niet. Of ik stuur hun trouwens wel een brief. Mama zal ik zelf wel bellen.'

'Waar heb je het over, Klara? Jij en Desirée?'

Ik geef geen antwoord, doe alleen mijn koffer dicht en loop naar de hal. Het begint al licht te worden. Ik kijk op de klok. Er gaat om acht uur een ochtendboot naar het eiland. Ik kan daar wel boodschappen doen.

'Jij en Desirée!' schreeuwt Klaas, zijn stem is gebroken, hij voelt zich vernederd en ik kan hem wel begrijpen.

'Het is niet wat jij denkt. Dit keer heeft ze me echt nodig.'

'Wanneer hebben we dat eerder gehoord', zegt hij alleen.

'Je begrijpt het niet', is het enige wat ik weet te antwoorden.

'Jawel, ik begrijp het wel. Het was allemaal maar een spelletje voor jullie twee, jullie hebben mij voor de gek gehouden. Maar weet je wel dat ze mij verleid heeft? Eerst voordat jij en ik elkaar leerden kennen en daarna nog een keer. Toen we onze heilige drie-eenheid vormden, zoals jij het zag. Ze zei de hele tijd dat jij haar had aangemoedigd, dat het jou amuseerde.'

Ik verstijf.

'Jawel, Klara. Keer je in 's hemelsnaam niet om. Ik kan je nog iets vertellen, en ook al ben ik dan een laffe, leugenachtige klootzak, dit is wel waar. Luister goed: er zit geen liefde in dat lichaam, dat heb ik wel gemerkt, geen begeerte, geen warmte, niet eens passie. Alles wat ze laat zien, wat ze te koop aanbiedt, het is allemaal spel. Een spel, alleen maar om die enorme kilte en tegenzin te verbergen. En de ene na de andere man denkt dat hij haar wakker zal kunnen maken, dat hij degene is die haar zal kunnen laten liefhebben, iets laten voelen. Net zoals jij. Het is verschrikkelijk. Ik had er geen idee van.'

'Ik wil het niet horen. Alsjeblieft', smeek ik, terwijl ik me naar hem toe keer.

'Ze is niets. Dat je dat niet begrijpt. Zelf mag ik dan ook niet zo veel waard zijn, maar ik heb me tenminste nooit anders voorgedaan. Echt hoor, Klara, zij stond erop mij alleen te zien.'

Het raakt me.

'Je liegt.'

Hij staat stijf tegen de deurpost geleund, terwijl hij met zijn hand door zijn haar strijkt.

'Jullie hebben me zo gemaakt. Jullie twee zijn degenen die me zo gemaakt hebben.'

Ik weet niet wat ik moet antwoorden; zoals gewoonlijk hebben mijn gebrek aan daadkracht, mijn egoïsme en mijn zwakte anderen de vernieling in geholpen.

'Vergeef me, Klaas', fluister ik. 'Vergeef me.'

Hij schudt zijn hoofd, zijn pyjamajasje is gekreukt en ik wil voor de laatste keer zijn arm strelen en zijn voorhoofd kussen, maar ik weet dat dat niet mag. Ik neem mijn koffers op en ga. De sleutels leg ik op het tafeltje in de hal. Ik kom nooit meer terug. Je hoort geen enkel geluid wanneer de deur achter me sluit. Geen enkel geluid.

Nu wacht ik. Ik ben hier op het eiland, Saskia. Het duurt niet lang meer, dan kom ik, dan komen Desirée en ik. Als Desirée niet ten uitvoer kan brengen wat ze heeft beloofd, dan zal ik het zelf moeten doen. Ik moet vertellen wat ik weet en hopen dat het ergens toe leidt. Nu is het in elk geval voorbij. Mama kan langskomen, en Magnus kan ik misschien schrijven. Maar niet langer gescheiden, Saskia. Geen Klara meer die niet weet wat ze moet doen. Ik wacht op de steiger en bij iedere boot die komt, meen ik dat ik haar stem zal horen, haar zal zien zwaaien op het voordek. Er komt niemand. Er moet nu een eind aan komen, Saskia. Maar ik wacht. Dat is het enige wat ik kan doen.

Ik wacht alleen maar.

21

Het is midden in de nacht. Nee, ik slaap niet. Ik probeer iemand te begraven die zich niet laat begraven. Fout, ik heb het tien jaar geprobeerd, en nu is het voorbij. Ik weet niet meer of ik er nog zeker van ben hoe ik mezelf moet noemen. Deze zomer loopt op zijn eind en ik heb in het verleden van zowel mezelf als van anderen geleefd en nee, ik ben niet dezelfde. Er rest nog één ding: hoe moet ik nu verder? Er zijn momenten in het leven die een eindstation lijken, een plaats waar de bus alleen maar rondjes rijdt in afwachting van het moment waarop hij weer met dezelfde route moet beginnen. En ook al moet je dat wel, je kunt niet uitstappen, omdat het leven anders uitsluitend zal bestaan uit een serie herhalingen waarbij je zelf een poppenkastpop wordt die steeds opnieuw dezelfde voorspelbare zinnen zegt. Er is geen erger gevoel dan het gevoel dat alles zich herhaalt, dat je geen meester bent over je eigen lot, dat je je daarvan nooit kunt losmaken. En toch: we kunnen ons losmaken. Dat is zoiets magisch, dat er keerpunten zijn in het leven, breekpunten, veranderingen van paradigma. Wanneer je naderhand terugkijkt, blijkt glashelder dat je toch een keuze hebt gemaakt, dat het leven daarna een nieuwe koers is ingeslagen.

Ik moet een beslissing nemen. Het is nu of nooit, ik weet het. De moeilijkheid is de kracht, ik weet niet meer of ik die nog wel heb. Nu ik meer dan ooit kracht nodig heb, voel ik me zwak en slap. Toch moet ik. Ik moet de waarheid vertellen en vervolgens de consequenties daarvan aanvaarden. Tien jaar te laat. Ben ik daar volwassen en moedig genoeg voor? Ik heb geen keus. Voor Malin, voor Magnus. Maar toch weet ik dat ik zal tegenstribbelen. Voor me ligt de laatste bladzijde van Klara's dagboek. Ze wacht op een Desirée die nooit zou komen, en ik wil naar haar roepen dat ze het eerstvolgende vliegtuig naar Nederland moet nemen en niet terug moet gaan naar het huis van Henrik: dat mag je niet doen! Ik kan de loop der tijd niet veranderen, ik kan niets veranderen aan wat moest gebeuren, wat al is gebeurd. Klara wacht, net zoals ik wacht, precies tien jaar later. We wachten allebei op een noodweer, we wachten allebei op een nieuwe identiteit, een nieuwe levensrichting, en dat doet meer pijn dan ik me herinnerde, dat veranderen – ik was vergeten hoeveel pijn dat doet.

Ik til het dagboek op dat helemaal onder in de groene doos op zolder ligt, die doos die mijn moeder precies naast het zolderluik had gezet, zodat ik hem niet over het hoofd kon zien. Nee, mama, ik zie niets over het hoofd, ik heb alles gelezen, hoewel ik je toch gevraagd had de dagboeken te verbranden, deze herinneringen weg te doen. Ondanks alles wat ik je die nacht liet beloven, heb je precies het tegenovergestelde gedaan. Ik neem aan dat moeders zulke dingen mogen doen, dat zij de enigen zijn die kunnen zeggen: 'Jij bent mijn dochter, ik weet beter dan jij wat voor jou het beste is.'

Ik realiseer me nu wat er onder in de doos, onder de laatste bladzijde, had moeten liggen: het pistool van Desirée. Als een laatste uitroepteken. Keurig verzegeld in de doorschijnende plastic zak die ik aan mama gaf, hoewel ik haar vroeg om hem in een meer te gooien, op een plek die alleen zij zou kennen. Maar ik ben bang dat moeders doen wat ze zelf willen. Ik haal het dagboek weg, en op de bodem liggen, precies zoals in het begin, een paar witte bladen papier die ik moet vullen. Lieve mama, ik weet niet of ik nog een taal beheers, dwing me niet. Blad na blad til ik op totdat ik de bodem van de doos bereik. Daar ligt niets. Geen pistool, geen briefje, geen handleiding. Voor de zekerheid til ik de doos op. Zo zou ze niet tegen mij mogen doen. Het ene bewaren, maar het andere niet. Of toch wel? Ik begin te zoeken tussen meubels en dozen, ik zoek de hele zolder af en werk me helemaal in het zweet. Niets.

Met mijn rug tegen een balk geleund ga ik zitten met mijn hoofd tussen mijn handen. Het is stil in huis. De huiskabouters wonen in de hoeken. Het is geen middernacht meer, dat uur is allang voorbij. De tijd is me gepasseerd, nu moet ik hem inhalen. Het huis is bijna leeg, alleen Magnus en ik zijn er nog. Malin logeert een paar dagen bij Andrea in de stad. Andrea is een vrouw die aanvoelt wat het beste is. De bedoeling is dat Magnus en ik gaan praten en dat we daarna Adolfsson opzoeken. Dat er een eind aan komt. Hoe kan die vrouw meer weten dan ik? Ik heb een gevoel alsof mama over mijn ene schouder meekijkt en Andrea over mijn andere. Ze fluisteren tegen me: 'Nou, wat ga je doen, schat? Wij wachten. We rekenen erop dat je het goede zult doen.' Ik kijk op mijn horloge. Het is bijna zes uur, de ochtendboot vertrekt om halfzeven van het eiland. Als ik snel inpak, kan ik om halfnegen in de stad zijn en dan hier weg, als ik maar... Malin? Ze heeft Magnus. Magnus? Hij heeft mij tien jaar gehad. Ik? Ik zal kapotgaan. Er is iets met het ontbrekende pistool dat me doodsbang maakt. Niet nog meer leugens. Dat zegt het tegen me. Je ontkomt niet. Het is tien over zes. Een beetje lucht alleen. Zodat ik kan ademhalen, zodat ik helder kan denken. Ik ga de zoldertrap af, pak geluidloos een paar dingen in en ontwijk zorgvuldig Magnus' slapende gezicht. Ik zie zijn hand op mijn hoofdkussen liggen, alsof hij iemand probeert te beschermen die al bezig is te vertrekken. Hij zal zo wakker worden, voelen dat het kussen leeg is, dat ik hem in de steek heb gelaten, heb gelogen – opnieuw. Ik wil niet denken, niet zien, niet flink zijn. Het spijt me, mama. Het spijt me, Andrea. Saskia is niet langer de flinke zus. Wat een ironie. Ook Saskia vlucht. Ik doe geluidloos de deur van mijn moeders zomerhuis achter me dicht. Ik wou dat het binnen in me net zo stil was. De boot toetert, ik ren de steiger over, de loopplank op. Aan de horizon meen ik Adolfssons boot te zien deinen terwijl hij zijn ochtendvis ophaalt. Maar ik, ik ontkom.

Twaalf uur later sta ik weer in huis. Wanneer ik binnenkom, draait Magnus zich om. Hij is helemaal rood in zijn gezicht, laat de telefoon uit zijn hand vallen en de hoorn draait rond terwijl het snoer tevergeefs probeert uit de knoop te raken. Zijn overhemd staat open en hij draagt er zijn pyjamabroek en favoriete laarzen bij. Hij ziet er zo klein uit dat ik een steek door me heen voel gaan. Hij fluistert: ‘Daar ben je.’

Ik knik. Helemaal rustig nu. Ik loop op hem af en pak de telefoonhoorn op die als een slang door de lucht kronkelt en leg hem terug op de haak. Vervolgens neem ik zijn hand en kus die.

‘Ik ben hier, Magnus. Ik ben terug.’

‘Je verlaat ons niet?’

‘Ik ben hier. Ik verlaat jullie niet. Vergeef me.’

Ik sla mijn armen om hem heen, hij hangt tegen mijn schouder en trilt een beetje wanneer hij, onsamenhangend, in mijn oor fluistert: ‘Het maakt niet uit wat je gedaan hebt, lieveling. Ik help je. Ik zal geen vragen meer stellen. We gaan hier samen weg. Het maakt me niet uit wat je gedaan hebt. Het kan me niets schelen. We vluchten. Ik zal je vader bellen, hij helpt ons wel weer. We beginnen opnieuw, we…’

Ik leg mijn hand op zijn mond en ik sus hem, zoals je doet met een kind dat doodsbenauwd wakker wordt na een nachtmerrie. Hij stopt met trillen en ik houd hem op een armlengte afstand van me.

'Ik heb vandaag iets vreemds meegemaakt, Magnus', zeg ik kalm, me ervan bewust dat ik dit eerder heb gezegd.

Hij knikt.

'Er was iemand die mij Klara noemde.'

Hij is nu net zo kalm als ik.

'Het was Gustav.'

Het wordt stil. Ik weet niet hoe ik het moet zeggen. Magnus bevochtigt zijn lippen en zegt wat hij zeggen moet, als een psychotherapeut tegen zijn patiënt: 'En wat heb jij geantwoord?'

'Ik zei dat ik het was. Dat ik haar was. Dat ik Klara ben. Dat ik hier nu ben.'

Het tweede boek

22

Amsterdam, herfst 1984

Ik ben Klara Saskia Mårstedt van Ammer. Ik weet niet meer wie ik ben. Maanden, een eeuwigheid lopen langs naamloze grachten op jacht naar de persoon die ik ben. Eindelijk ben ik ontkomen. Ik weet niet eens of ik opgelucht ben, het enige wat ik tijdens deze wandelingen vanbinnen voel, is een bodemloze leegte en verdriet. Het is alsof ik me deze herfst aan de achterkant van de maan heb bevonden, in de radiostilte van het landen – die korte tijd waarin vaartuigen het contact met de aarde verliezen – en nu ben teruggekeerd om de mensen te vertellen hoe het was. Ik loop door de straten van deze stad die de mooiste ter wereld is, die het symbool van mijn verlangen was. Die smalle huizen die voorovergebogen staan naar het water, die vermoeid en scheef tegen elkaar aan leunen, als de glimlach van iemand met een onregelmatig gebit. Dat glinsterende schijnsel 's nachts onder de bruggen, van de lampen die hen van onderen verlichten. Die mensen die Amsterdam luidruchtig bevolken en die met hun vrienden staande op de bagagedrager door de schemering fietsen. Die cafés en dat eeuwige sociale verkeer dat maakt dat wij vreemdelingen ons toch welkom voelen. Hier loop ik, met een paar onderbrekingen om mijn vader in Arnhem te bezoeken. Af en toe zegt hij dat ik er beter uitzie, minder in de war, minder futloos, dat het lijkt alsof ik weer contouren krijg. Soms is zijn vrouw Susanne er ook, soms niet. Ik neem aan dat ik haar dankbaar moet zijn, dat zij degene is die mij mijn nieuwe identiteit heeft gegeven, dat ik zonder haar helemaal niemand zou zijn. Ik ben alleen moe. Mijn vader verontschuldigt me. Hij is zo gelukkig dat hij mij terugheeft dat hij elk gedrag zou vergoelijken. Die schuld die hij droeg lijkt eindelijk vergeven.

Langzaam beginnen de straten een naam te krijgen. Herengracht, Prinsengracht, Keizersgracht. Gracht na gracht ligt als een opgerolde slang om het centrum. Het gekke is dat je hier in cirkels kunt lopen, maar toch door een kleine manoeuvre naar de volgende gracht kunt komen om nog een rondje te maken. Het lijkt op de doolhoven waarin je als kind rondrende, waarin je nooit het middelpunt of de uitgang wist te bereiken en altijd moest smokkelen om ergens te komen. Ik ben terug in de tijd van de doolhoven. Ik heb een nieuwe identiteit verworven, ik ben vrij, verdwenen, en als ik het vege lijf wil redden zal ik op een aantal manieren vals moeten spelen om uit het doolhof te komen. Een bloedbad heb ik achtergelaten. De vraag is of ik ooit zal kunnen ontkomen, hoeveel rondjes en in hoeveel doolhoven ik ook loop.

Soms vraag ik papa wanneer Magnus komt en hij zegt: ‘Gauw, gauw.’ Alleen al die wetenschap maakt mij rustig. Papa houdt al van Magnus, van de man die op een donkere augustusnacht nog niet zo lang geleden opbelde om aan hem te vragen of hij een verloren dochter mocht thuisbrengen, als hij daarbij tenminste wat hulp kon krijgen. Magnus schrijft me ook. Hij zegt dat hij bezig is thuis op te ruimen, de sporen uit te wissen, om mij straks aan een nieuw leven te helpen. Het lijkt alsof hij voor zichzelf geen rol in dat leven ziet weggelegd. Nog niet. Ik weet ook niet of ik dat wel doe. Eén ding weet ik wel: behalve mama, papa en zijn Susanne, is Magnus de enige die weet wie ik ben, waar ik ben. Dat weet ik. En ook dat zijn aanwezigheid mij rustig en helder maakt. Wanneer hij een tijdje niets van zich heeft laten horen, is het alsof er een dikke laag suikerspin rond mijn hoofd zit, en ik probeer verbeten tegen de zon in te kijken om mijn stappen richting te geven. Heren, Prinsen, Keizers. Ik begin weer rond te dolen. Magnus schrijft dat het door de tabletten komt die hij mij heeft gegeven dat ik het gevoel heb in een suikerspin rond te lopen, dat gevoel van de wereld te zijn afgesloten. Dat besef dat ik in een radiostilte leef en dat het lang kan duren voordat ik terugkeer, voordat ik weer contact krijg. In het begin, toen ik net met papa hier in Amsterdam was aangekomen – ik weigerde in Arnhem te logeren – begon Magnus zijn brieven altijd met 'Lieve Klara'. Ik heb hem gevraagd of hij wilde ophouden mij Klara te noemen, heb gezegd dat hij moest schrijven zoals het nu was: aan Saskia. Hij is nog een poosje doorgegaan aan Klara te schrijven, bij vergissing, maar dan beantwoordde ik zijn brieven niet. Toen kwamen de brieven voor Saskia, 'Lieve Saskia', en na een poosje, toen hij wist wat ik de hele tijd al had vermoed: 'Liefste Saskia'. Van Klara mocht hij niet houden, maar van Saskia mag hij dat wel. Hij weet dat, ik weet dat.

Ik ben Klara Saskia Mårstedt van Ammer. Langzaam maar zeker, alsof de wandelingen er ook aan hebben bijgedragen een identiteit weg te schrapen, is alleen Saskia van Ammer nog over. Soms, wanneer ik onzeker ben, pak ik mijn paspoort – welke prijs heeft Susanne daar niet voor moeten betalen? – dat in de lade van het kobaltblauwe kastje ligt in de kamer die ik huur helemaal boven in een huis dat uitkijkt op het Spuiplein. Wanneer ik het opensla, kom ik mijn nieuwe gezicht tegen: mijn haar is kortgeknipt, het heeft een andere kleur – dat was helemaal niet nodig vonden zowel Susanne als papa, maar ik was eigenwijs – mijn ogen zijn een beetje opengesperd door de tabletten en onder mijn gezicht staat mijn naam, de persoon die eigenlijk altijd al degene had moeten zijn die overleefde: Saskia van Ammer. Wederopgestaan na zo veel jaren, eindelijk echt, eindelijk hier om een leven te leiden dat een doel heeft, zin, richting – in tegenstelling tot dat van Klara. Klara, die dood en verderf zaaide, Klara die haar stem niet durfde te verheffen, Klara die mensen aantrok die het leven nooit gewild hadden en die onder druk kwamen te staan wanneer zij halsstarrig aanhield. Eigenschappen die mensen ten slotte de dood in voerden.

Ik wil niet denken, dus wandel ik. Een brug, een gracht, een woonboot vol brallende mensen, een hond die een gracht in is gedoken en enthousiast rondzwemt, een eend die klinkt of hij zingt, een boot die voorbijpruttelt, een toeterende auto, een fiets zonder achterband – het maakt niet uit, als ik maar niet denk aan wat er is gebeurd. Je *moet* denken aan wat er is gebeurd, schrijft Magnus. Hij bedoelt dat als ik dat niet doe, ik mijn nachtmerries nooit zal kwijtraken. De dromen over Desirée waarin ik, precies zoals in werkelijkheid, op het eiland op haar zit te wachten om ten slotte toe te geven aan mijn ongeduld, mijn koffer te pakken en naar de stad te gaan. In mijn droom denk ik dat ik op tijd kom; iemand heeft tegen mij gezegd dat het niet dringend is, omdat ik degene ben die catastrofes kan afwenden. Dus in plaats van rechtstreeks naar Desirée te gaan, blijf ik op de meest onmogelijke plaatsen hangen, en dat allemaal in dat langzame, taaie tempo dat nachtmerries hebben, zonder enig geluid. Maar wanneer ik bij Henriks huis kom, hoor ik de schoten. Als ik misschien maar twee minuten, nee, een minuut eerder was gekomen, dan had ik het kunnen tegenhouden. Ik ren het huis in, ik probeer te schreeuwen maar natuurlijk breng ik geen geluid voort, en door de stilte loop ik Henriks werkkamer binnen om te zien wat ik al weet, wat ik in werkelijkheid ook heb meegemaakt. Maar een minuut te laat, en in mijn nachtmerries begin ik altijd terug te rekenen: als ik daar maar niet was blijven staan, als ik wat sneller had gereden, als ik maar...

Ik word wakker van het feit dat ik voor de wastafel sta en koud water over mijn gezicht en nek spoel, ik heb het benauwd en zou willen dat ik een cilinder met pure zuurstof had om te inhaleren tot ik weer op adem was. In mijn droom denk ik dat je op tijd of te laat kunt komen om mensen te redden, en mijn nachtmerries gaan er altijd over dat ik dit keer toevallig pech had. In werkelijkheid weet ik wel beter. Althans nu. Ik kon niet op tijd komen, want alles was al heel lang te laat, precies zoals Desirée het wilde. Ik had haar de sleutel gegeven waarmee ze zich los kon maken van dit leven dat ze nooit had gewild. Ik had haar de weg naar de ondergang gewezen, haar het alibi verschaft, en de ironie van het feit wil dat ik zelf niet eens doorhad dat ik dat deed. Ik weet alleen dat degene die eens Klara was, nu niet meer kan bestaan. Dat iemand die zo veel tweedracht zaait – en dat altijd heeft gedaan – ten onder moet gaan. Ik ging ten onder, ik verdween, ik ben vrij. Als het toch eens zo gemakkelijk was.

Magnus smeekt me om eraan terug te denken, niet alleen aan mijn dromen, maar aan wat er werkelijk is gebeurd. Telkens weer zegt hij dat ik eraan moet terugdenken. Ik zeg dat ik hem, en papa, alles heb verteld, dat ik er nu niet meer aan wil denken. Dat als hij dingen van me verlangt, ik nooit zal ophouden met rondlopen in dit doolhof. Prinsen, Heren, Keizers. 'Liefste Saskia', schrijft hij dan, en dan ben ik weer even rustig. Hij schrijft ook dat hij nu komt, en ik antwoord dat dat goed is, dat ik niet weet wie ik ben, maar dat hij toch welkom is. Hij komt. De herfst is onder mijn deur door binnengeslopen en vanaf de vrijdagavond dat hij aan mijn deur klopt tot de zondag waarop hij mij oneindig lang vasthoudt bij het afscheid, heb ik een gevoel dat de geur van rottende bladeren en de damp van de grachten nooit hun greep op ons zullen verliezen. Hij komt binnen, probeert mij meteen te kussen, met trillende handen en ijskoude lippen. Ik keer mij af, keer me binnenstebuiten. Dit was toch niet wat Saskia zou hebben gewild? 'Jawel,' belooft hij, 'exact dit', mompelt hij. Hij is verstijfd van schrik, net als ik. Hij probeert dat te verbergen, ik weet niet wat ik moet doen. Ik ga op mijn bed zitten. 'Wat hebben we gedaan?' fluistert hij. 'We zijn ontkomen', antwoord ik. Hij loopt in mijn kamertje rond en klopt op het kastje, de boekenkast, het bed en kijkt uit over het Spui. Nadat hij dat drie keer gedaan heeft, zegt hij het enige waaraan hij heeft gedacht sinds ik zijn behandelkamer binnenstapte – dat hij met me naar bed wil. Dat wat hij het liefste wil, het meest verbodene is. Het spijt hem dat hij dat moet zeggen, maar nu is het gezegd. Ik doe niets, behalve op mijn bed blijven zitten. Dat is kennelijk alles wat ik hoef te doen. Hij vrijt met mij, ik ben er, het is mijn hand die hij vasthoudt. Hij mompelt iets over anticonceptie, maar dat wimpel ik allemaal af. Keer op keer wimpel ik dat af. Ik open mijn baarmoeder voor hem. Zelfs ik wist niet dat ik dat wilde.

Hij keert terug naar Zweden om in te pakken wat hij nodig heeft, wat volgens hem niet veel is, hij heeft mij toch. Ik weet niet wat je op zoiets moet zeggen, dus zeg ik niets. Hij schrijft dat hij mij zal helpen mezelf weer in elkaar te zetten, in die nieuwe gedaante, dat hij daar goed in is. Dat hij kan toekijken, terwijl ik dat zelf doe. Dat kan ik moeilijk geloven wanneer ik hier rondloop in mijn suikerspin en mijn nieuwe naam herhaal. Wanneer ik bijvoorbeeld opbel om iets te bestellen, of wanneer ik naar de bibliotheek ga, begin ik altijd met: 'Goedendag, mijn naam is Saskia van

Ammer.’ Ook al is mijn Nederlands een beetje hakkelig, kinderlijk, ik wil het mezelf horen zeggen. Alleen al het hardop horen van mijn naam, geeft mij het gevoel dat ik besta. Dat Saskia echt degene was die overleefde, dat zij het ten slotte toch was.

23

Amsterdam, voorjaar 1985

Er staat een scène op mijn netvlies gegrift. Ik kan die niet wegwissen, daar is ze veel te werkelijk voor. Ik heb gewandeld, mijn voeten hebben vaste grond gevoeld, 's nachts slaap ik diep en ik heb mezelf een verleden geschapen zo dun en ongebruikt als het witste papier. Toch verdwijnt de scène niet. Ze is als volgt: een jonge vrouw, die vrouw ben ik, stapt bij een zomerhuis uit haar auto. Er is al te veel tijd verstreken sinds Desirée beloofde me te zullen treffen, voorbereid op de vlucht die zou gaan beginnen. Mijn eigen Mata Hari met staatsgeheimen onder haar arm. Heb ik daar ooit in geloofd? Bij Desirée deed ik dat, bij Desirée kon Klara overal in geloven. Saskia is van nature sceptischer, ze denkt beter na. Ze denkt niet altijd het beste van de mensen. *Ik* denk niet altijd het beste van de mensen. Ik ben niet van plan nog op hen te vertrouwen.

De persoon die Klara is, klopt op een buitendeur die op slot zit. Ik loop om het huis en kijk door de ramen naar binnen. Als een dief in de nacht sluip ik rond het huis dat Desirée heeft verkozen het hare te noemen. Met de man die ze verkozen heeft de hare te noemen. Een man die alleen al door zijn aanwezigheid kleine kinderen, honden en oude vrouwen bang moet maken. En mij ook. Hij maakt me bang. Ik begin te zweten. Het is 's ochtends koud in Zweden, maar ik ben kletsnat van het zweet. De beide auto's staan in de garage. Ze moeten hier zijn. Ik vind een deur die niet op slot zit, de deur van de veranda waar nog maar twee etmalen geleden het kreeftenfeest plaatsvond. Alles is netjes opgeruimd. Het is angstwekkend stil in huis. Het is niet de stilte die er heerst als mensen in hun bed liggen te slapen, ook niet zo'n stilte als wanneer iemand de hond uitlaat en elk moment kan terugkomen. Er heerst alleen maar stilte, als voor een catastrofe of misschien juist vlak daarna. Ik begin Desirées naam te roepen, eerst zachtjes, dan steeds luider. Bij de werkkamer van Henrik krijg ik pijn in mijn buik. Ik weet dat als ik de deur opendoe, mijn leven zal veranderen. Iets zegt me dat ik weg moet rennen, het huis uit, in de auto moet springen en naar het zuiden rijden totdat ik de stad bereik die Amsterdam heet. Ik druk de deurklink naar beneden. Het zal ermee eindigen dat ik twee dode mensen zie, en zoiets heb ik nog nooit eerder gezien. Een van die mensen zal een vrouw zijn van wie ik houd. Als het niet om mij was, zou ze daar niet liggen. De persoon die Klara is, is daarvan overtuigd. Saskia weet wel beter. Ik zal ook andere dingen zien, dingen waarvan ik niet had gewild dat ze zouden gebeuren. Ik weet dat ik daar ook deel aan heb, dat ik daar iets aan moet doen. Dat dat het laatste is wat ik kan doen. Ik doe de deur open.

De volgende scène is deze: ik sta op een brug. Het is de laatste keer dat Klara volkomen levend is. Ik sta op de brug, het is vroeg in de ochtend en ik wou dat ik kon huilen of om hulp roepen, maar ik ben volledig verlamd. Ik heb dingen gedaan die niet meer ongedaan te maken zijn. Ik leg mijn kleren – het is net of ik naakt moet zijn – in de auto, mijn sieraden en een brief aan mijn betere helft, mijn tweelingzus die ik veel te vroeg aan de dood verloor. De brief begint met 'Lieve Saskia'. Zoals het altijd had moeten zijn. Lieve Saskia, zusje van me. Ik klim op de brugleuning en ik word gegrepen door de zwaarte, de zin, de *noodzaak* om te mogen vallen, de zee trekt me naar zich toe, mijn buik draait naar beneden, ik hoef het alleen maar te laten gebeuren. Maar uit de zak van mijn jurk die op de voorbank van de auto ligt, valt iets heel hards, ronds en kleins. Het rolt uit de auto, op de grond, in mijn richting, het vraagt me naar beneden te komen om het op te pakken. Het is de steen van Magnus. Voor het geval ik hulp nodig had. Ik weet dat in de andere zak van mijn jurk zijn adres zit. Ik weet niet of ik op dat moment mijn besluit neem, of dat ik de keus al veel eerder gemaakt heb: dat het al is gebeurd toen ik mijn dagboek begon te schrijven, dat ik toen al wist wie ik op weg was te worden. Ik weet niet meer wanneer de tweedeling begon en wanneer ik dacht dat die haar einde zou krijgen. Ik weet alleen dat ik mijn koffer van de achterbank haal, andere kleren aantrek, de rest achterlaat en rustig in de richting van de stad begin te lopen. Ik laat bij de auto iets achter. Het is iemand met wie ik niets te maken wil hebben. Het is Klara.

Magnus helpt mij. Hij denkt snel en gericht. Bovendien houdt hij van me. Dat weet hij nog niet. Hij belt mijn vader en hij koopt een treinkaartje voor me waarop 'Kopenhagen' staat. Wanneer ik uit de trein stap, staat daar een vader die Joop heet en die ik zo veel jaren niet heb gezien. De man van wie ik dacht dat hij mij definitief in tweeën had gedeeld, mij in onbegrijpelijke stukjes en onsamenhangende getallen had verdeeld. De man die maakte dat ik mama en mezelf naar Zweden verbande. De man die ik al die jaren dacht te hebben gehaat, terwijl ik eigenlijk mezelf niet verdroeg. Ik was degene die ziek was en hij kreeg de schuld. Ik heb nooit mijn hand uitgestoken en gezegd: 'Nu is het goed. Je bent mijn vader en je hebt je best gedaan en daarom houd ik van je. Meer kan ik niet verlangen en de schuld is nu vergeven, en degene die er het grootste aandeel in had – dat was ik. Als er iemand gestraft moet worden, ben ik het.'

Maar ik zie alleen een man die flink verouderd is door verlangen, schuldgevoel en ongerustheid, en die met afhangende schouders op het perron staat om een dochter te ontvangen die hij zo veel jaren niet heeft gezien. Nu heeft hij de kans haar uit de klauwen van de wereld te redden, haar helemaal voor zichzelf te hebben, haar zelfs een nieuwe identiteit te geven. Hij is van plan die kans te benutten. Hij is van plan daar de rest van zijn leven aan te wijden. Ik stap uit de trein en wilde dat ik met hem kon praten, kon zeggen dat de onverzoenlijke Klara, die weigerde hem te vergeven, niet meer bestaat en dat de enige die nu nog over is, zijn Saskia is, de dochter van wie hij het meeste hield. Hij slaat zijn armen om mij heen, hij trilt, maar het enige wat ik kan zeggen is: 'Saskia is weer thuis.'

In stilte rijden we door Denemarken en Duitsland, en ik lig op de achterbank onder dekens en manden met eten, en vervolgens rijden we Nederland binnen en niemand ziet de vrouw die binnenkort een nieuwe naam krijgt. Papa heeft alles geregeld. Via de achteringang sluipen we het huis in Arnhem binnen en daar wacht Susanne op ons. Ze heeft alle denkbare wetten overtreden, ze heeft haar baan en haar toekomst op het spel gezet. Ze heeft een paar mensen die voor haar op het bevolkingsregister werken gevraagd een andere kant op te kijken, terwijl zij 's nachts gegevens in computers heeft herschikt, overlijdensverklaringen heeft laten verdwijnen, mensen heeft laten herrijzen. Ze heeft Saskia van Ammer een nieuw leven gegeven, drieëntwintig jaar later, ze heeft mij de identiteit gegeven van een persoon die niet meer bestaat. We zullen nooit weten hoe dat in zijn werk is gegaan, ze is bleek wanneer ze het vertelt, haar ademhaling snel en heftig. Ik kan er alleen maar naar raden. Voor jou, zeggen haar ogen die op mijn vader zijn gericht. Voor jou. Om het misdrijf goed te maken dat ze volgens Klara beging toen ze op haar vader verliefd werd, nu een eeuwigheid geleden. We begroeten elkaar voorzichtig, haar hand voelt koel aan in de mijne, en weer wil ik zeggen dat Klara de schuld op zich heeft genomen, mee haar graf in, en dat we nu vrij zijn om opnieuw te beginnen – maar ik heb geen woorden voor wat er in me omgaat. Ik heb er geen taal voor, ik ben hier om een nieuwe taal te veroveren.

Dus heeft papa deze kamer in Amsterdam voor mij geregeld. Amsterdam is een stad waarin je kunt verdwijnen, in Arnhem weet je veel te veel van te veel mensen. Eindelijk vrij en verdwenen. Dan verhuist ook Magnus voorgoed hierheen. Hij staat op Schiphol en daar sta ik ook, ik ben degene die hem ophaalt, hij verlaat alles voor mij en het enige wat ik hem te bieden heb is deze verwarring. Hij aanvaardt die. Tegenwoordig is hij een man die ik liefheb. Ik doe dat langzaam en voorzichtig, ik neem niets voor vanzelfsprekend aan, want ik wil nooit meer een boezemvriend, ook nooit meer van iemand houden zoals ik hield van Desirée. Geen beloftes meer. Magnus verlangt die ook niet van me. Jawel, één: dat ik zal overleven. Meer niet, dat ik moet overleven. Ik zeg dat ik het zal proberen. Maar ik weet niet wat ik aan moet met de beelden op mijn netvlies. Ze zijn niet met Klara verdwenen. Ze verdwijnen niet. Magnus zegt dat we die beelden wel weg kunnen vrijen. Dat wil hij zo graag geloven. Saskia is sterk. Daar herinnert hij me aan: dat ik sterk ben.

Ik zou alleen willen dat Klara niet had hoeven sterven omwille van Saskia's kracht. Ik zou willen dat er niet altijd iemand ten onder moet gaan zodat een ander kan overleven. Misschien is dat niet voor iedereen zo.

Maar in mijn leven was het wel zo.

24

Amsterdam, winter 1985-1986

Dit geluk heeft iets verwarrends. Ik had het niet verwacht. Nadat Klara was verdwenen verwachtte ik een leven in eenzaamheid en kilte, maar in plaats daarvan ben ik ingebed in een warmte waarvan ik niet had gedacht dat die bestond: Magnus. Binnen in me groeit iets ondefinieerbaars dat embryo wordt genoemd en zoiets heb ik nog nooit meegemaakt – ik weet me geen houding te geven. Ze zeggen dat je ervoor moet zingen, zodat ze later, wanneer ze geboren zijn, je stem herkennen. Ik heb geen zangstem, maar ik hoop dat ze me toch herkent. Dat is iets waar ik zeker van ben, dat het een 'zij' is. Ik heb haar in mijn dromen al gezien en we weten dat ze Malin heet, dat ze dat heeft besloten. Ik houd mijn adem in als ik daaraan denk, zoals zij dat zal doen voor haar eerste schreeuw. Ze zal schreeuwen voor mij, voor zichzelf, voor ons, zodat we omgevormd worden – we moeten niet langer voor onszelf leven, maar drie worden. Ik ben erg sceptisch over hoe dat zal gaan. Magnus zegt dat we alleen maar hoeven te lachen en lief te hebben, anders zullen we het nooit redden.

Ik ben nu Saskia. Helemaal. Ik leef in dit lichaam en mijn Nederlands komt weer boven. Ik verander meer en meer in een Nederlandse: ik pak een *borrel*, een drankje met hapjes, met mijn vader. We hebben een voorkeur voor jenever met kaaskoekjes erbij. Ik ben niet meer transparant van angst, ik kan vreemdelingen tegemoet treden en met de buren over koetjes en kalfjes praten. Zolang ze dat maar blijven:

vreemdelingen en buren. Ik wil niet iemand dicht op mijn huid hebben, ik wil niet dat een buitenstaander ons leven binnendringt. De mensen moeten op afstand bekeken worden, op een gezellige maar veilige afstand moeten ze zich bevinden. Misschien zo dichtbij dat je samen wat kunt drinken als dat nodig is, maar ze moeten op tijd weer naar huis gaan, zodat er geen sprake is van vertrouwelijke gesprekken en pikzwarte bekentenissen van mensen die zeggen dat ze willen veranderen, maar die vervolgens niets doen. In zulke mensen ben ik niet geïnteresseerd. Ik wil met rust gelaten worden.

Magnus is verstandig. Hij is mij oneindig dierbaar, omdat hij me de vrijheid geeft die ik wil hebben, en bovendien meer dan dat, terwijl ik zelf niet eens dacht dat ik meer nodig had. Hij bezit een eigenschap die ik bewonder: het vermogen om het beste uit mensen te halen. Onzekere mensen worden zekerder, neerslachtige mensen worden vrolijker, geïrriteerde mensen worden rustiger. Ik weet niet hoe hij dat doet, ik kan het niet. Op mij heeft hij die uitwerking ook. Ik wil me beter kunnen focussen, hij helpt me daarbij. Ik wil literatuur gaan studeren, hij moedigt me aan om me in te schrijven bij het Scandinavisch Instituut in Groningen. Ze laten een vrouw toe die in recordtijd alle studiepunten van het curriculum bij elkaar zal studeren – alsof ze alles al wist – tot hun grote verwondering, maar misschien niet tot die van Magnus en mezelf. Magnus maakt me erop attent dat ik zou kunnen promoveren, dat ik precies de persoon kan worden die ik graag wil zijn, de vrouw die Saskia eigenlijk voorbestemd was te worden. Ik ben op weg om exact zo te worden. Magnus wijst de weg, maar ik leg die altijd zelf af. Om die reden houd ik van hem.

Samen brengen we Malin ter wereld. Er trekt en rukt iets in mijn lichaam, dat in kleine stukjes wordt gedeeld die uit bloed en pijn en stomheid bestaan. Ik ben erbij: ik weet waar ik het over heb. Het is mijn lichaam, maar het is een situatie waarin ik me nooit eerder heb bevonden. Ik kijk ernaar, het doet dingen met me die ik niet voor mogelijk had gehouden en mijn lichaam vraagt mijn aanwezigheid om het te kunnen realiseren. En dan is ze er, en net zo onbegrijpelijk als het van te voren was, net zo tastbaar is het nu, nu ze eenmaal naar buiten is gekomen. Ze laat zien dat ze er is, ze neemt meer plaats in dan ik van zoiets kleins gedacht had. Ik ben verstomd, soms verloren, vaak in vervoering – alles, behalve onverschillig. Deze ongrijpbare liefde, deze vingertjes die de mijne omsluiten, dit lichaam dat ik zwaar van warmte tegen me aan draag, dat van me leeft. En dan de frustratie dat ik niet weet of ik het goed doe, totdat ik besef dat er geen Goede Moeder bestaat: alleen ik ben er. Dat is goed genoeg. Ze vraagt aandacht, ik beschik niet meer over mijn eigen tijd – wat is dit nou, gewoon komen en eisen stellen, haar behoeftes die voor die van mij gaan, die van haar voor die van *mij*? – en via inktzwarte nachten en pijnlijke borsten, *vanwege* dat alles, houd ik van haar.

Magnus is er gewoon. Hij zorgt voor haar, hij zorgt voor mij. Tijd, liefde en rust biedt hij ons, en ik groei uit tot iemand die zichzelf 's ochtends verwonderd in de spiegel aankijkt en beseft dat ze gelukkig is. Midden in deze bedwelmende vermoeidheid en verwarring – ik vlucht thuis weg enkel om een beetje stilte te krijgen, maar keer na drieenveertig minuten weer terug om te fluisteren: 'Lief snoesje van me, niet meer huilen, ik doe wat ik kan, zie je dat niet?' Te midden van dat alles: een gelukkig mens. Ik dacht dat zulke mensen niet bestonden. Soms, 's nachts, wanneer Malin tussen ons in ligt en ze met haar beentjes beweegt omdat ze droomt, strekt Magnus zijn hand uit en raakt hij eerst haar hoofd aan en dan dat van mij. Alleen om aan te geven dat hij weet dat we er zijn, dat niets hem gelukkiger maakt, en dat het maar een haartje had gescheeld, niet meer dan een brugleuning, of dit had niet bestaan. Ik kijk naar het donkere plafond en hij hoort dat ik huil. Dat moet ik wel, want anders zouden al mijn nieuwe gevoelens niet tegelijkertijd een plaats kunnen krijgen. Dit onbegrijpelijke neemt zo veel plaats in dat al het andere erdoor wordt verdrongen. Zelfs de beelden, die beginnen langzamerhand te verbleken zodat het ten slotte lijkt alsof het de herinneringen van iemand anders zijn. Ik denk dat ik zo duizend jaar zou kunnen leven, met Malin en Magnus in ons huis aan de rand van Amsterdam. Ik wil niets anders.

'sAvonds, in het donker, bid ik. Het is lang geleden dat ik dat gedaan heb. Ik bid dat God mag bewaren wat er is. Ik bid nooit om iets nieuws, alleen om te mogen houden wat ik heb. Laat me alleen maar met rust, God, bid ik, en ik zal mijn uiterste best doen om te zorgen voor wat ik heb geschapen samen met deze man met dat zeldzame talent. Ik bid dat ik deze kamer voor mezelf, waarin ik werk aan iets waarop ik trots ben, mag houden. Dat ik Magnus mag houden, dat ik Malin mag houden. Alstublieft, bid ik, maak dat ik ontkomen ben naar deze uithoek van de wereld, waar ik geen relletjes, intriges of passies zal veroorzaken. Ik zal heel stil en rustig leven, en de persoon die Klara was zal verbleken als een oude polaroidfoto voor een keukenraam. Alleen wij zijn over: Saskia, Malin en Magnus. En op de achtergrond Joop en Susanne, die ons met nauwelijks verholen enthousiasme 'szondags in hun nieuwe huis in Utrecht ontvangen. Er zijn nog twee mensen die een plaats in mijn leven hebben, slechts twee. Mama, die ik schrijf en die ons steevast één keer in de drie maanden een week bezoekt, en een collega van het instituut in Stockholm: Andrea Sjögren.

Op de een of andere manier vind ik het prettig om haar te schrijven, om haar zelfs af en toe op bezoek te krijgen. Maar we weten allebei waar de grens van onze collegiale vriendschap loopt. En we houden die grens zorgvuldig in het oog.

Magnus vraagt mij voortdurend over mijn leven te vertellen, mijn herinneringen, wat ik ooit was en wat ik nu ben, hoe die twee samengaan. Ik geloof niet dat ik er nog iets aan toe te voegen heb. Alles is verteld. Vrij en verdwenen, dat was wat ik wilde, en degene die ik nu ben, Saskia van Ammer, is meer geworden dan Klara ooit had durven dromen. Alles is voorbij en als ik me maar gewoon gedeisd houd, zal niemand mij ooit ontmaskeren. Er is alleen nog één ding dat me zorgen baart. Eén ding dat ik 's nachts nog aan mijn gebeden toevoeg. Eén ding dat ik eigenlijk uit mijn leven *weg* wens. Dat zijn de brieven, de brieven en soms de telefoongesprekken laat in de avond wanneer Magnus denkt dat ik slaap. Het is ene Adolfsson, een rechercheur van politie, die hem blijft schrijven en bellen. Op een keer neem ik de telefoon eerder aan dan Magnus – ik ben niet iemand die de brieven van een ander leest, alleen de afzender – en deze John Adolfsson vraagt of mijn tweelingzus Klara ook contact met mij heeft gehad. Ik zeg de waarheid, dat ze voor mij dood is, verdwenen, en ik begin te huilen. Magnus neemt de hoorn van me over en vraagt Adolfsson of hij zich tot hem wil wenden als hij nog meer vragen heeft. Zoals hij eerder ook al heeft gezegd. Zijn vrouw Saskia kan het niet aan. Zou Adolfsson zo vriendelijk willen zijn om haar met rust te laten?

Alleen dit zou ik weg willen hebben. Die gesprekken, en dan de blikken die Magnus mij soms toewerpt, van opzij, wanneer ik over een boek gebogen zit en hij denkt dat ik hem niet zie. Maar ik zie zijn blikken wel. Dat zijn niet alleen liefdevolle blikken, daar ligt ook ongerustheid in verborgen. Ongerustheid en misschien een tikje angst. Op die momenten ben ik degene die haar boek weglegt, haar bril afzet, zijn hoofd tussen haar handen neemt, terwijl ze fluistert: 'We zouden die beelden toch laten verdwijnen met onze liefde, was het niet?'

'En overleven', fluistert Magnus terug. 'Weet je nog? We zouden dit overleven.'

'En overleven', antwoord ik.

25

De schemering valt over het eiland. Langzaam krijg je dat inktzwarte dat augustusnachten altijd lijken te hebben na het broze van de nachten in juni. Straks valt de duisternis in en Andrea en ik zitten ieder met een bel cognac die we tussen onze vingers heen en weer rollen. Ik geloof dat ik meer achteroversla dan Andrea, dat dat bijna een voorwaarde is om het gesprek dat we nu voeren te kunnen voeren. Ik ben degene die moet vertellen: 'In 1954 werd er in een huis in Arnhem een tweeling geboren. Meisjes. De moeder heette Elisabeth Mårstedt en was een Zweedse. De vader was Joop van Ammer en hij kwam uit Amsterdam. De meisjes die werden geboren heetten Saskia en Klara. Saskia was de oudste, ze werd wel acht minuten eerder dan Klara geboren. Er is mij verteld dat Saskia, ook als kind, de rustigste van de twee was. Ze was wat meer teruggetrokken en spaarde haar glimlachjes voor wie die het meeste nodig had, ze schonk ze niet aan degene die om kunstjes vroeg. Klara daarentegen was uitbundig. Ze maakte contact met iedereen die op haar pad kwam, ze was druk en je hoorde haar voortdurend. Men zei dat het voor de ouders een geluk was dat de meisjes zo verschillend waren, ook al waren ze dan uiterlijk vrijwel identiek. Ik geloof dat mijn ouders niet meer kinderen wensten, dat ze vonden dat deze vierhoek die we vormden alles was wat we nodig hadden. Ze zeggen dat mijn ouders in die tijd gelukkig waren, dat ze in een soort vreedzame symbiose leefden. Saskia was een papa's kindje, zoals dat heet, en Klara een mama's kindje.'

Vanuit het duister fluistert Andrea: 'En jij was Klara, nietwaar?'

‘En ik was Klara’, antwoord ik, en opnieuw heb ik hetzelfde gevoel van loutering en opluchting dat ik had toen ik de vader van Desirée, Gustav, tegenkwam en toen ik dat aan Magnus vertelde: eindelijk degene te mogen zijn die ik ben.

‘Dit veranderde allemaal. In de zomer van 1961 besloot het gezin op vakantie te gaan naar een van de Waddeneilanden, ik geloof dat het Terschelling was. Hoe dan ook, we konden niet in het huis hier op het eiland terecht, omdat mijn grootouders gasten hadden. Ik herinner me vaag lage dennenboompjes, fietstochten over een plat eiland en zeehonden die lagen te zonnen op de zandbanken in zee. Het grootste deel van onze tijd brachten we op het strand door, dat weet ik nog. Op een van deze zomerdagen, het was laat in de middag en er was bijna niemand meer op het strand, speelden Saskia en ik aan de waterkant. Mama was al teruggegaan naar het huisje dat we hadden gehuurd en papa bleef zitten om op ons te passen. Maar het was een warme dag geweest en papa zat te doezelen in zijn strandstoel. Een van ons, ik neem aan dat ik het was, nam het initiatief om ons opblaasbare rode bootje wat verder mee het water op te nemen, waar het dieper was. Papa was nu in slaap gevallen. Hij werd wakker doordat er twee keer een woeste kreet geslaakt werd en hij besefte dat we minstens honderd meter van het strand verwijderd waren en dat de boot lek was geraakt. Ik neem aan dat we redelijk konden zwemmen, maar er stond een sterke stroming en de vloed kwam op. Hij zwom naar ons toe en slaagde erin mij te redden, maar Saskia verdronk. Ons gezin paste niet langer in elkaar. Vanaf die dag zat ook ik niet goed meer in elkaar. We konden niet verder leven.’

‘Ik geloof dat ik het nu begrijp’, mompelt Andrea, terwijl ze haar blik gevestigd houdt op de lichtjes van een vrachtschip ver weg op zee.

'Ik nam de gewoonte aan – ik weet niet hoe je dat bij zo'n klein kind zou noemen, een fobie, een slechte gewoonte, paranoïde gedrag – mezelf altijd in tweeën te splitsen: in een Saskia en een Klara. Wanneer mijn moeder mijn kamer in Arnhem binnenkwam, vroeg ze altijd, daar dwong ik haar toe, wie ik op die dag, dat uur precies was. Soms antwoordde ik dan dat ik Klara was, het meisje dat luidruchtig was, dat ervan hield veel verschillende speeltjes te krijgen, maar dat daar uiteindelijk nooit uit kon kiezen. Een andere keer was ik Saskia en dan was ik betrouwbaar, resoluut, en was ik graag op mezelf. Klara was degene die de boel op stelten zette, Saskia degene die de zaak weer op orde bracht.'

'Saskia was degene die overleefde.'

'Precies. Mijn ouders accepteerden het spelletje, ze zullen wel gedacht hebben dat het voor mij een manier was om het verlies van mijn tweelingzus te verwerken. Een verlies waar je waarschijnlijk nooit overheen kunt komen.'

'Wat ook nooit gebeurd is.'

'Nee', antwoord ik kort. 'Maar op die manier leefden we verder, voorzover dat ging. Mijn vader voelde zich verschrikkelijk schuldig en hij bleef zich afsluiten voor mijn moeder. Ze liepen allebei rond met onuitgesproken vragen en ze hebben nooit kunnen praten over wat er was gebeurd. Hoewel ze van elkaar bleven houden. Maar wat doe je zonder woorden? Ze kwamen er niet uit.'

'Totdat?'

'Totdat papa die nieuwe vrouw leerde kennen: Susanne. Arnhem was geen grote stad, iedereen en mama en ik kwamen het bijna meteen te weten, in die volgorde. Ik was dertien jaar en ik zei wel af en toe dat ik Saskia was, maar niet zo dat iemand buiten ons gezin het verschil zou zijn opgevallen. Ik droeg haar met me mee, dat was alles. Ik hield haar levend. Maar toen papa ontrouw was en mijn ouders hevig ruzie begonnen te maken – zes jaar weggestopt verdriet – veranderde ik. Het was alsof ik in tweeën uiteenviel. Saskia was degene die papa verdedigde, die hem wilde vergeven en die opnieuw wilde beginnen als een heel gezin. Klara was degene die hem veroordeelde en hem erom verafschuwde dat hij mama en mij zo te schande had gemaakt. Ik herinner me de nacht nog waarin ik veranderde, waarin ik niet langer in staat was om de verdeling waarmee ik al zo veel jaren leefde, die mijn redding was geweest, onder controle te houden. Mijn ouders waren in hun slaapkamer ruzie aan het maken. Ze dachten dat ik bij een vriendinnetje was blijven slapen, maar mijn vriendin was ziek geworden en ik moest naar huis. Toen ik het huis binnenkwam, hoorde ik dat ze het over het ongeluk hadden. Dat ze het er eindelijk over hadden. Ik hoorde mijn moeder huilen en mijn vader steeds weer schreeuwen, ik denk dat hij hysterisch was, dat het niet alleen zijn schuld was geweest. Maar ook van iemand anders.'

'Bedoelde hij van je moeder?' vraagt Andrea.

'Nee, van mij.'

'Jouw schuld?' vraagt ze ontzet en ze keert zich in het donker naar me toe, haar ogen lichten op in het schijnsel van de tl-buizen boven ons.

'Papa schreeuwde dat hij had geprobeerd met ons allebei naar het strand te zwemmen en dat Saskia nooit verdronken zou zijn, als ik niet zo had geschreeuwd en me niet zo aan hem had vastgeklemd zodat hij ook onder water werd getrokken.'

Het wordt stil. We verbergen ons allebei in die stilte, want we weten niet hoe we verder moeten gaan. Al het oude schuldgevoel, de woede en het verdriet wellen op, alles waardoor ik ging geloven dat als ik, in de jaren dat ik Klara was, Desirée toch maar had weten te redden, de schuld eindelijk ingelost zou zijn.

'Ik weet niet wat ik hoor', zegt Andrea ten slotte.

'Nee. Maar tegenwoordig begrijp ik wel dat papa aan mama moest vertellen wat er was gebeurd, ook al drukte hij zich dan zo verschrikkelijk uit.'

'En hij wist ook niet dat jij hoorde wat hij zei.'

'Nee. Maar mama was teleurgesteld. Het was alsof hij zich op de een of andere manier met deze ontboezeming wilde vrijpleiten, terwijl hij tegelijkertijd van ons wegvluchtte met die nieuwe vrouw.'

'Wat gebeurde er met jou?'

'Ik werd, ik werd ziek. Ik weet niet hoe ze het noemden, er werd door psychologen en kinderartsen een aantal diagnosen gesteld, maar vandaag de dag weet ik nog niet wat nu eigenlijk hun conclusie was. Misschien had ik dat aan mijn moeder moeten vragen toen ze nog leefde. Ik weet het niet, het beangstigde me. Maar ik begon te praten alsof Klara en Saskia allebei bestonden. Op school, als Klara, zei ik soms dat mijn tweelingzus Saskia, papa en Susanne gingen samenwonen, terwijl mama en ik in Zweden zouden gaan wonen. Er waren dagen dat ik herrie schopte en de klas werd uitgestuurd, dat ik thuiskwam en tegen papa schreeuwde dat ik hem haatte. Op andere dagen zei ik dat ik Saskia was en dan was ik kalm en beheerst en zei ik dat ik van mijn vader hield, dat het allemaal wel goed zou komen en dat Klara gewoon wat tijd nodig had om zich aan te passen. De mensen die ons goed kenden wisten natuurlijk wel dat Saskia dood was. Er waren periodes dat ik in een privé-kliniek verbleef. Ik wist niet meer wie ik was.'

'En je moeder?'

'Ik denk dat ze haar huwelijk wel had kunnen redden, dat zijn ontrouw hun toch een kans gaf om weer met elkaar te praten. Maar toen ik ziek werd zag ze geen andere uitweg dan mij daar weg te halen. We gingen naar Zweden, weg van mijn vader van wie ik zei dat ik hem nooit meer wilde zien.'

'Maar je hebt toch de schuld voor dit alles niet op je genomen!'

Ik glimlach zwakjes naar haar.

'Klara nam overal de schuld voor op zich. Ik neem overal de schuld voor op me. Ik liet een Saskia achter die van mijn vader in Nederland kon houden en een Klara die weigerde te vergeven, en ik ging met mama mee naar Zweden.'

'Hebben ze ooit geweten dat jij had gehoord wat ze die avond zeiden?'

'Ik geloof dat mijn vader het wel wist. Dat hij de schuld in mijn ogen weerspiegeld zag, en dat we daarom überhaupt niet in dezelfde ruimte konden verkeren. Mama wist alleen dat ze niet wilde dat ik in Nederland bleef en uiteindelijk iemand zou worden die zij alleen 's avonds en in het weekeinde kon bezoeken. Ze kende in Zweden een kinderpsycholoog en die vrouw hielp mij om een enigszins normale veertienjarige te worden, met besef van wat er was gebeurd en wat ik niet kon veranderen.'

'Enigszins?'

'Ik besloot Saskia te bewaren als iemand aan wie ik kon schrijven, een zus die in een land hier ver vandaan woonde, maar die mij raad gaf en mij redde uit moeilijkheden. Dus schreef ik al die jaren een dagboek dat aan haar was gericht, en nadat ik Desirée had leren kennen, schreef ik steeds meer.'

'Een Saskia die wat van haar leven maakte en een Klara die het niet aankon.'

Ik knik.

'Daarna raakte ik bevriend met Desirée en kwam ik terecht in een wereld van leugens en intriges die ik weigerde te verlaten als Desirée niet met mij meeging. Het bleek dat ze liever ten onder ging dan dat ze luisterde naar mijn adviezen, mijn gezeur.'

'Of misschien omdat ze nooit iets anders had gewild.'

'Dat zou kunnen. Maar ik besloot om door te gaan met leven, alleen nooit meer als Klara. Dus werd ik de Saskia die had moeten overleven, en Klara liet ik op een warme ochtend in augustus achter op een brug even buiten Stockholm. Daarna verdween ik.'

'Naar Magnus, neem ik aan.'

'Ja, eerst naar hem. Maar daarna naar papa, die mij hielp terug te keren naar Nederland, waar Susanne door haar baan bij de gemeente met papieren kon toveren, zodat Saskia van Ammer nooit was gestorven maar een levensechte identiteit kreeg die ik kon overnemen. Zij regelde een paspoort en een sofi-nummer voor mij. Vraag me niet hoe ze dat allemaal voor elkaar heeft gekregen, of tegen welke prijs. Ik denk dat ze wel ontzettend veel van mijn vader moet houden.'

'Wat was je van plan met Klara te doen?'

'De bedoeling was dat ze daar zou sterven, zodat ik opnieuw kon beginnen, als Saskia. Ik zei tegen Magnus dat dat de enige manier was. Ik denk dat ik totaal in paniek was, anders zou hij daar vast niet mee hebben ingestemd. Bovendien was hij verliefd op mij. Wat noch hij noch ik, en papa of Susanne ook niet, konden vermoeden, was dat Klara van de moord op Desirée en Henrik verdacht zou worden. Dat ze niet zomaar kon verdwijnen, zoals ik had gemeend.'

'*Jij* werd daarvan verdacht', zegt Andrea.

'Ik werd daarvan verdacht', antwoord ik.

'En je wordt er nog steeds van verdacht', zegt ze kalm. 'Ik geloof bovendien dat Adolfsson ook vermoedt wat ik al een tijdje begrijp.'

'Wat?' zeg ik, en ik merk dat ik opschrik.

'Dat jij Klara bent. Dat Klara en Saskia dezelfde persoon zijn.'

'Inderdaad', fluister ik terug.

Andrea haalt diep adem in de duisternis en steekt nog een sigaartje op.

'Ik ben blij dat je het hebt verteld. Ik denk dat dat ook niet anders kon.'

Ik weet dat ze gelijk heeft. Ik moet haar nog iets zeggen: dat ik niet weet hoe ik zonder haar deze zomer overleefd had.

'Heb ik je verteld over een vrouw die ik ken?' vraag ik.

'Nee', zegt ze verwonderd.

'Die vrouw heeft een vriendin. Die vriendin steunt haar, maar bemoeit zich er niet mee. De vrouw beseft dat ze het zonder haar niet gered zou hebben. Dat is verrassend, maar wel de waarheid.'

Andrea glimlacht.

'Zeg maar tegen haar dat die vriendin hetzelfde gevoel heeft. Maar dat die vriendin zich ook afvraagt hoe ze zich nu wil noemen.'

'Laten we het maar op Saskia houden', zeg ik blozend. 'Ondanks alles is dat mijn beste kant.'

'Ik denk dat ik ze allebei wel zou hebben gemogen.'

Ze steekt haar hand uit. Ik neem die aan en we staan allebei op om op te ruimen. Binnen in huis slapen Magnus en Malin. Malin in elk geval. Magnus is de laatste nachten op geweest, wanneer hij denkt dat ik slaap. Het is of hij geen rust kan vinden. Hij zaagt mij maar door om informatie, maar krijgt geen antwoord. Jaren van stilte doorbreek je niet zo makkelijk, dat was bij de stilte van mijn ouders ook al zo.

Terwijl ze onze glazen in haar ene hand houdt en de asbak met de peuken van die dag in de andere, zegt Andrea onverwacht: 'Weet je, toen ik een paar dagen geleden in de stad was, ben ik eens een bibliotheek binnengestapt. Ik heb in de database alle oude artikelen over deze zaak gelezen. Ik kwam daar iets tegen dat me verwonderde.'

Ik houd mijn adem in.

'Waarom heb je niet verteld dat Desirée in haar testament een groot deel van haar vermogen aan het ANC naliet? En waarschijnlijk ook een deel van het geld van Henrik von Rensen, aangezien ze een paar gezamenlijke rekeningen hadden. Werkte jij toen niet voor het ANC?'

'Waarom ik niet...?'

'Ik bedoel, wanneer jij Desirée beschrijft lijkt ze zo, ja, eenzijdig, bijna voorspelbaar. Het klopt niet.'

Ik haal mijn schouders op in een poging te verbergen dat ik tril. Andrea wacht, draait zich dan om om in de keuken onze glazen af te wassen. Ik houd mezelf bezig door systematisch alle lampen uit te doen. Ik zie haar schaduw in het donker, ze staat doodstil, als iemand die aarzelend wacht op het goede moment voor een verrassing, een aanval. Wanneer ik langs haar loop, raakt ze snel even mijn schouder aan; ik kan haar gezicht niet zien.

'Maar wie heeft hen vermoord? Wie heeft Desirée en Henrik dan vermoord?'

Er is een antwoord, er zijn vele antwoorden, er zijn duizenden manieren om hier een draai aan te geven, maar eigenlijk slechts een. Maar uit loyaliteit, uit medeplichtigheid, antwoord ik zoals ik tijdens zo veel nachten met Magnus heb geantwoord: 'Ik weet het niet. Ik weet het werkelijk niet, Andrea.'

26

Ik heb nu al zo lang als twee mensen geleefd, dat ik niet weet hoe het zou zijn om zonder die tweedeling te leven. Ik kon gewoon niet alleen achterblijven – op de dag dat Saskia stierf, moest ik wel twee personen worden. Een bekwame Saskia, een gebroken Klara. Eentje die overleefde, eentje die ten onder ging. We hebben zij aan zij geleefd en tien jaar lang ben ik alleen Saskia geweest en degene die Klara was, is uit mijn handen weggegleden en haar persoonlijkheid, heel haar manier om zich in de wereld op te stellen, is bijna helemaal uit mijn geheugen verdwenen. Klara was degene die stierf op dertigjarige leeftijd, want zo'n vrouw kan de middelbare leeftijd niet bereiken. Niet met die manier waarop ze alles voortdurend in twijfel trok en bijna hysterisch intens liefhad. De jaren als Saskia zijn de beste jaren van mijn leven geweest. Het leven kreeg richting, ik had de zaak onder controle en was intact – niet huidloos en naakt. Ik had mijn baan, Magnus, Malin en ons huis in Amsterdam. Dat is meer dan iemand kan wensen. Tot nu. Ik heb de zomer besteed aan het lezen van mijn dagboeken die gericht waren aan de zus die ik altijd had willen zijn. In de dagboeken ben ik iemand tegengekomen die ik zo lang heb verdrongen, die ik zo lang heb verloochend. Zo lang, dat ik er uiteindelijk zelf in geloofde.

'Klara? Nee, die is al jaren verdwenen. Ze is dood.'

Ik was vrij, en de prijs die ik daarvoor moest betalen was dat ik mezelf verloor. Ik kon niet zo maar ontkomen, niet zo maar opgedeeld worden. Het begon ermee dat ik op de Prinsengracht door een fietser werd aangereden en het was zo vreemd dat ik echt niet kon opstaan, dat Saskia zich dus ook niet kon redden. Deze zomer vol vragen: de zachtaardige vragen van Andrea, de dreigende van Adolfsson, en de steeds wanhopiger vragen van Magnus. Ik begin me af te vragen of er überhaupt antwoorden zijn, en als ze er zijn, of ik dan echt degene ben die ze in zich draagt. Alleen ik ben nog over: Klara Saskia Mårstedt van Ammer. Een vrouw die moet proberen om zowel te leven als een sterk als als een zwak mens, bekwaam en kwetsbaar tegelijk. Zonder zwakte overleef ik niet, maar ook niet zonder kracht. Mijn zwakte heeft mij voordelen gegeven, maar ook gemaakt dat ik mezelf blootgaf, dat Adolfsson met volle kracht in ons huis wist binnen te dringen. Saskia had zoiets nooit toegestaan, ze had hem de deur nog niet binnengelaten. Ze zou de koffers van het gezin gepakt hebben, haar moeders huis hebben afgesloten, de dagboeken verbrand en zijn teruggevlucht naar de stad waar ze vandaan kwam. Maar zou ik zijn ontkomen?

Ik lig in onze slaapkamer met het rolgordijn naar beneden getrokken en mijn ogen dicht. Ik hoor hoe Adolfsson in de keuken voor de tweede achtereenvolgende dag vraagt of ik er ben. Soms antwoordt Magnus ontkennend, soms Andrea. Het is alsof ik een gevangene ben in mijn eigen huis. Ik weet dat dit zo niet kan doorgaan. Ik weet alleen niet hoe ik hier een uitweg uit moet vinden. Hoe moet ik Adolfsson tegemoet treden nu Saskia begint af te brokkelen en Klara zich steeds duidelijker vertoont? Hij zal snel doorhebben dat de tegenstander die hij gewend is te ontmoeten, is verdwenen. Ik zal een open boek voor hem zijn en dat is levensgevaarlijk. Het is beter om achter gesloten ogen en naar beneden getrokken rolgordijnen te rusten.

Er is iemand in de kamer. Ik doe mijn ogen open en zie hoe Magnus zijn koffer te voorschijn heeft gehaald en bezig is zijn kleren daarin te doen.

'Magnus?'

'Ik ben het.'

'Wat doe je?'

'Ik ben aan het pakken. Dat doe je als je ergens weggaat. Zo dadelijk ga ik ook Malins spullen pakken, haar ophalen bij Desirée, en daarna gaan we naar mijn ouders in de stad. Ik ben niet van plan nog langer te liegen, niet tegen hen, niet tegen Adolfsson en ook niet tegen mijn vrienden.'

'Ik begrijp het', zeg ik met een heldere, kille stem, en ik ben nu helemaal Saskia.

'Ik weet niet of je dat wel doet', zegt hij onverwacht scherp. 'Je denkt dat je je zonder mij wel redden kunt, dat je echt verder kunt leven, dat je uit het juiste hout gesneden bent. Je denkt dat je kunt leven met je leugens en halve waarheden en dat je Klara diep in jezelf kunt wegstoppen en dat niemand er iets van hoeft te weten. Maar die tijd is nu voorbij, begrijp je dat niet? Je redt het niet alleen. Ik ben de enige levende mens, behalve Joop en Susanne en nu ook Andrea, die helemaal op de hoogte is van wie jij bent. Ik weet hoe je in elkaar zit, ik weet hoe je je kunt voordoen, ik ken je spelletjes. Als je mij kwijtraakt, stort je in. Dan ben je helemaal niemand, net als ik.'

Hij zwijgt. Zijn ademhaling is snel.

'Het lukte ons, en dat is heel bijzonder, om naast elkaar te leven zonder elkaar kapot te maken, zonder onszelf kwijt te raken. Ik dacht dat we waren ontkomen, dat jij en ik slimmer waren dan de rest, dat we in ons eigen wereldje konden leven en dat niemand ons te pakken kon krijgen. Ik had het mis. Ik moet al die jaren overmoedig zijn geweest, misschien doet de liefde dat met je. Ik leerde een vrouw kennen, werd verliefd op haar en trouwde met iemand die zei dat ze iemand anders wilde zijn. Ze zei dat degene op wie ik verliefd was geworden, niet meer mocht bestaan. Ik accepteerde dat allemaal, God vergeef het me. Ons leven begon met een leugen, met een wespennest waaruit we zijn gevlucht. Maar zoals ik het zie, zitten we er nog steeds middenin. En de grootste leugen van allemaal is de leugen die jij met je meedraagt.'

Ik zeg niets. Ik neem waar hoe de twee mensen van wie ik het meeste houd, bezig zijn uit mijn leven te verdwijnen, en ik zeg niets. Het is alsof ik opnieuw Klara ben, totaal niet in staat om beslissingen te nemen, verantwoordelijkheid te nemen.

'Saskia?' fluistert Magnus smekend, voordat hij zijn koffer sluit.

Hij zucht en loopt de deur uit. Ik weet waar hij naartoe gaat. Eerst zal hij naar de steiger lopen om afscheid van Andrea te nemen. Dan zal hij naar Adolfsson gaan om te vertellen waar Klara te vinden is en vervolgens zal Malin te horen krijgen hoe het zit. En ik? Ik lig hier. Het is alsof ik geen vin kan verroeren. In mijn binnenste gaat keer op keer dezelfde deur open. Het is de deur van de werkkamer van Henrik von Rensen. Ik wil die niet opendoen, maar ik moet. Mijn hand houdt de deurklink vast en ik druk die zachtjes naar beneden.

Opeens kan ik me weer bewegen. Ik ruk het dekbed van me af, trek kleren aan en ren achter Magnus aan naar de steiger. Ik zie hoe Andrea en hij dicht naast elkaar zitten te praten. Buiten adem ga ik naast hen zitten. Ik knijp mijn ogen dicht tegen de zon en ik ben vermoeider dan ik me kan herinneren ooit te zijn geweest. Wist ik maar waar ik moest beginnen. Alledrie blijven we zwijgend zitten. Kon iemand mij maar helpen. Magnus kijkt recht voor zich uit over zee.

'Je moet ons zeker iets vertellen', probeert Andrea ten slotte.

'Inderdaad', fluister ik. 'Ik moet jullie iets vertellen.'

27

De zon heeft deze zomer onbarmhartig fel geschenen. Het leek wel alsof hij geen uitvluchten accepteerde, alsof hij geen schaduwzijde tolereerde. Niets mag verborgen blijven, alles moet te voorschijn komen om door deze stralen te worden gebakken totdat de huid verbrand is en pijn doet en er niets meer onzichtbaar is.

Voor me zit de man die me heeft helpen ontkomen. Hij wees mij op talenten waarvan ik niet wist dat ik ze had, hij liet mij een kracht bewijzen die ik niet meende te bezitten. Hij voerde me met zijn liefde rechtstreeks door de hemel en de hel, hij werd door niets afgeleid, was nergens ontzet over. Ik heb al mijn kaarten op tafel gelegd, mijn slechtste kanten laten zien, maar hij ging niet bij me weg. Hoe moet ik aan Magnus uitleggen dat ik ooit van een vrouw heb gehouden die zijn absolute tegenpool was? Dat ik nog steeds van Desirée houd, hoe raadselachtig dat ook mag lijken. Dat ik van een vrouw houd die alles was wat ik tegenwoordig veracht. Dat ze een vrouw was bij wie je zelf een slechter mens werd, *maar dat zelfs dat acceptabel was.* Hoe moet ik dat aan Andrea uitleggen, die mij juist mijn geloof in vriendschap heeft teruggegeven? Ze heeft me door deze zomer geloodst, ze heeft aan mijn zijde gewaakt zonder dat ik het zelf in de gaten had. Ze was mijn engelbewaarder en daar heeft ze niets voor terug verlangd. Hoe moet ik die liefde aan hen uitleggen, die onbegrijpelijke loyaliteit die me zo veel jaren het zwijgen heeft opgelegd? Een loyaliteit die al te grote offers heeft gevraagd en al te veel bezoekjes van een man die zich niet gewonnen zal geven.

'Ik kan het niet uitleggen', zeg ik ten slotte.

Magnus kijkt vertwijfeld. Voor de duizendste keer die middag haalt hij zijn hand door zijn haar, hij gaat staan en begint te ijsberen over de steiger. Andrea pakt mijn hand en zegt: 'Je hoeft het niet uit te leggen. Vertel het maar gewoon.'

'Vanaf het begin?'

'Vanaf het begin.'

Ik begin te praten, maar ik herken mijn eigen stem niet. Jaren van ontkenning moeten worden overwonnen en wanneer ik eenmaal een stem heb gevonden, klinkt die als de stem van iemand anders, als van een secretaris die notulen voorleest en alleen maar oplepelt wat anderen hebben besproken. Dit gaat haar niet aan, dit gaat mij niet aan. Dit gaat mij veel te veel aan.

'Op die laatste avond eind augustus 1984 vroeg Desirée me of ik wilde komen. Ze zei dat ze documenten had die de activiteiten van Henrik zouden ontsluieren. Ze had mijn hulp nodig en daarna zouden we samen het land ontvluchten. De papieren die we nodig hadden, zouden in de kluis van het huis liggen en wanneer Desirée die te pakken had zou ze me volgen naar het eiland hier. Ik heb een eeuwigheid zitten wachten, dat weten jullie al. Toen ik bij het zomerhuis van Henrik aankwam, begreep ik dat ik, misschien voor de laatste keer, te laat was gekomen.'

Magnus is opgehouden met zijn eeuwige ijsberen. De zon staat te branden en onder het praten houd ik mijn handen als bescherming langs mijn slapen. Ik knijp mijn ogen toe om helderder te kunnen zien, ik knijp mijn ogen toe en ben weer daar.

'Dat dacht ik toen ik door dat huis liep. Ten slotte stond ik voor de deur van Henriks werkkamer, voor dezelfde deur als waar ik ruim twee etmalen eerder had gestaan toen ik Desirée daarheen volgde. Ik deed de deur open en toen ik binnenstapte, zag ik iets waardoor ook Klara moest sterven. Ik dacht dat ik er niet mee zou kunnen leven.'

Ik zwijg, ze wachten op me en ik realiseer me dat ik degene ben die alle gaten moet vullen, al die uren vol vragen.

'Ze waren allebei halfnaakt, hij had alleen zijn pyjamabroek aan en zij een kort nachthemd. Ik weet nog dat ik dacht dat ik eigenlijk Henriks pyjamajasje zou moeten zoeken, dat ik zelfs rondkeek of ik het zag, want hij zag er zo kaal uit zonder dat jasje. Het zal wel even geduurd hebben voordat ik snapte wat ik zag, denken jullie niet?'

Niemand zegt wat en ik veeg het zweet af dat van mijn neus druppelt.

'Ze lagen op de grond, op misschien vijf meter afstand van elkaar, en tussen hen in stroomde een beekje van bloed, dat hen op de een of andere vreemde manier leek te verbinden.'

Andrea werpt mij een blik van ontzetting toe en Magnus is met zijn hoofd in zijn handen op de rand van de steiger gaan zitten, alsof hij wegduikt voor een klap die gaat komen.

'Wat zag je nog meer?' mompelt hij. 'Wat *deed* je nog meer?'

'Ik zakte tegen de muur in elkaar en keek naar een vrouw van wie ik hield, naar een man die ik verafschuwde, en ik besefte dat ik dit veroorzaakt had.'

'Wat veroorzaakt?' vervolgt hij met monotone stem.

'Zij had hem doodgeschoten, begrijpen jullie wel. Desirée had hem en zichzelf omgebracht. Ze had hem in zijn hart geschoten en daarna zichzelf door haar hoofd. Ze had haar pistool in haar rechterhand, het pistool dat ze van Henrik had gekregen. Ik zat daar en ik bedacht dat ik degene was die van haar een moordenaar en een zelfmoordenaar had gemaakt, dat ik ervoor gezorgd had dat ze geen andere uitweg had. Ik was hier eigenlijk schuldig aan. Ik, opnieuw.'

Magnus schudt zijn hoofd.

'Wat deed je?' houdt hij aan.

'Ik kon zo goed denken die ochtend, mijn hoofd was helemaal helder en ik zat midden in deze scène, midden in het bloed, en toch was ik in staat goed na te denken. Het beangstigt me gewoon. Ik liep naar Desirée en sloot haar ogen en streelde haar wang. Dit moet vreselijk klinken, maar ik moest dat gewoon doen. Daarna nam ik het pistool uit haar hand en stopte dat in mijn zak. Ik wist dat Henrik een identiek pistool had en dat dat ergens in huis te vinden moest zijn. Ik doorzocht beide verdiepingen totdat ik zijn pistool in de slaapkamer vond. De hele tijd die kalmte. Alsof ik in een staat van opperste bewustzijn en concentratie verkeerde, nu ik wist dat ook ik moest sterven. Nadat ik dit had afgerond tenminste. Ik trok een paar handschoenen aan die ik in een doos had gevonden en ik nam het pistool mee naar de werkkamer, nadat ik had gecontroleerd of het magazijn vol was. Dat was niet zo, omdat het hetzelfde pistool was dat hij eerder had gebruikt tijdens de wedstrijd met Desirée. Ik drukte het pistool in Henriks hand, en ik moest denken aan die nacht toen hij tegen Desirée riep: "Een voor jou, schat, en een voor mij." Ik wist dat ze hem gemakkelijk zouden verdenken.'

'En daarna, Saskia?'

'Ik ging in de auto zitten en reed naar de brug. Toen ik op de brugleuning klom, begon het juist licht te worden en ik bleef staan. Ik voelde me opgelucht. Maar toen vond ik jouw steen, Magnus, ik hield die in mijn hand, zoals jij had gezegd dat ik moest doen. Ik dacht aan alles wat jij had gezegd, en dat Klara nu misschien kon sterven, maar Saskia eindelijk leven. Dat dat niet meer dan rechtvaardig was.'

'Je kwam naar mij toe.'

'Ik kwam naar jou toe.'

Voor het eerst sinds eeuwen kijken we elkaar recht aan en mijn ogen stromen over, die van hem zijn helemaal helder. Ze ontwijken me niet, hij ontwijkt me niet. Maar ik zie ook iets anders. Ik zie dat hij opgelucht is, dat wat ik heb verteld, hem heeft uitgetild boven die doorwaakte nachten en de angst die aan hem knaagde.

'Waarom deed je het, Saskia?' zegt hij ten slotte.

'Zij was geen moordenaar.'

'Jawel.'

'Dat wilde ik niet.'

'Dat weet ik.'

'Het was het enige, het laatste wat ik voor haar kon doen, weet je. Het was een erezaak. Hij kon het net zo goed hebben gedaan. Hij *had* het moeten doen.'

'Waarom heb je dit niet eerder verteld?'

'Ze was geen moordenaar', herhaal ik.

'Waarom die loyaliteit?' houdt hij vol.

Hij is kwaad. Nu, zo veel jaar later, heeft hij de oplossing gekregen die hij tijdens die nachten, die gesprekken had moeten hebben.

'Ik weet het niet', zeg ik simpelweg.

Hij schudt opnieuw zijn hoofd, hij weet niet waar hij het zoeken moet. Vertwijfeld kijkt hij naar Andrea die ook geen antwoorden heeft, want die zijn er niet.

'Wat gebeurde er daarna?' vraagt ze in plaats daarvan.

'Daarna zei jij, Magnus, dat ik naar Nederland moest gaan, weg van dit alles. Na al die jaren in ballingschap haalde papa mij op, en eindelijk kreeg hij de dochter terug van wie hij zoveel hield. Daarna kwam jij ook naar Nederland, Magnus. Je wilde me hebben. Maar ik was iemand anders geworden, Klara bestond niet meer. Ik wilde geen herinneringen aan hoe zij haar leven leefde. Maar Saskia overleefde, want zij was het type vrouw dat zich wel redt. Ik ben degene die overleeft. Dat heb jij mogelijk gemaakt, Magnus.'

Ik vouw mijn handen, weet niet hoe we hiervandaan verder moeten gaan.

'Wat doen we nu?' vraagt Andrea, die al begrijpt waarom ik deze zomer zo onnodig stil ben geweest.

'Er zijn natuurlijk geen bewijzen dat het op deze manier is gegaan. Helemaal geen bewijzen. Toen ik eenmaal doorhad wat Adolfsson dacht dat ik had gedaan, was er niets wat ik kon doen, behalve me gedeisd blijven houden. Ik besef dat terdege, zonder bewijzen kan ik niets anders doen dan dit allemaal voor mezelf houden – Klara in mezelf verbergen –, wat moet ik anders?'

'Maar Desirées pistool dan?' vraagt Andrea.

'Voordat ik vertrok, heb ik dat aan mama gegeven. Ze beloofde me dat ze het zou weggooien. Dus het enige wat over is, zijn mijn woorden. Hoe kan ik Adolfsson alleen daarmee tegemoet treden? Als Klara? Dat kon niet. Daar heb ik deze zomer zo over zitten piekeren, hoe ik me hier uit moet werken.'

Magnus kijkt naar de zon, hij ontwijkt mijn blik.

'Magnus?' smeek ik. 'Ik heb je hulp nodig.'

'Klara Saskia', is het enige wat hij zegt.

'Dat ben ik.'

'Ik houd van jullie allebei. Ik heb altijd van jouw hele persoon gehouden.'

'Dat wilde ik ook zo graag', fluister ik, en pas nu besef ik dat dat waar is.

Hij loopt op mij af, eindelijk, en gaat op zijn knieën naast me op de steiger zitten. Hij trekt mijn hoofd tegen zijn buik, streelt mijn haar en ik maak hem helemaal nat. Ik ben helemaal niemand meer, en nu hij al mijn onderdelen heeft gezien, moet hij mij weer in elkaar zetten.

Wanneer ik mijn ogen weer open, zie ik dat Andrea is weggegaan, dat ze een vrouw is die precies weet wanneer ze te veel is en wanneer men om haar aanwezigheid zit te springen. Andrea, denk ik, wanneer ik mijn ogen weer sluit, eenzame Andrea.

28

Er zit een man tegenover me. Het is een man die me ooit deed verstijven van afschuw. Een man die zei dat hij zijn leven had gewijd aan het bestrijden van een monster dat hij niet kon aanraken. Een man die alles wat onder de noemer communisme kon vallen om zeep wilde helpen, wat soms offers vroeg die hij misschien niet verwacht had, alles in de jacht op die irritant abstracte vijand. Hij en enkele andere uitverkorenen moesten dit onaangename karwei opknappen, voordat dit afgrijselijke monster zich verder over de wereld verspreidde. Dit monster dat ooit zijn moeder vermoordde, en daarna nog zo veel anderen, in een bloedbad waarbij sommigen beweerden dat ze aan de goede kant van de waarheid stonden en anderen aan de verkeerde, en waarbij een vergissing je het leven kon kosten.

Gustav is tegenwoordig een oude man. De vader van Desirée is oud, en hij heeft zijn overtuigende blik verloren. Het lijkt alsof hij de vijand van zijn leven heeft verloren, en nu op zijn oude dag wordt getroffen door schuldgevoelens en een beetje inzicht. Maar dat maakt hem uitsluitend moe en gejaagd, hij zou willen dat hij dit niet meer had hoeven meemaken. Hij heeft het gevoel dat de hele wereld tegen hem is, zo veel mensen die op andere gedachten moeten worden gebracht, en hoewel hij vindt dat hij gelijk heeft gehad – het communisme is immers toch ten onder gegaan – hij had het op de een of andere manier ook mis. Hij vraagt zich af of al die mensen die opgeofferd moesten worden, zullen ophouden hem te achtervolgen, hoewel ze, zoals hij het ziet, uiteindelijk om aanvaardbare redenen ten onder gingen. Hij zou zo graag willen dat de wereld nu schoon was, ontdaan van duisternis en idiote systemen, maar hij realiseert zich dat alles maar ten halve gekeerd is, dat alles weer opnieuw begint maar onder een nieuwe naam.

'Jij bent het, Klara', is alles wat hij zegt, en zijn vermoeide ogen lichten even op, zoals dat soms gebeurt bij oude mensen die al te zelden het voorrecht hebben bekenden tegen te komen.

'Ja, ik ben het. Klara', antwoord ik, en mijn opluchting is net zo duidelijk als toen hij mij op straat tegenkwam en me bij mijn echte naam noemde.

We zitten in een restaurant dat Henrik en Desirée ook zouden hebben gekozen om te gaan lunchen. Het personeel beweegt zich discreet en onopvallend, de glazen worden bijgevuld en weggehaald, kleine piramides van voedsel worden binnengebracht op buitenproportionele borden. Alles geeft me zo'n loom en aangenaam gevoel, net als toen Desirée me in deze wereld introduceerde, een wereld waarvan ik vroeger alleen een glimp had opgevangen in de tienertijdschriften die ik in Arnhem onder de dekens lag te lezen. Verblind nam ik deel aan haar leven, ik genoot, dat mag ik nooit ontkennen.

Nu vertel ik aan Gustav waar ik al die jaren ben gebleven. Ik vertel hoe Klara verdween en hoe ze deze zomer langzaam weer aan de oppervlakte is gekomen. Het is wonderlijk gemakkelijk om met hem te praten, het is alsof ik mijn verleden in levenden lijve voor me heb en ik eindelijk de kans krijg om dingen te zeggen waar ik nooit de gelegenheid toe heb gehad. Ik praat maar door en ten slotte kijk ik hem aan, alsof ik nu pas doorheb dat hij daar echt zit: 'Gustav. Hoe gaat het met Gustav?'

Ik realiseer me dat ik hem nog steeds niet durf te tutoyeren. Maar ik realiseer me ook dat het eigenlijk klinkt alsof ik tegen een kind praat in plaats van tegen een volwassen mens. Wil Gustav een koekje? Heeft Gustav in zijn broek geplast? Gustav kijkt in zijn glas. Het kost hem moeite me langere tijd achter elkaar aan te kijken. Hij is onaangenaam door mij getroffen, ik doe hem denken aan tijden waaraan hij met plezier zou willen terugdenken.

'Toen Desirée stierf was er niets meer om voor te leven. Zo zag ik het. Als ik geen gentleman was geweest, had ik er een eind aan gemaakt. Dat je kind eerder sterft dan jijzelf, daar kun je niet mee leven, begrijp je. Maar ik moest wel, iets anders zat er gewoon niet op.'

'Zoiets doe je niet.'

'Nee, het zou net zijn alsof je wilde proberen te ontkomen. Je moet het leven nemen zoals het komt, je kunt niet kiezen. Je richt je op een doel, iets waarvoor je moet vechten en dat doe je dan. Dat heb ik altijd gezegd.'

'Zeker', zeg ik, terwijl ik me begin af te vragen waarom hij me eigenlijk voor de lunch heeft uitgenodigd.

'Desirée was dood en zij was het enige wat ik had, zelfs de strijd was niet belangrijk. Het was toch Henrik die dat allemaal regelde, en toen ook hij stierf wist ik niet waar ik de zaak weer moest oppakken. Het bleek dat de collega's van Henrik heel andere visies hadden dan ik, en ze vonden mij hopeloos ouderwets. Naar mijn vurige toespraken wilde toch niemand meer luisteren, behalve een paar gelijkgestemden van mijn eigen leeftijd. Maar de anderen, die jonge mannen, wilden alleen maar geld verdienen, en er werden wapens geleverd aan wie ze maar kon betalen. Dat was absoluut niet zoals ik het wilde.'

'Ik begrijp het', zeg ik, terwijl ik het juist helemaal niet begrijp.

'Thuis wachtte er niets meer op mij. Geen gezin en geen visioen. Ik heb alles verkocht en ben naar Kenia terugverhuisd. Naar Kenia, waar geld en leeftijd maken dat de mensen je met respect en eerbied behandelen, wat hier vroeger ook zo was. Terug naar Kenia, waar de mensen een goede *bwana* gehoorzamen en hoogachten.'

'En dat was Gustav?'

'Dat ben ik altijd geweest. Ik heb altijd het beste met de Afrikanen voorgehad.'

'Maar wat Gustav als het beste voor hen beschouwt en wat *zij* als het beste voor zichzelf beschouwen, is misschien niet altijd hetzelfde?'

'Zo zou je het kunnen zeggen. Precies zo. Heel ongelukkig eigenlijk. Daarom is het in Afrika ook gegaan zoals het is gegaan. Ze hebben niet geluisterd, niet gehoord wat wij zeiden. Ze hebben hun eigen weg willen gaan en die weg heeft hen rechtstreeks teruggevoerd naar armoede en ellende.'

Hij schudt zijn hoofd en roept de kelner, die even uitgescholden wordt omdat de wijn niet koel genoeg is.

'Je moet ook alles zelf doen', zegt hij ontstemd.

'Gustav is nog steeds een oud beest', zeg ik.

'Je veroordeelt mij.'

'Neem me niet kwalijk.'

We blijven een poosje zwijgend zitten. Hij kijkt naar zijn handen. Het is alsof hij niet goed weet in welke tijd hij zich bevindt. Aan de ene kant is hij een man in zijn beste jaren die een jongere vrouw die denkt dat ze meer weet de les leest, en aan de andere kant een oude man die eenzaam en zonder illusies door het leven is achtergelaten, en misschien is hij ook een tikje religieus en verlangt hij naar tederheid. Hij heft zijn hoofd op en ziet er moe uit.

'Misschien is het wel terecht dat je me veroordeelt. Ik heb twee vrouwen van hun leven beroofd, en ik heb mijn leven gewijd aan iets waarvan ik niet langer weet wat het betekent. Er zijn betere manieren om oud te worden.'

Hij kijkt zelf verrast. Alsof het lang geleden is dat hij iets oprechts heeft gezegd, en alsof blijkt dat nu hij dat eenmaal gedaan heeft, het niet zo erg is.

'Je verandert niet zo veel. Maar ondanks al mijn teleurstelling heb ik korte ogenblikken van inzicht. Ik verwachtte van Desirée traditie en stijl in plaats van originaliteit, waartoe jouw ouders je wel zullen hebben opgevoed. Als ik dat eerder had begrepen, dan had mijn leven er misschien anders uitgezien.'

Een beetje gegeneerd schraapt hij even zijn keel en hij neemt iets te snel een slok uit zijn glas.

'Je doet me denken aan Desirée', verontschuldigt hij zich, nog steeds verbaasd over wat hij aan mij vertelt, over hoe zijn leven geworden is. 'Je doet me zo aan haar denken.'

'Ik weet het', zeg ik en een fractie van een seconde zie ik haar voor me, hoe deze lunch er in dat geval had uitgezien, waar die zou zijn geëindigd, wat voor indruk ze op haar omgeving zou hebben gemaakt, op mij, hoe ik in haar ban zou zijn geweest, hoe betoverd – opnieuw. 'Ik weet het', knik ik alleen, 'u doet me ook aan haar denken.'

'En jij, Klara? Wat is er daarna met je gebeurd? Wat is er van je geworden?'

'Ik ben getrouwd. Ik heb een dochter. Een baan.'

'Dat bedoelde ik niet.'

'Ik begrijp het. U bedoelt wie ik als Saskia ben geworden?'

'Ja. Waar je tien jaar lang geweest bent. Of het dat waard is geweest.'

Ik schraap mijn keel en de woorden vloeien naar buiten en voor het eerst sinds lange tijd ben ik niet op mijn hoede.

'Ik ben een feministe en ik houd lezingen over onrecht en emancipatiemogelijkheden. Ik probeer een goed voorbeeld te zijn en wil – vergeef me – alles zijn wat Desirée niet was.'

'Ik geloof dat ik je begrijp.'

'Alles wat Klara en Desirée niet waren. Ik probeer stelling te nemen in de wereld, deel uit te maken van de macht om dingen werkelijk te veranderen.'

'En slaag je daarin?'

Ik zwijg. Er wordt een nieuw bord voor me neergezet. Ik zit er even aan, pak mijn vork op, kijk naar buiten naar de straat.

'Naar buiten toe ben ik heel, vanbinnen ben ik half. Ik heb nieuwe eigenschappen moeten ontwikkelen om vooruit te kunnen komen. Dat zijn eigenschappen waar ik niet altijd trots op ben. Maar dat wordt van je verlangd. Je moet niet net zo goed zijn als een man, maar beter.'

Ik vouw mijn handen en zet ze onder mijn kin, als om mezelf bij elkaar te schrapen.

'Ik voelde me genoodzaakt zo te worden, begrijpt u. Tegenwoordig spreek ik de academische taal, ik heb de wereld verdeeld in kleine stukjes die ik analyseer en waarvan ik statistieken bijhoud. Vervolgens presenteer ik tabellen, ik word geaccepteerd en daar ben ik tevreden over. Ik draag goedgesneden mantelpakjes met schoudervullingen, ik organiseer congressen en literaire avonden en ik word als een vooraanstaande vrouw beschouwd.'

'Ben je dat dan niet?'

'Jawel, dat ben ik ook', antwoord ik, terwijl ik nerveus aan het tafellaken zit te friemelen, alsof Klara hier zat en niet wist wat ze moest zeggen.

'Maar wat is er dan?'

Ik denk aan de vrouw met het schrijfblok op het congres, aan hoe ik automatisch vrouwen veroordeeld heb die er niet voor kozen buitenshuis te werken maar die thuis bij de kinderen bleven, en dat mensen die niet hetzelfde over dingen dachten als ik, dat onmiddellijk van mij te horen kregen.

'De prijs daarvoor is dat ik met die zelfverzekerde overtuiging van wat goed en fout is, soms mensen heb buitengesloten', hoor ik mezelf zeggen. 'En soms vraag ik me af waar Klara gebleven is. Zij was iemand die met mensen meevoelde en die geen macht tegen iedere prijs wilde. Zoals ik wel wil.'

'Daar is niets mis mee. Zo krijg je dingen voor elkaar in de wereld.'

'Misschien. Maar ik weet niet meer voor wie ik mijn lezingen nog houd. Ben ik een deel geworden van een kleine elite die een taal spreekt die maakt dat anderen ons verachten, of nog erger, zich minderwaardig voelen? Ik schrijf over vrouwen, strijd voor rechten, maar op welke manier, in wiens arena? Vorm ik zelf misschien – ondanks mijn strijd, mijn bewustzijn, mijn analyse – helemaal geen bedreiging, bereik ik helemaal geen verandering?' vraag ik vertwijfeld.

Ook ik praat oprechter dan ik in lange tijd heb gedaan. Ik ben verbaasd over wat ik mezelf hoor zeggen, het is alsof ik Klara door mijn mond hoor praten.

'Elke macht heeft zijn prijs', zegt Gustav alleen, alsof dit iets is wat iedereen uiteindelijk inziet. 'Maar wat je jezelf moet afvragen, wanneer je dit weet, is: *Hoe ga ik nu verder?*'

Maar ik kan hem geen antwoord geven. Mijn levenswerk, het boek van Andrea en mij, op een armlengte afstand en toch meen ik geen bevredigend antwoord te kunnen geven. In plaats daarvan zeg ik: 'Gustav, ik ben opeens doodsbenauwd voor alles wat eindigt op "isme".'

'Maar toch is dat je werk.'

'Ja. Dat verontrust me: hoe ik de wereld indeel om mijzelf rustig te houden. Dit hangt van dat af, dat breng ik zus en zo onder in statistieken. Begrijpt Gustav mij? *Alles wat ik zeg klopt wel.* Ik weet alleen niet of ik het kan opbrengen dat keer op keer duidelijk te maken, op de manier waarop ik dat tot nu toe wel gedaan heb. Ik voel me oud en ben de inhoud van het woord 'zelfverzekerd' vergeten.'

'Net zoals ik dan ongeveer.'

'Misschien', zeg ik, en ik weet nog juist een glimlach te onderdrukken.

'Lach me niet uit. Je hebt het zelf gezegd, je kunt vernietigend zijn in je zelfverzekerdheid.'

Ik bijt op mijn lip.

'Bestaat er eigenlijk wel een antwoord op de vraag van Gustav?' vraag ik.

'Is het doel nog net zo belangrijk als eerst?'

Ik denk lang na.

'Nog belangrijker.'

'Toe maar. Dan zul je geen antwoord vinden.'

Ik had nooit gedacht dat ik ooit in goede verstandhouding met deze man zou glimlachen. Hij ook niet.

'Er is een reden dat ik je vroeg om mij vandaag te ontmoeten', zegt Gustav, een beetje gegeneerd door onze intimiteit. 'Dat is om te bespreken wie de schuldige is.'

Ik kijk hem verwonderd aan.

'Toen Desirée stierf en Henrik eerst de schuld kreeg, was dat iets waarmee ik kon leven. Maar toen vervolgens die politieman... hoe heet hij?'

'Adolfsson.'

'Toen vervolgens bleek dat Adolfsson meende dat jij hen vermoord had, was ik daardoor onaangenaam getroffen. Maar daar kon ik ook mee leven. Jij was – vergeef me – niet de sympathiekste vrouw die ik was tegengekomen. Bovendien was je verdwenen, vermoedelijk dood. Ik vond het dus geen ramp. Maar toen ik je hier zag, springlevend in de straten van Stockholm...'

Ik begrijp niet wat hij bedoelt. Hij kijkt me rustig aan.

'Ik weet wat je voor Desirée moet hebben gedaan. Ik denk dat ik wel weet hoe het is gegaan. Dat je haar wilde beschermen, redden, net als ik.'

Ik aarzel, probeer iets te zeggen, maar hij vervolgt: 'Ik weet dat zij het was die hem heeft vermoord. Dat ze daarna de hand aan zichzelf heeft geslagen. Met die wetenschap leef ik al tien jaar. Met het besef dat ik mijn kind niet méér levenslust heb gegeven.'

Hij ziet mijn verwarring.

'Ik weet het. Ik had ze moeten opsturen, de inhoud ervan bekend moeten maken. Maar *waarheen* had ik ze moeten sturen? Naar die Adolfsson? Zodat hij het aan de pers bekend zou maken en iedereen over het schandaal zou praten. Mijn naam, mijn familienaam in de roddelbladen? Dat kon niet. Had ik ze naar jou moeten sturen? Maar waarheen dan? Maar het was onaangenaam, twijfel daar niet aan. Bovendien misschien onrechtvaardig.'

'*Wat* had Gustav moeten opsturen?' breng ik eindelijk uit.

'De brieven die Desirée heeft geschreven, vlak voor ze stierf. Er was een brief bij die aan mij gericht was, en een aan jou op het eiland, maar die is nooit aangekomen en die kwam weer bij mij terug. In haar brief aan mij schrijft ze helder en duidelijk wat ze gaat doen. Ze schrijft dat ze opgelucht is, dat ze nooit eerder ergens zo overtuigd van is geweest.'

'En in haar brief aan mij?'

'Ik mag dan een "oud beest" zijn, maar zo veel fatsoen heb ik nog wel dat ik andermans brieven niet lees.'

Ik bloos.

'Ik moet je zeggen dat wat jij voor haar deed me verbaasd heeft. Ik had je onderschat. Henrik was natuurlijk de voor de hand liggende moordenaar, hij had het moeten zijn, dat zagen we toch allemaal', zegt Gustav.

'Behalve Adolfsson.'

'Behalve Adolfsson. Hij zal nog steeds wel geloven dat jij hen vermoord hebt. En het kan niet lang meer duren voordat hij begrijpt dat Klara en Saskia dezelfde persoon zijn.'

'O, dat weet hij al.'

'Maar?'

'Hij heeft geen bewijs. Hij zou best kunnen bewijzen dat ik Klara ben, maar niet dat ik iets onwettigs heb gedaan. Dus wacht hij erop dat ik me zal verspreken, mezelf blootgeef, zodat hij iets heeft om mee verder te gaan. Hij heeft deze zomer als een stormmeeuw om ons huis gecirkeld. Hij heeft met mijn man gepraat, hij heeft met mijn vriendin gepraat, en ik geloof dat hij zelfs met mijn dochter heeft gepraat. "Begrijpen jullie wel dat jullie misschien een moordenaar beschermen? Dat noch zij noch jullie zo verder kunnen leven?" Maar ik heb hem de waarheid niet kunnen vertellen, omdat ik niets heb dat mijn woorden kan staven.'

'Tot nu. De brieven.'

'Tot nu. Als dat voldoende is.'

'Ik kan ervoor instaan dat het haar handschrift is.'

Ik knik. Ik weet niet of ik opgelucht moet zijn of ongerust, of ik moet doorgaan mijn masker op te houden voor Adolfsson of dat ik mijn hand zal uitsteken. Het is moeilijk om vast te stellen of hij een man is die een uitgestoken hand aanneemt.

'Ik heb mijn leven doorgebracht in de voortdurende aanwezigheid van de dood', zegt Gustav als uit het niets. Hij kijkt door het raam naar buiten. 'De dood was misschien niet altijd aanwezig als iets puur fysiek vernietigends, maar eerder als de afwezigheid van leven. Ik heb mijn hele leven geleefd met iemand die haar naasten in de steek liet door te sterven, in de zin dat ze al vroeg afstand deed van haar levensvreugde.'

'Over wie heeft Gustav het?'

'Eleonora, de moeder van Desirée. Niet toen ik haar leerde kennen, nee, toen niet. Ook al was ze dan vele jaren onderworpen geweest, dat had nog niet echt zijn sporen bij haar nagelaten. Maar toen we een gezin stichtten en het onze beurt was om volwassen te zijn, toen werd ze alles wat een meisje van zeer voorname komaf moet zijn.'

'Wat dan?'

'Een beknot mens. Dat heb ik pas veel later begrepen. Dat dat is wat een dergelijk huwelijk met een vrouw kan doen.'

'En Gustav?'

'Ik ben daar natuurlijk ook schuldig aan. Ik onderhield mijn haat. Overdag was die steeds in mijn gedachten, 's nachts hield ik de wacht. Met die haat heb ik door mijn zaken een klein fortuin voor ons verdiend. Die dingen deed ik allemaal, maar ik schonk geen liefde aan mijn gezin. Tegelijkertijd deed Eleonora wat zo veel vrouwen doen die zenuwzwak genoemd worden – hoewel het eigenlijk alleen maar zo is dat hun capaciteiten niet worden benut –, ze verdoofde zich.'

'Dat begrijp ik niet.'

'Met kalmerende middelen, met narcotica, met slaapmiddelen. Vaak nam ze te veel.'

'Zoals toen ik jullie bezocht?' vraag ik, terwijl ik daaraan terugdenk.

'Ja, zoals toen. Ze had te veel tabletten genomen en Desirée en ik probeerden haar weer bij kennis te brengen, zonder daarin buitenstaanders te betrekken, want dat wilde Desirée niet.'

Hij vertrekt zijn gezicht.

'Alles is niet wat het lijkt. Dat bedoelde ik.'

'Nu begrijp ik het.'

'Desirée verafschuwde de zwakte van haar moeder, haar voortdurend aanwezige afwezigheid. Desirée zei altijd dat ze liever wilde dat Eleonora echt doodging. Dan kon ze rustig om haar rouwen.'

'En toch?'

'En toch deed Desirée hetzelfde. Ook zij verdoofde zich. Maar zij verdoofde misschien eerder haar gevoelens. Ze werd een erg kil mens, Desirée, maar zo werd ze niet geboren. Eleonora en ik hebben haar bedorven. En daar bestaat geen excuus voor.'

Nu zie ik dat hij geluidloos huilt. Het lijkt alsof er op de savanne een oude olifant staat die besloten heeft achter te blijven om te sterven, terwijl de kudde verder trekt. Er wellen tranen op in zijn ogen en ze vallen recht naar beneden, maar zijn gezichtsuitdrukking verandert vrijwel niet.

'Gustav, ik...'

'Hier is de brief van Desirée aan jou', zegt hij en hij haalt hem uit de binnenzak van zijn colbert te voorschijn en schuift hem over de tafel. 'Doe er maar mee wat je wilt. Ik zal vóór jou getuigen, laat mijn brief maar aan Adolfsson zien als dat nodig is. Daarom heb ik je gevraagd vandaag te komen. Alleen daarom. Om tenminste jou van deze hele geschiedenis te bevrijden.'

'Gustav?'

'Ga nu maar. Dat was alles.'

Hij kijkt mij niet aan. Zijn tranen zijn weg, het is alsof ze er nooit geweest zijn. Hij heeft dingen verteld voor mij, en hij heeft ze verteld voor zichzelf. Wat hij wil is dat alles ongedaan gemaakt zou kunnen worden, maar hij weet dat er in het leven geen terugspoelknop bestaat. Het enige wat hij van me vraagt, is dat ik wat maak van wat er nog over is van mijn leven.

'Bedankt.'

Hij knikt en maakt een afwijzend gebaar met zijn hand. Ik loop de straat op en de zomer is zachtjes overgegaan in een steeds donkerder herfst, het ruikt naar het begin van verrotting. Ik kijk opnieuw naar binnen in het restaurant. Gustav is weg. Binnenkort hebben we handschoenen nodig, denk ik, alsof dat een inzicht van levensbelang is. Ik vraag me af of de boot vandaag ook vertraging heeft, denk ik daarna. De brief van Desirée snijdt in mijn dijbeen, hij snijdt recht door de stof van mijn jurk, mijn huid, mijn pezen en bot. Ik kan hem niet lezen.

Ik heb geen keus.

29

De boot verlaat de stad en we zijn op weg naar de scherenkust. Ik zie de grijze rotsen en de eilandjes waar we langs varen, en het is alsof er beelden van mijn leven geprojecteerd worden over wat ik zie. Iedere keer dat ik met mijn ogen knipper is er een nieuw beeld, als in de rode nepcamera waarmee ik als kind speelde en waarin je met een plastic knop een waaier aan plaatjes te voorschijn drukte. Klik. Ik zie hoe Saskia en ik speelden toen we klein waren, zij kijkt naar de doos die ik voor haar ophoud. Vervolgens een Klara die speelt met een Saskia die er niet is, een Klara die van plan is de rol van Saskia op zich te nemen – als dat de enige manier is om te voorkomen dat zij ten onder gaat. Klik. Een verbeten vrouw van mijn leeftijd ontvlucht Nederland met een dochter voor wie de werkelijkheid niet langer overeenstemt met haar eigen beeld daarvan. Die vrouw is mijn moeder. Het volgende beeld laat mijn ontmoeting met Desirée zien, de onmiddellijke verliefdheid, de vriendschap die luid en duidelijk belooft: nooit meer alleen. Ik zie de scènes, de beloftes, de leugens. Daarna mijn eigen onmacht, onhandigheid en passiviteit. Klik. Klaas, die niet weet wat hij moet doen en zijn armen laat hangen langs de zijkanten van zijn lichtblauwe pyjama. Een man die verliefd werd op twee vrouwen, de ogenschijnlijk goede en de slechte. Allebei lieten ze hem in de steek en geen van beiden hield van hem. Hij was niet meer dan een springplank voor de dromen die we nooit durfden te verwezenlijken. Daar, daar is Henrik en ik zie hoe hij voor zijn eigen gewin de haat en machtswellust van anderen gebruikte. Maar ik zie ook een Henrik die meer van Desirée hield dan hij wilde, zie hoe zij hem schade berokkent en hij daar niets aan kan doen. Dat zelfs een man als hij soms machteloos is. Daarna Desirée, klein en betoverend mooi achter Henriks bureau, met cassettebandjes en in een Mata Hari-vermomming.

Nu zie ik papa, hoe hij zijn verloren tweelingdochter in de armen sluit, met de belofte dat hij haar nooit meer zal laten gaan. Vervolgens Susanne, die in haar werk alle denkbare overtredingen heeft begaan om haar misdaad goed te maken: dat ze houdt van een man die van een ander was. Daarna Magnus. Hij keert zijn blik naar mij, zijn hand is gesloten en wanneer hij die opent, ligt daar de Afrikaanse steen. Door tijd en ruimte heen geeft hij die aan mij, en ik klem hem weer in mijn hand. Ik knipper, doe mijn hand weer open en zie Malin als pasgeboren baby. Daarna zie ik dat Malin groot is, dat ze over het water tussen de boot en het land loopt, dat ze langzaam bezig is zich van mij te verwijderen, maar dat dat absoluut noodzakelijk is. Ze roept over het water, ik leun naar voren en ik weet dat ze de waarheid van mij wil horen. We zullen elkaars taal pas verstaan wanneer ze die waarheid kent. Ik weet niet meer wat dat woord betekent. Ik heb geprobeerd aannemelijke verklaringen te geven voor wat er is gebeurd, ik heb de schuldenlast verdeeld en geprobeerd te overleven. Ik weet niet of ik daarin geslaagd ben, of wat ik aan waarheid heb genoeg is om Adolfsson te overtuigen, of ik nu vrij ben. Verdwenen, hervonden en vrij? Klara Saskia. Ik weet niet of ik als Klara opnieuw kan beginnen, ook niet of Magnus met zo'n vrouw kan leven. Als ze hierna tenminste verder kan leven.

Desirée. Daar begint alles mee, en daar eindigt het. De liefde voor haar die zowel Andrea als Magnus – en in zekere zin ook Gustav – zo onbegrijpelijk vinden. Die loyaliteit die me zo veel jaren op de vlucht heeft gejaagd. Ik haal de brief uit mijn zak. De envelop is vergeeld, net als de dagboeknotities waar ik me deze lange zomer doorheen heb geworsteld. Op de voorkant staat mijn naam in duidelijke blokletters en daaronder het adres van het huis en de naam van het eiland. Hij is nooit aangekomen. Of beter gezegd: ik was iemand die het geduld niet kon opbrengen om te wachten. Ik vloog weg, en ik gaf haar niet eens een kans om het uit te leggen. Ik rende zo naar binnen, en ik herschikte de scène die haar laatste was. Zelfs toen mocht ze zichzelf niet zijn.

Ik maak de brief open, ben weer dertig jaar, zit te wachten op het eiland, en dit is de brief die ik toen had moeten lezen. Als dat was gebeurd had Klara misschien nooit hoeven te verdwijnen. God weet wat ik dan met mijn leven had gedaan. Tien jaar zijn verstreken en toch lijkt haar stem net zo indringend, lijken haar ogen net zo glinsterend groen, haar rode pagekapsel valt over haar wangen naar voren en ze strijkt haar haar achter haar oren, terwijl ik haar meen te horen vertellen – net als toen.

'Lieve Klara', schrijft ze. Zo begint ze. Dat was tenminste waar. Dat ik voor haar een lieve Klara was.

> Ik ga nu dingen vertellen waarmee je niet gelukkig zult zijn, ik ben er ook niet gelukkig mee, maar ik denk dat ik ze beter kan verdragen. Jij bent de meest naïeve persoon die ik heb ontmoet en vanwege dat feit heb ik je zowel verafschuwd als bemind, voorzover ik daartoe tenminste in staat ben. In jouw ogen was ik iets anders dan wat alle anderen verder altijd meteen zagen. Iedereen wist dat ik iemand was op wie je niet kon vertrouwen, iedereen behalve jij. In jouw ogen bezat ik de mogelijkheden om te veranderen, dat sprak eruit: dat jij op deze wereld was gezet om veranderingen door te voeren, en daardoor zou alles goed komen.

Het is levensgevaarlijk om iemand te willen veranderen, dat doet die persoon beseffen hoe hij werkelijk is. Door me te tonen wat ik kon worden, veroordeelde je wie ik was. Zo simpel is het. Je maakte dat ik me schaamde voor wie ik was. Ik wist dat ik tegenover alle anderen geen sympathiek mens was, dat werd mijn handelsmerk en daar teerde ik op. Wie mij in de weg liep en niet oppaste, had het aan zichzelf te wijten, want ik heb dit nooit onder stoelen of banken gestoken. Ik mag dan hebben gelogen, lang en breed over emancipatie en solidariteit hebben gepraat, maar ieder eenvoudig mens zou mij meteen hebben doorzien. Je had moeten zien dat ik het bangst was voor datgene waar ik het meest over praatte. Van huis uit heb ik twee dingen meegekregen: mijn vaders haat en mijn moeders onverschilligheid. Ik weet niet wat jij het ergste vindt. Maar ik weet wel dat ik er daarom voor heb gekozen met Henrik te leven.

Dus jij wilde mij redden, Klara. Soms geloofde ik werkelijk in verandering, jij haalde mij ertoe over te geloven dat ik een ander kon worden. Ik weet niet of je begrijpt hoe ik me voelde, iedere keer dat ik mislukte, hoe het was om in jouw ogen te lezen dat ik je vertrouwen weer beschaamd had. Iedere keer dat ik mislukte, werd ik een beetje slechter, jij herinnerde me aan dat feit. Iedere keer weer. Henrik begrijpt niet hoe ik het goed heb gevonden dat je daarmee doorging. Ik ook niet.

Je zei dat je wilde dat ik zou worden wat Saskia voor jou was. Dat we allebei vrije, sterke vrouwen zoals Saskia zouden worden. Ik weet dat je mij altijd hebt veroordeeld om mijn leugens. Een beetje ironisch is dat wel, omdat ik een poosje geleden van Henrik heb gehoord – we hebben net ruzie gehad, hij gooit met dartspijltjes over mijn hoofd en ik weiger te bukken – dat er geen Saskia bestaat. Dat je nooit een tweelingzusje hebt gehad. Hij vindt het erg grappig dat ik zeg dat ik met jou wil ontsnappen naar een nieuw leven bij iemand die niet bestaat, een voorbeeld dat nooit heeft bestaan. Ik vind dat ook een tikkeltje komisch, maar omdat ik nu al bijna twee etmalen onafgebroken wakker ben, kan ik er niet om lachen. Klara die het goede voorhad, was de grootste leugenaar van allemaal. Ik had dat al gedacht en ik heb je er ook naar gevraagd. Wie anderen wil redden, moet misschien wel eerst zichzelf hebben geholpen. Of beter gezegd: *vragen* of het slachtoffer de volgende keer wel gered wil worden. Ik had het lang geleden al duidelijk moeten zeggen: laat me met rust. Dit is wie ik ben. Neem me dat niet af, zoals je hebt geprobeerd. Dan word ik helemaal niemand. Ik ben niet zoals jij. Ik bloed niet voor andere mensen: andere mensen zullen me een rotzorg zijn, maar het lijkt alsof dat omgekeerd niet het geval is.

Weet je, Klara, ik ben nooit een levenslustig mens geweest. Net als mijn moeder heb ik mezelf gevoelloos willen maken. Mijn ouders hebben mij een heel apart beeld gegeven van hoe het is om te leven, lief te hebben, een mens te zijn. Daar kun jij niets aan veranderen. Ik neem aan dat dit een vaarwel is, Klara. Er zijn natuurlijk helemaal geen geheime documenten die slechte mannen ten val kunnen brengen. Alles wat ik heb gezegd was waar, maar ik kan het niet bewijzen. Ik – en jij – hebben lekker geleefd van deze handel, net als mannen én vrouwen voor ons. Ik moet vaak denken aan die roman die we op de universiteit hebben gelezen, *Heart of Darkness*, waarin de blanke man steeds dieper het Afrikaanse oerwoud binnendringt totdat hij het kamp van meneer Kurtz en de verschrikkingen daar bereikt – de prijs, Klara –, terwijl hij brieven schrijft aan zijn onschuldige, Victoriaanse geliefde thuis in Engeland. De vrouw die niets te weten mag komen over hoe de wereld eigenlijk in elkaar zit. De keerzijde van het imperium. Zo hebben wij toch ook geleefd? Het doet er niet meer toe, ik weet natuurlijk wat je zou zeggen, maar dit keer hoef ik het niet te horen. In mijn wereld is het bij vrouwen zoals ik altijd zo geweest, dat heb ik in Kenia al vroeg gezien. Ik kan helaas niet trots zijn op mijn eigen sekse, mijn soort. Ondanks alles waarover we hebben gesproken. Ik heb te veel vrouwen gezien zoals zij. Wat ik ter verdediging kan aanvoeren, is dat ik zelf in elk geval niet zo naïef was. Ik heb een tijdje gedacht dat dat genoeg was, maar helaas was dat niet zo. Als je ooit een dochter krijgt, moet je ervoor zorgen dat ze niet zo wordt als die Victoriaanse vrouw in de roman, maar ook niet zoals ik. Misschien kan het voor haar anders worden. Het laatste wat ik doe zal je verbazen, Klara. Ik zal het continent dat mij heeft voortgebracht terugbetalen – ik trek de consequenties uit mijn daden. Het zou Henrik ook verbazen, maar hij zal er geen getuige van zijn hoe de financiën van het ANC aanzienlijk worden verbeterd. Ik zei toch al dat ik me ooit zeer nuttig zou maken. Ik heb mijn belofte gehouden, ook al is het dan niet op de manier die jij voorstond. Dat geschenk is mijn manier om te zeggen: 'Ik ben niet wie je denkt dat ik ben. Ondanks alles was ik veel beter.'

Ik weet dat je Henrik als uitschot beschouwt – protesteer maar niet, als mensen zoals jij verontwaardigd zijn, kijk je dwars door ze heen – maar zo'n man heb ik gekozen om mijn leven mee te eindigen. Veel liever met hem dan met jou. Ik denk niet dat hij zich gekwetst zal voelen. Weet je, hij houdt echt van mij. Dat is gek, ik die nooit iets voor iemand wil voelen. En nu lijk ik wel twee mensen aan me te hebben gebonden. In het begin schreef ik: 'Lieve Klara', maar ik weet niet zeker of ik wel weet wat dat betekent. Ik weet niet hoe jij hierna verder moet leven. Maar dat gaat mij niet meer aan. Vandaag zal ik de levens van Henrik en mijzelf beëindigen. Dat is waar ik zo ijverig voor heb geoefend op onze schietbaan. Heb je mij gezien? We komen er net vandaan: ik weet dat ik niet zal missen. Jij hebt hier een groot aandeel in. Jij hebt gezorgd dat ik me schaam voor wie ik ben. Daar veroordeel ik je om. Maar mezelf veroordeel ik nog meer.

Je Desirée

Wanneer ik van de loopplank op de steiger van het eiland stap, zit me iets mistigs in de weg. Ik glijd uit, struikel en wrijf in mijn ogen. Wat gek dat het vandaag zo mistig is – terwijl de zon opnieuw onbarmhartig schijnt. Iemand valt en die iemand ben ik. De persoon die me opvangt is Adolfsson en hij weet hoe je vrouwen in nood moet ondersteunen, hoe je zulke vrouwen aan de praat krijgt.

'Beste Klara', zegt hij alleen.

Ik sluit mijn ogen, mompel wat, en ik weet niet wat ik zeg, hoe je een zin moet beginnen en eindigen. Maar Adolfsson wel, hij is daar net zo vlot in als Andrea, en hij fluistert in mijn oor: 'Je wilde me iets vertellen.'

Ik schud mijn hoofd, hij houdt mijn lichaam overeind, mijn voeten zweven een stukje boven de grond, mijn hoofd hangt schuin achterover. Mijn ogen zijn dicht, maar er zit iets plakkerigs in, iets wat ik niet wegkrijg.

Adolfsson fluistert: 'Je hoeft alleen maar te antwoorden: "Ja, ik, Klara, moet iets vertellen."'

Ik doe mijn ogen open en nu zie ik dat hij mij op de een of andere manier aan mijn vader doet denken. Hoe kan het dat ik dat niet eerder heb gezien? Ik heb het gevoel dat ik geen zinnen kan beginnen of eindigen, maar ik moet een poging doen: 'Inderdaad. Ik moet iets vertellen.'

30

Magnus zit rechts van mij, Andrea links. Malin is weggestuurd naar Desirée, want Adolfsson zit tegenover ons aan de eetkamertafel. Ik vind niet dat dit een gesprek is dat ze moet horen. Ze vertrekt met een opstandige blik. Ik heb haar deze zomer verwaarloosd, constateer ik een beetje mat. Het is alsof mijn gevoelens ergens diep in me ingevroren liggen, zodat ze niet al te veel pijn doen. Ze zullen langzaam maar zeker ontdooien, maar niet nu. Nu zit Adolfsson tegenover me en ik voel me eigenaardig sloom, alsof er isolatiemateriaal in mijn hoofd zit en de afstand tot herinneringen, details en heldere formuleringen groot is. Het is net of ik een hersenbloeding heb gehad en nu hulp nodig heb bij het eten en praten, en ze me moeten helpen herinneren wie ik ben. Andrea houdt mijn ene hand vast, Magnus mijn andere. Allebei knijpen ze ritmisch in mijn handen, het voelt alsof er warm water in een koude radiator stroomt. Ze proberen me langzaam te ontdooien. Ik kijk hen aan alsof ik wil zeggen dat als ik geen woorden kan vinden, zij het woord voor mij moeten doen. Als blijkt dat ik niet meer kan lopen, moeten jullie mij dragen. Als blijkt dat ik helemaal niemand meer ben, moeten jullie proberen toch van mij te houden.

Ik geloof dat ik alles aan Adolfsson verteld heb. Heel de waarheid waar hij zo vertwijfeld naar op zoek was. Maar mijn waarheid was niet waar hij naar smachtte, hij had zich een heel ander scenario voorgesteld. Adolfsson is teleurgesteld. Tien jaar heeft hij gewacht op de bekentenis van een Klara die hij niet kon vinden. Toen vond hij haar zus. Vervolgens besefte hij dat de zus en Klara een en dezelfde persoon waren, en toen hij dacht dat hij eindelijk aan een bekentenis toe was – ja Vader, vergeef mij, want ik heb gezondigd –, bleek opnieuw dat ze niet was wie ze leek te zijn, opnieuw is ze ontkomen. Hij loopt de gouden medaille aan het eind van zijn carrière mis en hij is geïrriteerd.

'Ik begrijp niet hoe een normaal mens een plaats waar een moord is gepleegd zou kunnen herinrichten, alleen maar om te zorgen dat haar vriendin niet als de moordenaar wordt gezien. Nee, ik begrijp je niet, en ik geloof je ook niet.'

Mijn blik is gericht op de horizon en pas na een lange stilte dringt het tot me door dat iedereen op mij zit te wachten, dat ze kennelijk verwachten dat ik een antwoord geef. Dus zeg ik: 'Nee.'

Dat lijkt geen goed antwoord, want Adolfsson raakt nog meer geïrriteerd. Ik begrijp dat ik waakzaam moet zijn, dat de toekomst van mezelf, Magnus en Malin onderwerp van gesprek is, dat dat echt mijn bewustzijn vereist. Als dat isolatiemateriaal in mijn hoofd maar een beetje lucht zou willen doorlaten. Ik kijk Andrea vertwijfeld aan, omdat Magnus net zo verlamd lijkt als ik.

'Wanneer besefte u dat Klara en Saskia dezelfde waren?' vraagt Andrea aan Adolfsson, om de stilte te doorbreken en mij wat respijt te geven.

'Een visser hier op het eiland vertelde dat hij zich jullie gezin herinnerde en dat er nooit een tweelingzus van jou geweest was, Klara. Dat alleen jij en je ouders hier de zomers soms doorbrachten, samen met je grootouders. Misschien dat Saskia een keer een zomer ergens anders was, maar niet ieder jaar opnieuw.'

Ik probeer mijn mond open te doen.

'Maar er was wel een tweelingzus', zegt Andrea in mijn plaats. 'Er was een Saskia die is verdronken toen zij en Klara zeven jaar waren.'

'Saskia's oude identiteit werd dus tot leven gewekt en door jou overgenomen?'

Ik knik.

'Ik begrijp het. Je vader en zijn nieuwe vrouw hebben de zaken grondig aangepakt.'

Ik knik opnieuw. Het wordt stil. Adolfsson gaat staan en begint rond de tafel te lopen, steeds dichter om ons heen, zoals we daar als drie aangeklaagden op een rij zitten.

'Ik begrijp niet hoe je hebt kunnen denken dat je op de plaats van een moord kon rondstappen om vervolgens te ontkomen, Klara.'

Ik schud mijn hoofd.

'Hoe heb je kunnen denken dat we genoegen zouden nemen met de constatering dat Henrik hen allebei had omgebracht.'

Ik schud opnieuw mijn hoofd. Andrea onderbreekt hem: 'Het is misschien niet het moment waarop je gaat zitten om een rustige analyse te maken van welke kogels uit welke richting zijn afgeschoten en uit welk pistool. Vooral niet als je in een shock verkeert en zoiets nog nooit hebt meegemaakt. Denkt u wel?' zegt ze droog.

Geïrriteerd haalt hij zijn schouders op.

'Vanaf het begin ben ik ervan overtuigd geweest dat jij hen doodgeschoten had, als het al niet hen allebei was, dan tenminste Henrik. Jullie verkeerden alledrie in een wanhopige situatie en Henrik belichaamde voor jou alles wat je verafschuwde, niet waar?'

Ik knik. Ik vraag me af of ik überhaupt in staat ben tot iets anders dan knikken en mijn hoofd schudden.

'Eerst hebben we via de pers bekendgemaakt dat Henrik de moordenaar was, in de hoop dat Klara – jij – boven water zou komen, neem me niet kwalijk dat ik die uitdrukking gebruik. Ik heb geen moment geloofd dat jij verdronken was.'

Instemmend glimlach ik even. Dat voelt beter.

'We dachten dat als jij je veilig voelde, je na verloop van tijd wel te voorschijn zou komen. Maar dat gebeurde niet, waardoor ik bijna ging geloven dat je dood was. Maar als het inderdaad is zoals jij zegt, dat jij onschuldig bent en alleen maar Desirées pistool hebt weggenomen om het te vervangen door dat van Henrik – waarom heb je dan nooit contact met ons opgenomen om dat te vertellen? Waarom ben je naar Nederland gevlucht?'

Magnus knijpt in mijn hand. Zijn gezicht is bleek. Op de een of andere manier heeft het een kalmerende uitwerking op mij om te zien dat hij zo van streek is. Ik doe mijn mond open en eindelijk ben ik het die praat.

'Ik weet niet of een ander dit kan begrijpen. Maar ik zag mezelf als iemand die anderen wilde redden, maar er juist de oorzaak van werd dat ze ten onder gingen. Jaren geleden veroorzaakte ik – zoals ik het opvatte – de verdrinkingsdood van mijn tweelingzusje. Nadat dat was gebeurd, deelde ik mijzelf in tweeën. Toen ik Desirée ontmoette was het alsof ik mijn tweelingzus terugvond en de kans kreeg om alles goed te maken. Als ik haar kon redden, zou ik zelf eindelijk mijn schuld inlossen. Dat was de overeenkomst. Maar zo is het niet gegaan. Alles begon gewoon opnieuw.'

'Je hebt mijn vraag nog steeds niet beantwoord.'

'Ik zag het niet als een vlucht! Zoals ik het zag, verdween Klara om degene die eigenlijk had moeten overleven, eindelijk de kans te bieden haar leven te beginnen. Saskia. Zoals ik het zag kreeg zij die kans nu en stierf Klara daar echt, al was het dan niet letterlijk.'

'Maar waarom?'

'Hoe moest ik leven met zo'n dood? Leven met de wetenschap dat mijn persoonlijkheid bij anderen altijd tweedracht zaaide? Mijn pogingen om Desirée te veranderen hebben haar het leven gekost. Ik stierf toen zij stierf. Hoe moest ik anders verder leven?'

Hij kijkt mij aan. Ik weet niet of hij begrijpt wat ik zeg, maar ik heb geen andere keus dan te proberen hem te overtuigen.

'U moet begrijpen dat ik nooit had gedacht dat ik ergens van verdacht zou worden. Ik dacht dat ik kon verdwijnen zonder daar kwaad mee aan te richten. Ik dacht echt dat ik er goed aan deed, dat Henrik de rechtmatige moordenaar was en dat ik de kaarten alleen maar een tikje verlegde. Ze goed legde.'

'De kaarten verlegde?'

'Ik was vreselijk naïef. Ben vreselijk naïef', voeg ik er verwonderd aan toe.

'En toen je begreep dat we jou zochten? Toen ik je man begon te bellen in onze jacht op Klara?'

'Ik wist dat Susanne onwettige dingen had gedaan, alleen maar om te zorgen dat ik naar mijn vader kon terugkeren. Ik begreep dat zij, net als papa en Magnus, in moeilijkheden kon raken.'

Adolfsson kijkt mij weifelend aan.

'Beste inspecteur! Ik had een kind, een nieuw leven, een gezin. Wat zou u hebben gedaan?'

'Je hebt dit aan niemand verteld?'

'Nee. Aan helemaal niemand. Zoals ik ertegenaan keek, nam Klara haar schuld mee de dood in. Ik verdrong het, ik vergat het, ik leefde. En bovendien wilde ik er niemand mee belasten.'

'Onzin! Je wilde loyaal blijven aan die Desirée, ervoor zorgen dat ze onschuldig bleef.'

'Dat misschien ook.'

'Dat misschien ook! Dat is een groot offer om voor een ander mens te brengen. Wat dacht jij eigenlijk dat je man dacht wanneer ik belde?' vraagt Adolfsson, die nog steeds geïrriteerd is, en hij wijst naar Magnus die opschrikt alsof hij een klap heeft gekregen.

'Ik probeerde helemaal niet te denken. Ik had al zo lang gelogen, daar kon ik maar het beste mee doorgaan. Ik was iemand anders geworden. Iemand die niets met Klara, of hoe zij had gehandeld, te maken had.'

'En jij wilt dat ik dat geloof?'

'Zo is het gegaan', zeg ik zwakjes.

'Hoe wil je dat bewijzen?'

'Ik heb een brief die Desirée aan mij geschreven heeft', zeg ik en ik haal hem uit mijn zak. 'Gustav Cronenfelt heeft gezegd dat u de brief die zij aan hem heeft gestuurd ook mag zien. Hij zegt dat hij kan bevestigen dat beide brieven echt zijn.'

'Dus hij heeft al die jaren ook niets willen zeggen?'

'Hij dacht dat ik dood was. Hij wilde ook niet dat de naam van zijn dochter weer in de pers zou komen.'

Adolfsson zucht. Hij slaat zijn blauwe ogen op naar het plafond en daarna kijkt hij beurtelings mij, Andrea en Magnus aan. Heel zijn manier van bewegen getuigt van irritatie, hij beweegt zich veel te snel, schokkerig, het is net of hij uit balans is. Alsof zijn lichaam tastend op weg is naar een onzichtbaar doel en alsof al zijn zintuigen op scherp moeten staan om dat doel te bereiken.

'Al die loyaliteit ten opzichte van een intrigante met – als ik het allemaal goed begrijp – heel dure gewoontes. Een voorspelbaar, oninteressant mens, met uitzondering van één ding: dat ze zo veel geld naliet aan het ANC. Het is wel ironisch dat ze door de dood van haar en Henrik waarschijnlijk meer goeds deed dan tijdens haar hele leven. Dat verbaast me echt. Maar jou misschien niet, Klara? Had dat te maken met hun dood?'

Magnus heeft mijn hand losgelaten en is opgestaan om naar het raam te lopen. Het wordt stil. Ik doe mijn ogen dicht en zie hoe ik zachtjes verdwijn, van de tafel opstijg en over de veranda zweef. Ik wil niet in deze kamer zijn. Ik wil helemaal nergens zijn.

'Meneer Adolfsson, ik dacht dat we daar al mee klaar waren', zegt Magnus met smekende stem.

'Nee, daar zijn we nog niet mee klaar. Want dit is niet voldoende', antwoordt hij.

'Wat?' zegt Andrea.

'Die brieven. Misschien heb je die zelf geschreven, Klara. Jij kende haar taalgebruik en haar gedachten, je kon vast haar handschrift nadoen, misschien was dat wel iets wat jullie als vriendinnen geoefend hebben. Zonder enig technisch bewijs – met alleen jouw versie – is dit niet voldoende om de zaak neer te leggen.'

'Zelfs niet voor een gepensioneerd inspecteur?' vraagt Andrea.

'Nee. Zelfs voor zo iemand niet.'

Magnus keert zich naar ons toe en zegt alleen: 'Ik moet even iets pakken.'

Hij verlaat de kamer en wij blijven zitten. Ik hoor hoe hij zit te wroeten in de koffers die hij eerder al gepakt heeft. Ik heb het gevoel dat ik door de muur heen zijn ademhaling kan horen, maar ik weet niets van wat hij denkt. Buiten hoor je het geluid van de zee die gaat liggen. De wind is opgehouden het water te verscheuren en de boten hebben beschutting voor de nacht gevonden. Het is zo stil dat ik denk dat als ik maar wilde, ik echt de kamer door zou kunnen zweven en de zee over. Als ik maar niet geloofde in weerstand, dan zou die er ook niet zijn.

Magnus keert terug. Zijn ogen staan onpeilbaar verdrietig. Hij ziet eruit als iemand die probeert 'sorry' te zeggen, maar weet dat dat nooit voldoende zal zijn. Hij gaat voor ons staan en legt een pistool op tafel dat in dezelfde plastic zak zit gewikkeld als waar ik het ooit in heb gestopt, voordat ik het op een donkere augustusnacht lang geleden aan mama overhandigde. Nu ligt het op de eetkamertafel.

'Misschien is dit wat u zoekt?' zegt hij toonloos tegen Adolfsson.

Het is Desirées pistool.

Ik weet niet wat ik moet doen, wat ik moet zeggen. Al die jaren van blikken, van leegte, van angst. Waarin ik dacht dat ik de grootste leugenaar van allemaal was. Dat dacht ik echt. Geen van ons allen kan zijn blik losmaken van het pistool. Het is zo klein. Zo klein, en zich zo onbewust van zijn dodelijke eigenschappen.

'Hoelang heb je dit gehad?' is alles wat Adolfsson zegt.

'Te lang', fluistert Magnus en hij durft mij niet aan te kijken.

'Dus Klara's moeder heeft het nooit weggedaan. Ja, dan mag jij je wel gelukkig prijzen', zegt hij droog tegen mij.

Adolfsson stopt het pistool in zijn koffertje. Hij ziet er opeens uit als de overheidspersoon die hij al die tijd al was. Al het gepraat over de zon en de visserij, alle monterheid en aftastende intimiteit zijn verdwenen. Hij ziet er bijna leeg uit, als iemand die zijn doel heeft bereikt maar niet weet wat hij ermee aan moet nu hij er eenmaal is. Hij staat op en gaat bij de deur staan, het is alsof hij die afstand nodig heeft om te kunnen zeggen wat gezegd moet worden, met de stem die daarvoor vereist is.

'Als dit het goede pistool is, en als de vingerafdrukken en de kogels ook overeenkomen, zal het hopelijk duidelijk zijn. We moeten de zaak natuurlijk nog grondig onderzoeken en zullen jullie voor verhoor oproepen.'

'En wat gebeurt er daarna?' vraagt Andrea.

'Ja, we zullen wel moeten onderzoeken waaraan Klara zich schuldig heeft gemaakt en...'

'Ik geloof dat ik weet hoe dat genoemd wordt. Weet u, ik heb gebeld om dat na te vragen, ze hebben een vriendelijke informatieafdeling op uw vroegere werk. Ze noemden het iets wat klonk als "het beschermen van een crimineel". Ze zeiden ook dat dat misdrijf op dit moment al verjaard zou moeten zijn.'

'Jawel, maar de waarheid moet toch aan het licht komen', zegt Adolfsson wanneer hij hiervan is bijgekomen. 'Het is mijn verantwoordelijkheid dit te rapporteren, en bovendien moeten Klara's vader en zijn vrouw verhoord worden.'

Andrea loopt naar hem toe. Ik weet niet waar ze de moed vandaan haalt. Ze pakt zijn hand en legt die in de hare. Ze houdt hem daar stil vast. Hij weet niet wat hij moet doen. Magnus probeert mijn blik te vangen, maar het enige wat ik kan doen is recht voor mij uit staren, naar Andrea en Adolfsson die zo onbegrijpelijk dicht bij elkaar staan.

'Je moet helemaal niets doen', zegt Andrea langzaam en duidelijk, alsof ze tegen een kind praat dat voor het eerst iets van levensbelang te horen krijgt. 'Je moet controleren of dit pistool het juiste is, je zult constateren dat zij de waarheid heeft gesproken. Meer niet. Daarna ga je door met een gepensioneerd inspecteur zijn, in de wetenschap dat de schuldige al gestraft is.'

'Wat moet ik doen, zeg je?'

'Niets. Dit heeft al lang genoeg geduurd en ik wil dat je rekening houdt met deze mensen die genoeg hebben geleden en die goede vrienden van mij zijn. Ik wil dat je rekening houdt met hun dochter die haar moeders naam niet in de pers hoeft te zien. Dat is iets wat je haar kunt besparen. Ik wil ook dat je rekening houdt met Saskia's vader en zijn vrouw, die hebben gedaan wat ze konden om een verwarde, zieke vrouw te helpen. Ik wil dat je er rekening mee houdt dat er tien jaar verstreken zijn, en dat het voldoende is dat je nu de waarheid weet. Zo is het genoeg, je hebt gedaan wat je kon.'

Adolfsson kijkt perplex. Hij schudt zijn hoofd en probeert iets te zeggen, maar Andrea legt haar hand voor zijn mond. Er zit iets verwards en teders in de manier waarop hij haar hand zachtjes weghaalt. Zij pakt haar koffer die de hele tijd ingepakt achter de bank heeft gestaan. Daarna zegt ze: 'Nu gaan we.'

31

Er zit een eeuwigheid tussen onuitgesproken vragen en onmogelijke antwoorden. Ik weet niet hoe, niet of we die eeuwigheid kunnen overbruggen. De vragen wervelen rond in mijn hoofd, en ik neem aan dat het bij Magnus net zo is, want ook hij ziet er lamgeslagen uit. Ik denk: met wie denkt hij dat hij al deze jaren heeft samengeleefd? Hoe ziek denkt hij dat ik was? Heeft hij ooit op mij vertrouwd? En met dezelfde pijn die hij tijdens deze jaren van stilte gevoeld moet hebben, besef ik plotseling: *Waarom heb ik niet op hem vertrouwd?*

Er zijn geen antwoorden, alleen een onuitsprekelijk verdriet over het feit dat wij – ondanks ons fantastische geluk – door spraakverwarring werden getroffen. Wat ontzettend banaal. Zelfs wij hebben gelogen en bedrogen, al was het dan niet met de lichamen van anderen. We hebben tien jaar samengeleefd, en nooit ben ik gelukkiger geweest, maar toch konden ook wij niet ontkomen. Ik werd aangereden op de Prinsengracht en ik kon me niet redden. Magnus kwam en in een poging onze liefde te bevestigen zei ik: 'Vertel over ons.' Hij antwoordde met het verzoek aan mij om eerst alles over mijzelf uit te zoeken, daarna zou hij het aanvullen met zijn versie. Dat maakte mij razend, geïrriteerd, kil. Maar hij had gelijk. Deze zomer heb ik mezelf hervonden. Opnieuw ben ik Klara, of misschien eerder Klara Saskia. Ik heb alle krochten van mijn ziel bekeken, ik heb oude dagboeken gelezen en ik heb doodsangsten uitgestaan over de persoon die ik was – ben. Ik wilde niet inzien dat ze nog leefde, dat al onze leeftijden tegelijkertijd levend in ons zijn en dat als we niet klaar zijn met het verleden, het heden en de toekomst een onmogelijke plaats worden om in te verblijven.

Heel deze zomer en nu dit. Magnus. Op wie ik het allermeest vertrouwde.

'Je vertrouwde me niet!'

Ik schreeuw tegen hem en mijn stem is gebroken, als het ware rafelig aan de zijkanten.

'Jij vertrouwde *mij* niet! Jij evenmin, Saskia, goeie genade.'

'Je hebt me in de steek gelaten.'

'En jij hebt mij in de steek gelaten! Jij hebt ons leven opgeofferd uit loyaliteit aan haar.'

'Als je het zo wilt zien.'

'Maar zeg me dan eens *hoe* ik het moet zien! Vertel het me.'

Ik ben woedend. Hij is woedend. We kijken elkaar aan en ik zou hem verschrikkelijk graag willen slaan – ik loop recht de kamer door en sla hem met mijn gebalde rechtervuist tegen zijn borst. Hij grijpt mijn hand, dan de andere en hij houdt ze stevig in de zijne.

'Wat wil je?' zegt hij met gespannen stem. 'Dat alles zich herhaalt? Dat je mij verlaat en Malin meeneemt? Dat jij en ik om de beurt koffers met haar spullen aan elkaar geven onder een ijskoude stilte? Is dat de toekomst die je voor ogen hebt? Dat de man alleen achterblijft, net als Joop, dat de geschiedenis zich herhaalt?'

'Hoelang heb je het pistool gehad?' is het enige wat ik kan uitbrengen. '*Hoelang*, Magnus?'

'Sinds het begin van de zomer. Ik was eerder op de zolder dan jij. Pas sinds dat moment.'

Ik schud mijn hoofd, probeer me los te maken uit zijn greep. Ik haat hem zo verschrikkelijk. Hij moet dat zien. Dat ik zo veel van hem houd.

'Tien jaar, Saskia, zonder dat je tegen me hebt gezegd wat er eigenlijk is gebeurd. Tien jaar insinuerende vragen van Adolfsson. Tien jaar waarin ik heb geprobeerd de gaten en afgronden alleen te dichten. Tien jaar lang heb ik geprobeerd je te beschermen, zonder het eenvoudigste van alles te weten te komen: de waarheid.'

'Er bestaat geen eenvoudige waarheid, Magnus.'

'Maar toch wel iets? Je had toch wel iets kunnen vertellen van wat je deed?' houdt hij smekend aan. 'Waarom die koppige loyaliteit?'

Ik bijt op mijn tong, alles is toch al te laat, is het niet? Toch kan ik hem ook nu geen antwoord geven.

Hij laat mijn handen los, draait zich om en loopt de veranda op, die wordt verlicht door de volle maan die als het ware aan de hemel zweeft, als een ballon die met een touwtje aan de horizon zit vastgeknoopt. Magnus hangt over de leuning aan de kant van de veranda waarvandaan je uitziet over de rotsen beneden. Ik hoor de golven langzaam slaan. Ik loop achter hem aan, ga naast hem staan en ik ben niet boos meer, alleen moe na een lange reis die bleek te eindigen in een doodlopende steeg.

'Hier komen we niet uit, hè?' zeg ik verbaasd, alsof ik me nu pas realiseer dat mensen zoiets echt kan overkomen.

'Nee', is zijn simpele antwoord.

Het lukt me niet hem aan te raken, want dan zou ik ophouden met ademhalen, en ik weet dat je moet ademhalen om te kunnen leven, dat Malin dat van me verlangt. Met krampachtige vingers knijp ik in de leuning van de veranda en het enige wat in mijn hoofd rondmaalt is: hier komen we niet uit.

'Ik probeerde je te redden', zegt Magnus. 'Wat een ironie.'

'Ja. Je had me onderschat.'

'Wat ontzettend belachelijk. Ik had moeten weten dat ik dat niet kon. Hadden we uit Desirée eigenlijk die les niet moeten trekken?'

'Eigenlijk wel.'

'We hebben op onze tenen rondgeslopen om te voorkomen dat we elkaar pijn deden, en juist daardoor hebben we de basis gelegd voor iets waar we niet uit kunnen komen.'

'Probeer het te begrijpen, Magnus', zeg ik vertwijfeld. 'Ik dacht echt dat ik Klara achter me had gelaten. Dat het onmogelijk was te vertellen wat ze die ochtend in Henriks huis had gedaan. Ik wilde, *kon* Klara niet te voorschijn halen, want ik dacht dat ik dan weer zou instorten. Dat wat wij hadden, daardoor kapot zou gaan. Ik dacht dat we het er over eens waren dat Klara dood was en dat Saskia, Magnus en Malin een ander leven leidden. Wat ik een fantastisch leven vond.'

'Maar zo konden we niet leven.'

'Nee, maar ik geloofde erin. Ik had haar diep binnen in me begraven. Tot nu. Tot de vragen van Adolfsson. We hadden verder kunnen leven. Ik *geloofde* daarin', herhaal ik.

'En Desirée?'

'Haar had ik ook achter me gelaten.'

'Echt waar?'

'Nee.'

'We komen hier niet uit, hè?'

'Nee.'

'En als ik het je vraag? Als we het elkaar zouden vragen?'

Ik weet niet wat ik moet antwoorden. Wat kun je antwoorden?

'Ik denk dat we elkaar niet meer zouden durven te vertrouwen. Ik geloof niet dat iemand die bang is, kan liefhebben.'

'Ben je bang?' vraagt Magnus.

'Nee', fluister ik nauwelijks hoorbaar.

'Ik ook niet. Ik ook niet.'

Hij huilt geluidloos tegen de golven in, en het is vreemd dat je het nauwelijks hoort, want zijn schouders schokken zo. Het enige wat je hoort is het eeuwige geluid van de golven op de rotsen en ik wou dat ik nog tranen in mijn lichaam overhad, maar ik ben helemaal uitgedroogd. Hij fluistert iets en ik moet naar voren leunen om te horen wat hij zegt: 'Mijn beste maatje. Mijn lieve maatje.'

Ik adem. In en uit adem ik. Niet denken. Malin komt morgen. Er moet iemand heel zijn. In en uit. Er moet iemand over zijn. Ik blijf bij de leuning staan, terwijl Magnus zijn gezicht afdroogt met de mouw van zijn trui. Vanuit mijn ooghoeken voel ik zijn blik; dat is meer dan ik kan verdragen. Heel behoedzaam, als een schooljongen bij zijn eerste liefde, streelt hij mijn wang, een keer, daarna nog eens en nog een keer. Drie keer heeft hij mij gestreeld. Alsof hij wil zeggen dat hij mij niet verloochend heeft, mij eigenlijk nooit in de steek heeft gelaten, omdat hij mij de hele tijd heeft liefgehad. Hij heeft mijn wang gestreeld, eindeloze nachten lang mijn hand vastgehouden en één keer heeft hij mij bedrogen, net zoals ik hem, één keer. Moeten we nu uit elkaar?

Hij gaat het huis binnen en ik hoor hem zijn spullen pakken. Lieve snoes, ademen. Hij komt de veranda weer op. Zijn overjas ziet er zielig moe en verkreukeld uit, na een warme zomer onder in een koffer. Hij staat daar maar en ik wil zo graag mijn hand uitstrekken, maar ik kan het niet, want ik ben bang dat ik dan nooit meer loslaat – en zo'n leven wil niemand van ons leven.

'Ik weet niet wat ik je nog meer moet vragen, Saskia.'

Er is natuurlijk nog maar één ding om te zeggen. Ik doe dat voor hem, ik doe dat voor mij. Want zonder verhaal, van ons samen, zijn we helemaal niemand. Zonder verhaal is er helemaal geen hoop meer.

'Je moet zeggen: "Vertel over ons."'

'Vertel over ons, Klara Saskia.'

'Ik zal je het mooiste liefdesverhaal vertellen. Ik zal vertellen over een man die verliefd werd op een vrouw die bezeten was van een andere vrouw. Een man die haar liet vertellen zonder te oordelen. Een man die haar stenen gaf, zodat ze niet zou vallen. Ik zal vertellen over een man die trouwde met een vrouw die om te durven overleven, niet anders kon doen dan haar zus spelen. Een man die een heel leven achter zich liet voor deze in tweeën gespleten vrouw. Een man die van twee zusters in één hield.'

'En jij? Hield jij van mij, of hielp ik alleen maar mee om jou te redden? Houd je meer van mij dan van haar?'

Ik weet niet wat ik moet antwoorden.

'Ik hield van je, Magnus. Ik houd meer van jou. Dat zal nooit overgaan.'

Zijn lichaam in mijn omarming, zo klein dat ik het gevoel heb dat hij met mij versmelt. Zo'n grote man die helemaal is verschrompeld in mijn armen en ik laat hem ademen door mijn mond, het is kunstmatige ademhaling, maar tot nu toe is het voldoende, het is voldoende. De nacht omsluit ons zoals we daar staan, wikkelt ons in zijn matzwarte deken, af en toe blinkt er een ster. Ten slotte gaan we op de veranda liggen, Magnus slaat zijn verkreukelde overjas om ons heen en zegt: 'Geloof je erin?'

'Waarin, Magnus?'

'Dat je *ondanks alles* toch verder kunt leven. Dat we kunnen besluiten dat we elkaars beste vrienden zijn, en dat er niemand anders bestaat die ook maar in de buurt kan komen van de taal die we samen geschapen hebben. Dat we kunnen besluiten dat het zo is – *wij tweeën* – en dat we nu alleen tijd nodig hebben. Tijd, zodat we naast elkaar kunnen lopen, terwijl het leven ons zachtjes inhaalt en dat we ons op een dag naar elkaar toe kunnen keren om te zeggen wat we de hele tijd al wisten: "Maar ik houd toch van jou." Geloof je daarin?'

Wat moet ik antwoorden? Dat ik hem zo graag wil geloven. Dat het de droom van ieder mens is om in dat eeuwige te mogen geloven. Ik kan niet antwoorden. Het enige wat ik doe is zijn wang strelen, terwijl het licht begint te worden. In de verte hoor ik de veerboot door het stille water van de ochtend aan komen glijden.

'De boot komt eraan', fluister ik.

Hij staat op, slaat zijn jas af, pakt zijn koffer en begint naar de steiger te lopen. De hemel valt neer over mijn gezicht.

Maar dan sta ik op en ren achter hem aan, tegen beter weten in, om antwoord te krijgen op een vraag die niemand ooit zou moeten hoeven stellen aan degene die hij liefheeft.

'Magnus?' roep ik.

Hij draait zich om.

'Heb je ooit aan mijn onschuld getwijfeld? Dat is belangrijk. *Heb je ooit getwijfeld?*'

Wat zal hij antwoorden?

'Nee', zegt hij zachtjes, dan wat harder: 'Nee.'

Ik knik, hij ook, als een bevestiging van het feit dat we elkaar weer zullen zien. Hij draait zich weer om en is zo klein, zoals hij daar naar de steiger loopt. Hij wordt kleiner en kleiner en ik vraag me zo af of er een dag komt waarop hij groter en groter wordt, terwijl hij op weg is terug naar huis.

Dat vraag ik me zo af.

32

Ik loop over een eiland dat er in de vroege ochtend verlaten bij ligt. Het is een fantastische nazomerdag en het is alsof alle opgehoopte warmte van de hele zomer bezig is zich over dit ene eiland van de scherenkust te verspreiden, de laatste dag vóór de duisternis en de kou, die nog maar een maandje weg zijn. Je kunt het al voelen, de hitte heeft koele kanten, er komen rukwindjes waarin je de scherpe geur van de herfst kunt ruiken. Terwijl ik door het verblekende groen loop, realiseer ik me dat ik me lang genoeg in mezelf verborgen heb gehouden. Nu heb ik geen schild meer. Ik was net een Russische pop: wanneer je er eentje opent, zit er altijd weer een nieuwe in. Ik weet dat helemaal binnen in me iemand zit met wie ik niets te maken wil hebben. Zij is degene die schuldig is aan al het zwijgen. Haar heeft Magnus – tegen zijn wil – de hele tijd gekend. Anders zou hij nooit hebben geprobeerd mij te redden.

Ik moet Malin ophalen. Hoe kan ik haar mijn leven uitleggen? Hoe kan ze er zelf in slagen een sterk mens te worden, met een moeder die van identiteit moest veranderen om te durven overleven? Ik weet dat ik hier eigenlijk helemaal geen verklaringen of excuses voor kan geven. Toch zijn er zo veel dingen die ik haar zou willen zeggen, adviezen die ik zou willen geven, maar waarvan ik weet dat ik ze nooit mag overbrengen. "Malin," zou ik willen zeggen, "dit was mijn leven, er zijn dingen bij waarvan ik, als het aan mij ligt, hoop dat jij ze niet hoeft mee te maken." "Laat je niet afschrikken," zou ik zeggen, "ongeacht wat je te zien krijgt, denk *ondanks alles* toch het beste van mensen, zoals ik ooit deed als Klara. Probeer stelling te nemen in de wereld, maar neem niet meteen aan dat mensen je kwaad willen doen, zoals ik, als Saskia, dacht. Weet ook dat iedereen net zo onzeker is als jij. Leer omgaan met je onzekerheid, laat die niet omslaan in kilte, zoals bij mij wel is gebeurd. Lieg niet om te proberen te ontkomen, want de leugen komt altijd weer via een achterdeur binnen en treft je wanneer je het kwetsbaarst bent. Zoek uit wat je moet doen, maar laat die wetenschap je niet hooghartig maken, wat mij wel is gebeurd. Zoek een man die de verantwoordelijkheid voor de kinderen met je deelt, streef ernaar dat jullie zowel buitenshuis als privé allebei een even grote plaats innemen, anders zullen jullie op een dag ontdekken dat je je in gescheiden werelden bevindt – en dan hebben jullie allebei evenveel verloren. Streef naar gelijkberechtiging, maar ga er niet vanuit dat jouw manier van leven de enige en de beste is, probeer anderen niet meteen naar jouw kant over te halen. En deel het leven ook niet steeds in vrouwelijk contra mannelijk in. Zie de nuances in een mens, dat ben ik vergeten te doen. Wees niet overtuigd van je eigen gelijk, want dat zijn alleen diegenen die nog niet hebben begrepen hoe moeilijk het is om in deze wereld ergens zeker van te zijn. En, Malin: probeer het leven met humor te bekijken, dat is meer dan waartoe ik in staat was."

Het is een vreemde zomer geweest. Ik ben Saskia en Klara geworden, maar ik heb misschien mijn geliefde verloren. Ik heb een vriendin gevonden, maar ik heb even gedacht dat ik mijn werk kwijt was. Ik vind dat ik zoveel bereikt heb in het leven, maar als Malin mij dezelfde vraag zou stellen die ik aan mama stelde, zou ik er toch geen bevredigend antwoord op hebben: 'Waar blijven alle vrouwen?' Heb ik het pad geëffend, heb ik het voor Malin gemakkelijker gemaakt? Dat wil ik geloven. Want ik ben van plan verder te gaan met het boek – echter met een ruimer blikveld, zodat ik mijn lezerspubliek vergroot in plaats van beperk –, ik ben van plan Malin te laten zien waar althans een paar vrouwen gebleven zijn. Even heeft het me geleken alsof ons boek gewoon opnieuw vrouwen als *uitzondering* behandelde. Hier zijn de naslagwerken over de echte schrijvers, en hier hebben we de vrouwen apart. Die vraag dringt zich natuurlijk op: zouden de vrouwelijke auteurs die Andrea en ik opnemen een plaats in de wereldliteratuur hebben veroverd als ze geen vrouw waren geweest? Gaat het er vooral om hen zichtbaar te maken? Mijn antwoord is noodgedwongen 'ja'. Ieder van ons heeft eigen voorbeelden nodig. Daar zocht ik zelf zo vertwijfeld naar toen ik klein was. In een wereld waarin de kansen voor zowel mannen als vrouwen altijd hetzelfde zouden zijn, was dat niet nodig geweest. Maar zo'n wereld hebben noch Malin noch ik geërfd. Binnen de sport zeggen ze dat als iemand er in een bepaald jaar in slaagt het onmogelijke te presteren, dat het de volgende jaren door verschillende anderen kan worden herhaald. Doet iemand anders het onverwachte, dan kan ik het ook. Ik geloof dat we dat moeten koesteren, niet onze tekortkomingen.

Ik ben aangekomen bij Desirées huis en Malin zit met een ingepakte tas op de trap. Wanneer ze me ziet, roept ze naar Desirée die haar slaapkamerraam vlak ernaast opent. Ze steekt haar hoofd door het raam en laat haar handen naar beneden hangen, zodat Malin die kan pakken. Het klinkt alsof ze zeggen: 'Ik zal altijd van je blijven houden', maar ik versta het natuurlijk verkeerd.

Malin keert zich naar mij toe, neemt daarna zwaaiend afscheid van Desirée en roept als bevestiging voor het pact dat ze al hebben getekend: 'Altijd vrienden blijven?'

'Altijd', antwoordt Desirée, en ze geloven erin, misschien is het ook wel waar dat ze de intriges niet erven, misschien is alles nu echt voorbij.

Ze kruipt in mijn armen. Ik druk Malin tegen mijn hart, het bonkt en bonkt en ik ben blij dat ik heb besloten door te gaan met ademhalen. Voor haar ben ik daar blij om. Maar ook voor mezelf, besef ik verbaasd. Met een vreemd gevoel van vrolijkheid wandel ik terug over het eiland, met Malins hand in de mijne. Met een gevoel dat alles toch echt een nieuwe start kan maken, dat dat mogelijk is nu dit deel achter de rug is. Ik voel me wonderlijk licht, haast gewichtloos en vrij. Er is nog maar een ding dat ik moet doen.

'Malin? Je weet dat ik het heb gehad over mijn zus Klara die tien jaar geleden is verdwenen?'

'Natuurlijk.'

Ik weet niet hoe ik verder moet gaan. Malin kijkt naar me op.

'Je hoeft het niet te vertellen. Ik weet alles. Jíj bent Klara, maar ook Saskia. Dat is enorm verwarrend. Maar ik weet alles al.'

'Van wie?'

'Van opa.'

'Joop?'

'Hij zei dat hij vond dat er nu genoeg tijd overheen was gegaan. Dat papa en jij het aan mij hadden moeten vertellen.'

'Waarom heb je niets gezegd?' is alles wat ik weet uit te brengen.

'Waarom hebben *jullie* niets gezegd?'

Ik schaam me, ik durf haar niet aan te kijken.

'En Adolfsson?' fluister ik.

'Die heb ik gefopt. Ik heb een keer gezegd dat we een brief van Klara hadden gekregen uit Brazilië en dat ze daar toen aan malaria was doodgegaan.'

'Wát heb je gezegd?'

'Ik had het in een boek gelezen.'

'Waarom zei je dat?'

'Om jou te beschermen, natuurlijk. Ik kon toch niet zeggen hoe het zat.'

'Wat zeggen, Malin?'

'Dat jij Klara was, natuurlijk. Bovendien heb ik hier ook allemaal met papa over gepraat, ik durfde het niet aan jou te vragen. Hij vertelde dat jouw vriendin Desirée Henrik heeft doodgeschoten en daarna zichzelf. Hij heeft ook verteld wat jij voor haar had gedaan. Jullie moeten elkaars beste vriendinnen zijn geweest.'

'Ja', zeg ik verrast. 'Dat waren we ook.'

Ik durfde het niet aan jou te vragen.

'Nou, dan sprak het toch vanzelf', zegt ze, terwijl ze haar schouders ophaalt. 'Maar het moet eng zijn geweest hen daar te vinden. Hem en haar', zegt ze, terwijl ze een verstolen blik op mij werpt.

'Dat klopt.'

We lopen verder door het bos. Kinderen hebben is nooit iets begrijpen, geen idee hebben van wat er verder gaat komen. Dat besef ik nu en ik heb het de hele tijd al vermoed.

'Ik ben deze zomer nogal afwezig geweest', is het enige wat ik weet te zeggen.

'Ja, maar je kunt toch altijd proberen te zeggen wat ik van jou altijd moet zeggen. Zeg: "Sorry, Malin."'

'Sorry, Malin.'

'Dat is niet genoeg.'

'Dat weet ik.'

We glimlachen. De zon staat nu hoger aan de hemel en hij stuurt zijn stralen door het sparrendek van het bos naar beneden. Het wordt een fantastische dag. Dat weet ik nu al. Eindelijk voorbij.

'Dus jij hebt mij beschermd?' vraag ik.

'Natuurlijk.'

Ik wou dat meer mensen het zo hadden uitgedrukt. Andere mensen van wie ik houd. Ik wil er niet aan denken. We zijn aangekomen bij ons huis. Malin trekt haar badpak aan. Ik ga op de bank liggen met mijn armen over mijn gezicht en wacht op de vraag die onvermijdelijk is.

'Waar is papa?'

'Hij is bij opa en oma.'

'Wanneer komt hij terug?'

'Binnenkort', zeg ik ontwijkend.

'Binnenkort?'

Ik sla mijn ogen neer.

'Ik weet het niet', mompel ik. 'Ik weet het echt niet.'

'Wanneer hij terugkomt, of óf hij terugkomt, mama?'

Ze kijkt me weer aan. Haar ogen staan bang en ze zijn vochtig. Ik weet wat ik moet zeggen.

'O Malin, *wanneer*, natuurlijk. Het komt allemaal goed. Het komt goed.'

'Komt?' fluistert ze.

'Het is goed. Er is niets aan de hand, vrouwtje. Er is niets aan de hand.'

Ik trek haar naast me op de bank, ze begraaft haar gezicht in mijn borst. Ik denk aan mijn moeder, die twee kleine meisjes had. Mijn moeder verzorgde ze tot ze zeven jaar oud waren – maar ze hield langer van hen – tot een van hen niet meer bij haar was. Iedere keer dat ze naar haar borsten keek moet ze hebben gedacht: Daar waren twee kinderen. Ik was gemaakt om voor twee te zorgen. Ik blijf Malins hoofd strelen. Twee. Ik ben gemaakt om voor twee te zorgen.

Magnus. Het doet pijn, het snijdt door mijn lichaam en ik wil er niet aan denken, maar ik kan er niet aan ontkomen. Ik wou dat het malen van mijn gedachten kon ophouden. 'Heb je ooit aan mijn onschuld getwijfeld?' Dat was wat ik vroeg. Malins hoofd beweegt onder mijn handen. Zusje van me, help me. *Heb je ooit getwijfeld?* Mijn handen gaan door Malins haar. Wat heb ik over? Wat heb ik nu over. Grote God, wat heb ik gedaan? Als ik mijn ogen dichtknijp, kan ik Adolfsson met zijn collega's voor me zien, gebogen over een pistool dat mama lang geleden al had moeten wegdoen. Dat Magnus had moeten laten liggen waar hij het vond. Als we elkaar toch maar met rust konden laten. Zo veel liefde. Waarvoor? Nu niet meer vluchten. Dat is het enige wat ik weet. Nooit meer vluchten. Dat is wat ik deze zomer heb geleerd – dat je nooit kunt ontkomen. Straks zal de telefoon gaan. Het kan Adolfsson zijn. Het kan Magnus zijn. Wat moet ik zeggen? Wat moet ik.

Nog maar één leugen over. Nog maar één.

Barbara Voors bij De Geus

Slapeloos

Savannah rouwt om haar vijf jaar geleden gestorven zoontje Martin. Ze lijdt aan slapeloosheid en wordt gekweld door een anonieme belager, die haar 's nachts e-mails stuurt. Uit de berichten blijkt dat de afzender goed op de hoogte is van Savannahs verleden.

Vertrouwen in jou

Kort voordat Saga en Zacharias op hun vakantiebestemming in Normandië aankomen, rijden ze in het donker iemand aan. De man is op slag dood. Het echtpaar wist alle sporen uit en rijdt door. Vanaf dat moment krijgen beiden het gevoel dat de ander gek geworden is. Uitgave i.s.m. Rainbow Pockets.

De aardbeibeet

Als Molly haar man betrapt met de oppas, vallen haar wereld en haar gezin in duizend stukken uiteen. Molly probeert te begrijpen wat er aan de hand is. Dat de scheiding niet op zichzelf staat maar slechts een onderdeel is van de ineenstorting, wordt duidelijk als ze haar dagboek terugleest en vreemde berichten bij haar worden bezorgd die op lugubere wijze haar dood aankondigen.

De zussen van mijn dochters

Lucy wordt na een overdosis een New Yorks ziekenhuis binnengebracht. Acht jaar daarvoor was ze verdwenen, al stuurde ze nog wel af en toe een ansichtkaart. Haar zus Annie reist vanuit Zweden naar New York om bij haar bewusteloze zus te waken. Op aanraden van de behandelend arts vertelt ze haar levensverhaal aan Lucy. Hun andere zus, Mimmi, stuurt haar verhaal per e-mail, zodat Annie ook dat voorlezen. Langzaam wordt het beeld duidelijk van de jeugd van de zussen en hun alleenstaande, hardwerkende moeder.